竊取本書者將會……

深綠野分
Fukamidori Nowaki

この本を盗む者は

林于楟－譯

Contents

第一話

遭魔幻寫實主義大旗追趕

說起讀長町的御倉嘉市，他既是聞名全國的書籍蒐藏家也是評論家，從他呱呱墜地到在緣廊邊閱讀中嚥下最後一口氣為止，是位長居讀長町，小鎮上的知名人士。「有不懂的事就去問御倉先生」、「想找書去問御倉先生立刻有答案」、「有煩惱找醫生前先去問御倉先生」等等，御倉嘉市被大家當成活字典重視，而他的書庫中到底收藏了多少藏書，這任誰也不清楚。

讀長町是個圓角菱形狀的小鎮——一條大河往南、北分歧又再匯流後，就在中間圍出這個小島般與四周土地切分開來的地形。

「御倉館」就佇立於這塊菱形土地正中央，御倉館多年來重複進行樑柱與地板的整修補強工程，在嘉市過世時，已經成為一座地下、地上各兩層樓的巨大書庫，在過去是被譽為「只要是讀長居民，從幼稚園小朋友到一百歲的老人絕對都進去過一次」的小鎮名勝。

出生於一九〇〇年的嘉市從大正時代起一點一滴蒐集起來的珍藏，在他同樣優秀的蒐藏家女兒御倉珠樹繼承後，又繼續增加。

有書的地方就會吸引蒐藏家前來，而蒐藏家中有好人也有壞人。

某天，珠樹發現御倉館珍藏的部分珍貴書籍，有大約兩百本從書架上消失了。在那前後也時常發生書本遭竊的事情，珠樹還曾經威脅與父親熟識的古書商，並闖進古書交易所，大聲斥責打算高價轉賣的竊賊並將對方扭送警局。

看見兩百本珍貴書籍一口氣全部消失的珠樹情緒激動，終於決定要關閉御倉館。附近的居民親眼目睹某大型保全公司的員工，在珠樹的監視下，花上一整天的時間在建築物的各個角落裝上警報裝置。在那之後，除了御倉一族的人之外，再也沒有人能踏入館內，也沒有人能借書。即便是父親的好朋友，或是知名學者，珠樹都堅持拒絕。

御倉館關閉了。結果，自此再也不曾聽到珠樹每次發現書籍遭竊時的驚聲尖叫。哎呀哎呀，總算能迎接和平日子，雖然不能閱讀御倉館的藏書令人遺憾，但讀長町現在已是書香小鎮，想看書也不需費吹灰之力。鎮上的人皆鬆了一口氣地如此表示。

但就在珠樹過世後，開始流傳一個令人難以置信的謠言。

謠言內容為「珠樹設置的警報系統非比尋常」，太想要保護深愛書籍的珠樹，去拜託與讀長町關係密切的狐神，替每一本書籍施加了奇妙的魔術。

這個故事，就從珠樹的小孩，現任御倉館管理人御倉步夢和晝寢兄妹倆中的步夢住院後幾天開始。

但主角不是步夢也不是晝寢，而是下一代，步夢的女兒御倉深冬。

深冬隨著電車搖晃，輕輕點頭打瞌睡。放學回家路上，身著尚未習慣的高一制服，她的頭只要再往左偏一點就會撞上銀色扶桿。時間剛過下午四點，返家顛峰時刻前，車上三三兩兩的乘客大多都是和深冬同校的學生。

宛如融化奶油的柔滑黃色夕陽從窗外射入，電車過橋，邊渡河，直條紋影子也從地板、座椅以及乘客的身上劃過。電車突然緊急煞車，巨大晃動喚醒深冬，她把手上的塑膠袋擺到腿上。她隨意搔頭，用手指梳過沒時間又嫌浪費錢而任其留得太長的黑髮，張口打了個哈欠。電車仍停在車站前不遠處。深冬從黑白條紋的背包中拿出被同學戲稱為「加拉巴哥」的摺疊手機確認時間。再不快一點就要到醫院的晚餐時間了。

就在數位時鐘的分鐘數字加一時，電車緩緩開動，窗外的景色也從深灰色河面與橋樑的鐵架逐漸變成圓頂狀的月台。站前成衣店的招牌宣傳著現正舉辦夏季特賣，經過大型書店的交通指引後，電車在身穿西裝的排隊人潮前停下。

「讀長——，讀長站已到站。」

深冬邊忍住哈欠邊站起身，和坐對面的同校女生對上眼。她戴著眼鏡，手上拿文庫本。深冬心想：「我知道那本書，現在很熱賣對吧。」但也只是這樣想。深冬不知道內容，也不想知道。因為她討厭書。

正當深冬想要快點下車時，「不好意思——」有人出聲喊住她。手拿文庫本的女同學從走下月台的深冬後面追了過來。

「妳是御倉同學對吧？」

深冬對這位戴粉紅框眼鏡的女學生完全沒印象，她迅速確認制服衣領上的校徽，藍色表示二年級，那還是禮貌點說話吧。

「……是這樣沒有錯。」

「果然沒錯！我聽說那一族的人入學了，就一直想著不知道哪天會遇見。」

深冬不耐煩地轉過身背對這不知名的女學生，闊步穿越因下車乘客擁擠的月台。

「啊，欸，妳等等！要不要加入文藝社？喂！」

裝沒聽見、裝不知道。深冬從外套口袋中拿出票卡，邊後悔著早知道別老實承認自己是御倉家的人就好了。

初夏黃昏，彷彿融於暗紅色的天空底下，深冬走出收票口後往右手邊前進。光影環繞的四照花林蔭道的盡頭，是這附近最大型的大學附屬醫院，深冬從探病櫃台那的入口走進醫院。住院大樓三樓的四人病房用白色布簾隔開每張病床，互相看不見。

「嗨，爸。」

深冬拉開最裡邊的布簾，朝身穿睡衣的父親步夢揮手。步夢頭上纏著紗布，右臉有個大瘀青，右腳用石膏固定。身材高大的他讓病床顯得特別小。

「狀況怎樣？」

「非常有精神，說是頭的傷口狀況也不錯。」

「但是還不能出院吧？」

深冬把手上的超商塑膠袋遞給父親，裡面有兩罐父親愛喝的黃罐ＭＡＸ咖啡和一袋花林糖。

「還要多久？」

「我也不清楚，也還需要復健。道場有阿崔顧著吧？沒問題、沒問題。」

「問題不在那啦。」

深冬朝立刻打開MAX咖啡的父親歎氣。

身為御倉館管理人，同時也經營柔道道場的步夢在上週發生事故。那天晚上，他開心地沿著河堤騎自行車時，貓咪突然從陰影處竄出來。身為貓癡的步夢慌慌張張扭轉龍頭，結果連同自行車一起摔下堤防。

幸好貓咪平安無事，正好在他背後目擊事故始末的慢跑者幫忙叫救護車，但就算長年練習柔道的步夢懂得緩衝技巧，傷勢也得花上一個月才能康復。雖是如此，道場交給代理師傅崔智動就好，大部分家事深冬也能自己做。但還有一個大問題。

「晝寢姑姑要怎麼辦？」

父親喝MAX咖啡的手一頓。

「……晝寢又做了什麼了嗎？」

「與其說她做了什麼，倒不如說什麼也沒做才糟糕。」

深冬再次歎氣——這口氣比剛剛更重，打從心底的歎息。窗外傳來豆腐店的「叭噗」喇叭聲，也聽見宣告傍晚時分的「晚霞漸淡」音樂聲。

「你住院後已經收到三次投訴了耶。第一次是她直接把空的便當盒丟在垃圾收集場。聽說昨天御倉館的警報系統每三十分鐘叫一次，連續叫了三小時耶。也就是晝寢姑姑過度疏忽管理的問題。還接到市公所的電話耶。」

深冬打開花林糖的袋子，拿出焦褐色零食一口咬下。碎屑散落在她過膝的裙子上，深冬皺眉撿起碎屑往嘴裡塞。

「……我住院幾天了啊？」

「五天。」

「五天三次啊……」

步夢搔搔頭。

「那傢伙明明跟我說她一個人沒問題的耶。」

「就是因為有問題，爸之前才需要兼任管理人，還要照顧姑姑的吧。我也知道晝寢姑姑有多厲害，但就算她再聰明，就算她讀遍了御倉館的藏書，沒人照顧她，她根本無法生活。根本不算大人啊，還造成鄰居困擾。」

深冬雖然感到尷尬與罪惡感，也無法抑止自己累積的不滿傾洩而出，直接朝父親發洩。深冬從小就很不擅長與今年要滿三十歲的年輕姑姑相處，而步夢也知道這件事。

「……那，該怎麼辦呢？深冬有什麼能夠解決晝寢問題的提議嗎？」

「咦？」

深冬原本只是想要父親聽她抱怨不滿，她不知所措地交握雙手。

「我沒什麼特別想法。」

「但我沒辦法馬上出院。就算出院了，腳這樣短時間內也沒辦法去做御倉館的工作喔。」

「……讓晝寢姑姑離開御倉館，然後把御倉館完全關閉。」

「妳要讓她上哪去？我們家嗎？奶奶過世時反對晝寢和我們一起住的人不就是妳嗎？而且晝寢絕對不可能離開御倉館。那孩子沒有書就活不下去。」

父親表情柔和語氣卻相當認真，深冬別開眼，又拿起一個花林糖丟進嘴裡，接著舔拭著指尖。

「要不然去請鄰居們忍耐一下？」

「短時間內這樣做比較好吧，對了，她直接把便當盒丟在垃圾收集場裡的那件事，之後還有收到相同投訴嗎？」

「我沒聽說……」

「原來如此，她也稍微有點學習能力了吧。」

「我覺得應該不是。」

「我想也是。我問妳，妳晝寢姑姑是不是常常在睡覺？」

深冬抬起頭與父親對上眼，有種不好的預感在她胸口擴散。

「深冬不擔心嗎？晝寢可能會不吃不喝一直睡下去。」

御倉晝寢人如其名，甚至讓人不禁想嘲弄「她是為了午睡而誕生」，放任她不管的話，無論十二個小時還是二十個小時都能不停睡下去。聽說她年輕時清醒的時間更長一點，但從深冬出生後一直是現在這個樣子。所以在奶奶過世後，步夢還要往來御倉館照顧晝寢。

深冬想過請人來幫忙就好了，但步夢堅持遵守珠樹留下的「御倉館僅限御倉一族的人進出」的規定。深冬的母親早逝，與其他親戚關係也不密切。

姑姑不是看書就是吃飯、睡覺，幾乎不做生活其他大小事，父親每天都要去照顧她。看著父親背影長大的深冬，從以前就想過「要是父親過世後姑姑還活著，那我得接手照顧這個懶散的姑姑嗎？」，而對自己的將來感到無比厭煩。

但她沒想到竟然這麼早就要面對這件事。

出生在御倉家根本一件好事也沒有。就像剛剛那樣，突然被不認識的學姊搭話，問她要不要加入文藝社。我根本不喜歡書，連看都不看，最討厭了。

深冬拿起還沒開的ＭＡＸ咖啡，把擠到喉頭的不滿灌下肚，吐了一個甜膩的飽嗝。

「我知道了啦，真是的，也只有我能做了啊……買飯和水之類的去，做這些就夠了吧？」

父親步夢瞇眼微笑點點頭。

深冬離開醫院後試著打電話到御倉館去，一如往常只聽見通話中的嘟嘟聲。沒辦法，她只好到超商的ATM從與父親的共同生活費帳戶中領五千圓。

車站前，返家的上班族和學生來來往往，綠色布告欄前，兩個戴帽子的中年男性正在張貼讀長神社水無月祭典的海報。上面寫著「來去『書香小鎮』讀長町的知名神社吧！」。讀長神社就位於御倉館正後方，這個時期總是很多人。深冬用力把腳邊的空罐往自動販賣機的方向踢去，百般煩惱後最後還是撿起空罐丟進垃圾桶裡。

讀長町的海拔很低，從站前往中心區前進，自然而然會一路走下坡。特別是商店街附近特別低窪，商店街入口前的樓梯彷彿像站在山崖上般視野遼闊，是個小有名氣的攝影景點。現在恰巧是熱鐵般的太陽往小鎮盡頭落下的時刻，許多人拿著手機或相機，朝著因燦爛夕陽閃耀而炫目的街景不停按快門。

商店街充滿醬油或醬汁焦香的氣味與煙霧，精肉店前一如往常大排長龍，身穿白色圍裙與白色塑膠雨鞋的店員手腳俐落地把剛炸好的可樂餅與炸肉餅裝進袋子中。鮮魚店今天的重點商品是鰹魚，店家的次男正在店頭的燒烤台前拿著串好的鰹魚，要將表面炙燒得恰到好處的鰹魚切成炙燒生魚片。炭火把青色的魚烤得魚皮、魚脂香氣四溢引人食指大動，路過行人紛紛停下腳步，連白貓都喵喵叫等著。一盒四百五十圓。調味料另外賣，一小杯裝有切碎細蔥、紫蘇、茗荷、生薑泥的調味料要五十日圓。

但一人份要五百日圓有點下不了手，深冬吞下不停湧上的唾液，依依不捨地朝對面的蔬果店看。店頭擺著色彩鮮豔的紅色番茄與綠色獅子唐辣椒，表皮散發光澤的茄子，以及早已開始進貨的玉米。

「哎呀，小深冬，妳爸狀況怎樣？身體好點了嗎？」

把一袋番茄、一根長茄子、一盒茗荷放進購物籃中拿去結帳時，隨意拿髮夾固定褐色劉海的熟識店員開口問。她是位四十歲左右的女性，每次見到時她總忙得不得閒，總是不理會對方的狀況飛快說重點。深冬心想要是說狀況不好會讓她更慌張，便回答「好多了」，店員點頭說「這樣啊！」後已經開始替下一位顧客結帳。

深冬的家事技能只有如非必要就不會做的程度，要煮味噌湯還煮得出來，但湯頭拿高湯粉了事，且她腦中的菜單也沒多到可以把食材加以利用，她也沒有興趣多學。像現在這樣遇到平常負責煮飯的父親不在，她需要煮味噌湯時，只會拿豆腐搭海帶芽，或是高麗菜搭紅蘿蔔，或茄子搭茗荷這三種組合輪替。接著煮好白飯，買現成的料理拿來當配菜。

深冬走過蕎麥烏龍麵店、中華料理店，加入雞肉專賣店經營的、一串只要九十圓的烤雞肉串店前的短隊伍中。身材高大一頭鬈髮的老闆在廚房裡，雙手流暢地翻動著因長年髒汙而黝黑的燒烤台上的烤雞串。

「我要三串蔥肉、三串雞肉丸、三串雞肉……然後四串雞皮。醬汁口味的。」

一邊朝被噴濺的雞油與醬汁沾染得油膩的窗戶窺探，一邊點餐，大概是聲音太吵聽不太清楚，在旁邊炸雞塊的老闆女兒由香里幫忙寫點單。

「對不起喔，換氣扇壞掉了，店裡非常吵。三串蔥肉和三串雞肉，然後還有什麼啊？」

「三串雞肉丸和四串雞皮。」

深冬決定要一次吃兩串自己最愛的雞皮。

「收到！深冬妹妹還是那麼喜歡吃雞皮啊。現在單有點多要等十分鐘左右喔，妳要拿去給妳爸嗎？」

「不是，是崔哥和我的份，還有要送去給晝寢姑姑吃……」

由香里聽到這皺起臉來。

「哎呀呀，晝寢的份啊？晝寢的做鹽味的比較好吧，我幫妳各把一種改成鹽味的吧。」

沒想到由香里竟然知道晝寢的喜好，深冬因為難以言喻的羞愧紅了一張臉，小聲拜託「麻煩妳了」。五分鐘後完成的烤雞串，由香里貼心地分成三盒包裝，接過塑膠袋，塑膠袋底部熱得幾乎要燙傷人。

深冬單手插在制服外套口袋中，駝著背下巴稍微前傾走過商店街。在老舊的美容院白色門前，看見幾本用繩子綁起來的書和寫著「奉納*」的牌子。想起在站前看見的水無月祭典的海報，深冬把背駝得更彎。

走出商店街後熱鬧氣氛瞬間一變，變成寧靜、讀長町特有的「書香小鎮」。

在御倉館蓋好前，讀長町是個沿著河岸而建的淳樸寺院小鎮，四處是農田、森林。而這個小鎮會被稱為「書香小鎮」，果然還是御倉館帶來的巨大影響。雖然這樣說，平成時代的經濟不景氣也影響到這個小鎮，與昭和時代的全盛期相比，樣貌也變了不少。

一出商店街後的橫向大馬路，一到假日會聚集各種愛書的人。有紅色門與藍色招牌的可愛店家是繪本專賣店，旁邊是一間有坡道的無障礙書香咖啡廳，過馬路後有家從大型書店退休的書店員經營的流行新書書店。此外，還有歷史悠久的古書店、專門買賣翻譯小說的二手書店、把過去住在鎮上的小說家的書房改裝的咖啡廳、連鎖新書書店等等櫛次鱗比，走個十步絕對都會碰上各種與書相關的店家。

深冬父親常上門消費的新書書店「若葉堂」店門前，頂著黑色香菇般的蘑菇頭髮型，戴著眼鏡的年輕男店員正在打掃門口的腳踏墊。深冬正要經過店門口時和他對上眼，他點點頭打招呼。

走過馬路轉角，在緩緩轉彎的狹窄道路中前進，民宅庭院與陽台上鬱鬱蒼蒼的茂盛綠意映入眼簾，讓人想深吸一口氣。爬藤玫瑰花叢底下寫著「BOOKS Mystery」的招牌搖晃，旁邊的雜貨小店裡，綁著紅色頭巾的老闆正在收拾擺在店頭的便宜書衣與閱讀燈。

穿過狹窄道路後走出大馬路，這附近車流量大，現代感的書店減少，公寓大廈、小公寓、乾洗店與醫院等林立，轉變為生活感十足的氣氛。

【本書註解皆為編註與譯註】

＊指讓神佛開心所進行的捐獻、舉辦儀式的行為。

邊搖晃烤雞串的塑膠袋邊走下緩坡道，終於聽見不停在榻榻米上練習受身技巧的拍打聲，深冬知道已經來到道場附近。鋼筋水泥建的兩層樓堅固道場，白光從毛玻璃那頭透出來，照映在孩子們停在人行道角落的自行車上。隔壁一如既往的古書店已經拉下鐵門，從底下的縫隙中吹出舊紙張獨有的刺鼻霉味。

「大家好！」

拉開沉重的鐵拉門，拍打榻榻米的聲音明顯轉大。道場的白色燈光非常明亮。鋪滿整面的道場專用榻榻米上，從小學生到中年人，各個年齡層的學生正在與各自的對手自由練習中。

「崔哥，這個給你。」

深冬一喊完，崔正好拿著毛巾胡亂擦頭往這邊走過來，深冬拿起一個有點黏膩的烤雞串盒子給他。穿舊柔軟的柔道服上綁著黑帶的代理師傅崔，才剛過三十還相當年輕，身材比步夢纖細。只靠柔道活到現在的他雙耳變形，鼻子也有點歪。對獨生女深冬來說，是哥哥或年輕叔叔的存在，深冬每天都會在傍晚有點肚子餓的時段送慰勞品來。但也不是免費。

「太棒了，是烤雞串耶。謝謝妳，多少錢啊？」

「四串三百六十圓，六十圓請你，給我三百就好。」

「跳樓大拍賣耶，啊，師傅的狀況怎樣？」

「好像還不能出院，但狀況還不錯。比起那個，你聽我說，我接下來每天都得到晝寢姑姑那邊去耶。」

「晝寢？那還真是辛苦妳了。」

崔從零錢包中拿出烤雞串的錢，突然皺起臉來越過深冬頭頂看向遠方天空。那是御倉館的方向。

「剛剛道場也接到抱怨御倉館的電話，聽說警報又響了。」

「真的假的？真是的！」

深冬毫不掩飾煩躁地大喊，咚的一聲靠在道場牆壁上。這次是不是該認真把那個姑姑趕出御倉館啊？深冬突然後悔起買烤雞串給姑姑的事情，甚至想著要不要把那人的份也給崔。讓他和有好感的事務員原田小姐一起吃好了，但崔又接著說了讓人更在意的事情：

「但是啊，我們這邊沒有聽到警報聲。昨天聲音傳遍四周，今天完全沒聽到。而且晝寢也不接電話。」

「是喔……？該不會是人在分館沒有聽到啊？那邊連救護車的鳴笛聲也聽不見，你也可能剛好去超市之類的啊……」

「不，我今天一整天都在這邊練習。不只是我，連附近的小狗們都很安靜，原田小姐也說她沒聽見。」

崔自以為隱藏住對原田的好感，但他的態度明顯到連深冬也發現了，早已是公開的秘密。深冬雖然想和平常一樣捉弄崔，但她也知道現在不是做這種事情的時候，得馬上去御倉館才行。

「但有人投訴就表示發生了什麼事情吧，只是我們這邊沒有聽到，可能對誰來說很吵吧。果然還是對不起人家啦。」

深冬連在意烤雞串的盒子在袋子中傾斜的從容也沒有，憤然朝御倉館前進。

讀長町大約散布著五十多家與書本有關的店家，有人來購買要當作裝飾用的裝幀精美的書，以及來購買書籤或書衣等雜貨小物的人，也有來尋找初版書、稀少書腰的書或珍貴書籍的顧客，這個小鎮接納各種類型愛書者。在這之中，特別是對狂熱書籍蒐藏家來說的「書香小鎮」的深層核心，果然當屬御倉館周邊的書店街。

離開道場走回原路，慢慢爬上緩坡道，就可以看見巨大銀杏樹及御倉館。道路彷彿河水碰到河中沙洲後分岐般分成兩條路，路旁染上灰色髒汙的老舊古書店林立，櫛比鱗次包圍著御倉館。

兵分兩路的道路包圍御倉館的腹地，越過後再次匯合，接著碰到更前方的微高山丘後又再分開變成T字路，一邊深入住宅區，另一邊則是朝車站方向前進。讀長神社就位於這個綠意盎然的山丘上。大概為了準備下下個月舉辦的「水無月祭典」，山丘斜面上已經開始擺放要立旗幟的旗竿了。

讀長神社祭祀掌管書籍的稻荷神，往來神社的人很多。參拜民眾投擲香油錢後搖動鈴鐺祈禱，當下浮現腦袋的心思當然是各有不同，但隨風搖曳的繪馬上寫的大多都是與書籍、閱讀、文字工作有關的內容。舉例來說：

「希望我有機會用十萬圓以下的價錢買到八〇年出版的《定本蒐書散書》特裝限定三十五套的那一套書。」

「請喚醒ＳＦ作家陶片朴太郎的幹勁，我已經等他的新書等二十年了。」

「我要拿到文藝新人獎！這一次絕對、絕對要拿到！拜託讓我拿到！」

「希望我們家書店的業績變好。可以的話請讓網路書店Emazon經營惡化，或是鬧出什麼醜聞倒閉。」

等等與書籍有關的各種祈禱、願望與詛咒的話語，就在藍天下隨風搖曳。懷抱與書籍相關煩惱的人從全國各地前來這間祭祀「書籍之神」的神社，卻鮮少人透過閱讀沉睡在讀長町圖書館資料室中的書，去得知這裡是從何時開始祭祀書籍之神的。就算知道了大概也會閉口不談吧。

不管怎樣，這間神社、御倉館、綿延至此的古書街，深冬全部都超級討厭。每當神社因為祭典熱鬧之時，祖母總會非常不開心，擔心會有誰闖入御倉館而比平常更加神經緊張。就連現在，深冬都覺得早已逝世的祖母就在她身邊怒氣沖沖。

夕陽西下，包圍小鎮的黃、紅光帶消失，天空展露深藍的真面目，隱約可見星光閃爍。走近御倉館，撐過大地震也走過戰火的大銀杏樹在燈光照射下，灑落複雜的影子。吹來的風總帶著一股舊書氣味。大銀杏樹後方有被包圍在紅磚圍牆裡綠意盎然的庭院，御倉館的屋頂就在庭院那一頭。

御倉館是西洋式建築，路過時最引人注目的，就是有著三角形硬山式屋頂、整片玻璃的日光室。給人厚實、有稜有角印象的御倉館中央，是一整片從一樓到二樓的巨大玻璃窗，用白色優雅的細窗框裝飾。

但整棟洋館完整接受陽光射入的也只有這個日光室。建築物大部分都相當極端地沒有任何窗戶，與土藏建築幾乎沒兩樣，塗上泥土、灰泥的牆壁上只有裝設換氣用的帶門窗戶。這是因為書本非常討厭陽光與濕氣。

不是為了人類，而是為了書籍而建造的御倉館，除了日光室外沒準備其他為人類設計的空間。繼承者珠樹又比父親更忠於書籍，在剷平部分庭院而增建的分館中，為了裝設換氣扇，連帶門窗戶也沒有設置，就跟監獄沒兩樣。

小時候，每次父親帶深冬到御倉館來，她就會大聲哭喊著「要回家了啦」，攀爬在灰泥牆壁上的藤蔓很詭異，感覺隨時都有鬼怪出現。大銀杏樹的凹凸樹瘤也讓深冬感到噁心，她覺得待在這裡根本沒一件好事。

越過磚牆朝裡面窺探，日光室一樓的窗戶昏暗，二樓稍微透出橘色燈光，可以得知裡面有人在。

已經是高中生的深冬再怎樣也不會哭了，但打開庭院鐵門門鎖走進去時，心臟仍急速跳動。確認晝寢的狀況後就立刻回家。快點回家去看綜藝節目，仗著明天是週六，今天要熬夜看漫畫。反正她也沒有約出去玩的朋友。

穿過長滿了開始染上顏色的繡球花、葉緣帶白的寬葉羊角芹、紫花地丁等花草的庭院，站在鋪滿藍色磁磚的大門前按下電鈴。她心想反正不會有人回應，不出所料，晝寢沒有出來應門。

拿出父親給她的鑰匙插進鑰匙孔中——不是輕輕扭轉，而是要用力再轉動一段，確認「喀」的機械聲響起。這樣真的解除警報了嗎？抬頭一看，帶著大型保全公司標誌的警報裝置，漠不關心地杵在大門上方。

但深冬不禁歪頭，警報裝置旁貼著一個寫著無法判讀的奇妙紅色文字的金屬板。之前有這種東西嗎？不，話說回來深冬根本不靠近御倉館，偶爾來也老是看著地板，根本沒看過大門上方。

深冬胸口充斥著不安，輕輕打開大門。警報聲沒有響。

「晝寢姑姑？」

外頭明明已經是夏日了，室內卻一陣冰冷，讓人起雞皮疙瘩。感覺舊書特有的刺鼻氣味讓鼻腔深處到上顎附近隨之痠麻，快要打噴嚏了。

打開電燈開關，室內立刻被橘色燈光照亮。雖然是西洋式建築仍無法脫離日式風格，貼滿褐色與白色磁磚的玄關擺著一個大型鞋櫃。深冬脫下運動鞋，想要換上拖鞋時，「呀！」地大叫一聲。鞋櫃裡有隻翻肚的蟑螂屍體，深冬差點就摸到了。

「……我想回家了啦。」

希望蟑螂不是和晚夏的蟬一樣裝死。希望牠別突然醒過來飛出來。深冬壓抑想哭的心情邊祈禱，從空了一格再旁邊的鞋櫃中戒慎恐懼地拿出拖鞋。

走廊從鋪著地毯的玄關大廳往裡面延伸，走到盡頭時往右轉。走廊兩側乳白色牆上各有一扇門，分別通往書庫。

右邊的小房間也就是御倉館的「創世記」，收藏嘉市從二十多歲時的早期蒐藏，創刊起全數購買的雜誌《新青年》、大正時代末期發售的圓本*全集、近代名著文庫的翻譯本等。另一邊，左側的L型長房間是過去對一般民眾開放時留下的痕跡，架上擺滿昭和時代的繪本、童書，寫給大人看的娛樂小說與文學等等。御倉嘉市的蒐藏品基本上以小說、讀物為中心，從戰前、戰中到戰後的書籍盡收於此。而他與多數蒐藏家相同，只要改版就會增購，有相關評論也會購買。

儘管如此，仍無法引起深冬興趣。深冬為了慎重起見，打開房門看書寢是否在這，但空無一人。

沿著走廊前進，右轉抵達日光室。全面鋪設的紅色地毯經歷無數次踩踏後變得相當扁平，每樣家具都是高級品但年代悠久。紅色毛毯捲成一團放在翡翠綠長椅上，枕頭掉在地上。這裡有洗手間，但為了避免火光沒有設置廚房，只有一個單門冰箱孤零零地擺在房間角落。御倉館沒有設置網路，唯一對外聯繫手段的電話，話筒脫落被丟置在地板上。難怪打不通。

一樓沒看見晝寢，那就是在二樓。

往二樓的樓梯位於日光室左側，樓梯下方變形的紙箱中，隨意塞著超商便當容器與免洗筷、似乎擤過鼻涕的衛生紙等東西。

房內散亂。即使如此，堆在桌上的舊書整齊地疊放好靠在桌邊，沒有任何一本書是攤開沒收，或者書頁被摺到。

「晝寢姑姑真的除了書以外，凡事都漠不關心耶。」深冬抱著交雜傻眼與尊敬的複雜心情看向窗外。已經完全日落，變成黑影的家家戶戶那頭，有片深藍色的天空。

從日光室一樓前往二樓，日光室一半為一、二樓打通的挑高式設計，從一樓到二樓的整面牆壁是書架，二樓朝外突出的走廊可以俯視一樓。走廊如露台般寬敞，就連這片牆也被當成書架活用，塞滿書籍。這邊除了書架以外的家具，只有孤單擺在中央扶手附近的皮革沙發和矮桌而已。深冬終於在那邊找到晝寢。

不是在沙發上，而是在沙發與矮桌間的地面，她仰躺在紅色地毯上，發出平穩的鼾

＊大正末期到昭和初期，一本書定價一圓廉價出版的全集或叢書類。

聲沉睡著。
晝寢戴著大眼鏡，長著雀斑的白皙臉龐，看起來像二十多歲、三十多歲，也像四十多歲，簡單來說就是年齡不詳。亮褐色頭髮隨意鋪展在紅色地毯上，身穿不知道幾天沒洗的條紋針織衫，和睡衣般的寬鬆長褲，跟躺進棺材的死者一樣規矩地伸長雙腳，雙手擺在胸口。她的手中夾著似乎是便條紙的東西。
「姑姑，姑姑。」
深冬雖然不耐煩，還是搖動姑姑的肩膀嘗試叫醒她。但晝寢不愧名為晝寢，這點小騷動根本叫不醒她，仍然不為所動地發出鼾聲。
厚重的紀錄簿就攤開擺在矮桌上，中規中矩的小字記錄下藏書的狀態。本館與分館合計大概多達數十萬冊書籍，每一本都照書架分類，如果有修繕需要就會寫在送交修補技師的清單上。深冬在紀錄簿中夾上書籤後闔上，歎了一口氣。
「哎呀，算了……只要留下烤雞串就可以了吧。」
大十五歲的姑姑比自己更愛睡懶覺且不可靠，深冬完全無法理解。如果只是送食物就算了，深冬是絕對不願意多照顧她的。深冬從袋中拿出用紅色簽字筆寫「鹽」的盒子，擺在矮桌上，稍微思考後，移到躺在地板流口水的那張臉附近。或許她會因為這令人食指大動的氣味醒過來。
接下來只要立刻離開御倉館，深冬三十分鐘後就能回到自家公寓，在廚房煮茄子和茗荷的味噌湯，拿快煮的免洗米和烤雞串當晚餐，度過悠閒的週五夜晚。

但深冬起身時，看見姑姑手中的紙。

深冬一開始以為那是姑姑寫的筆記之類的，但仔細一看，與其說是文字更像是詭異的花紋，用湧流鮮血般的紅色墨水書寫。深冬伸出手，指尖捏住紙張一端，慢慢抽出來。

那不是筆記。是張符咒。或者該說是護身符。

這讓深冬回想起在大門前看到的，貼在警報裝置旁的神秘金屬牌子。這和那個很像。細長的純白紙張上，奇妙地往橫向擴張、縱向變形的文字。彷彿小時候看過，貼在殭屍頭上的符紙──深冬這才驚覺，把紙張翻過來反轉。

看懂了。裝飾影響下讓人以為是花紋，但這是一段用日文寫成的文字。

「嗯……『竊取本書者，將會遭受魔幻寫實主義的大旗追趕』？」深冬將這句話念出聲的下一秒，立刻出現背脊被冰冷指尖從下往上撫觸的感覺，冒出雞皮疙瘩。

「這什麼啊，好噁心喔……」

發現自己摸到來路不明的東西，慌慌張張拋開符咒的瞬間，不知從何吹來的風纏繞深冬的身體。風到底是打哪來的？深冬驚訝地轉過頭，但日光室的窗戶確實緊閉。

風彷彿有自我意識般從深冬身上離開，輕輕將符咒吹上天，使其隨風旋轉，落在走廊牆壁旁的某座書架前。

那裡有雙人腳。

穿著純白運動鞋與襪子，和深冬同高中的制服，突然現身在那裡。是個長相稚氣未脫的少女。

深冬使盡全力驚聲尖叫，往後跌坐在地板上。她以為少女是鬼。因為無聲無息突然出現，而且她的及肩頭髮純白如雪。

「妳、妳、妳是誰啊？」

少女沒有回答，只是緩緩蹲下身撿起符紙，悄然無聲靠近深冬，伸出手遞到她面前。

「……妳掉的東西。」

「什、什麼？」

「妳掉的東西，這是深冬的喔。」

深冬的臉彷彿一團揑縐的紙張。

「那、那不是我的，只是姑姑握在手上的。」

「即使如此，這還是深冬的。」

瞬間火大。聽不懂她在說什麼。到底是怎樣啊？突然出現，明明說不是我的了還說是我的——深冬的煩躁戰勝恐懼，讓她迅速冷靜下來。從記憶深處翻出回家路上喊住她的女學生的臉龐。

「等等，我知道了，妳該不會是文藝社的吧？是那個學姊要妳跟蹤我的嗎？」

在這個鎮上自稱御倉之名，就等於背負著巨大招牌走路。根本不知道深冬不看書，只是聽到她是御倉家的人，這些愛書者就彷彿找到同志般靠近她。其中還有以御倉館的藏書為目標，想要套關係的人。今天下電車時追上來的那個學姊也是相同目的吧。

如此一想，這個少女一點也不奇怪，絲毫不需要害怕。反正頭髮不是去漂白，就是天生這種髮色吧。就連她人在這裡一事，肯定是一樓日光室的窗戶沒鎖，或是用撬開大門門鎖等方法，提前闖入御倉館，然後躲在二樓的書庫裡等。就在深冬注意力被晝寢拉走時，打開拉門走出來的。進入這個書庫的拉門只有一個，在書架與書架間，沒錯，正是少女現身的地點。

如此一想，深冬心中的勇氣越漲越大，雙腳也有了力量。原本癱在地上的她眼神銳利地起身，挺起胸膛伸出手指。

「回去。我不會加入文藝社，我最討厭書了，就連看國文課本都痛苦，除了漫畫以外，一年連一本書也不看。要我入社也不會有任何好處。如果你們是想要拉我當同伴藉此進入御倉館，那也是徒勞無功，最好快點放棄，妳就這樣對她說吧。」

「文藝社？」

白髮少女不解地歪頭，黑白分明的大眼眨個不停。

「文、藝、社……不是回文*啊，還真可惜。」

*文藝社日文為「ぶんげいぶ」（Bungeibu），如果念成「ぶんげんぶ」（Bungenbu）就會變成正著念反著念都相同的回文形式。

「什麼？」

「如果是『文藝文』，不管正著念還是倒著念都可以啊。」

「別說廢話了快點出去，我沒空陪妳說笑話。如果妳還不走我就要報警了，妳這是非法入侵民宅。」

深冬推少女後背——看吧，我碰得到她，如果是鬼根本不可能摸得到——深冬邊這樣想邊朝樓梯方向前進。但少女來到樓梯前突然用力抓住扶手，不願意下樓。

「我不是非法入侵，是那個人叫我，我才來的。」

少女說著，指向仍在沉眠的晝寢。

「我也不知道什麼文藝社，我沒說謊。」

「……真的嗎？妳認識晝寢姑姑？」

「認識，廣義來說。」

「別用那種字典上才會看到的詞說話啦，就『怪咖』這點來看，妳確實和晝寢姑姑很像就是了。」

深冬放鬆推少女背部的力量，從頭到腳細細地打量少女。她的身高只比深冬高一點，鼻子扁塌，嘴巴有點大的臉，重新再看一次還是沒有印象。制服是白色襯衫繫上綠色領帶，深藍色制服外套與裙子的冬季制服。裙子長度剛好蓋住膝蓋，和深冬一樣乖巧地遵守校規。但沒有別校徽，不知道她幾年級。

「妳叫什麼名字？」
明明只是個想做身家調查才開口問的問題，不知為何少女開心地露出燦爛笑容。
「真白，認真的真，白色的白。」
這時，深冬腦海深處有什麼東西閃過，就像線香煙火的火光迸彈般一閃。但那僅僅一瞬，還來不及抓住就消失。深冬迅速搖搖頭，抓住少女的手走回晝寢身邊。
「姑姑起床，快一點起床啦，這個人到底是誰啊？」
但又推又拉的，姑姑就是沒醒來。
算了，沒想到會在這裡花這麼多時間。如果選鰹魚炙燒生魚片當晚餐，生魚片可能都壞了。烤雞串用微波加熱就好，太麻煩了也別煮飯，去超商買即食白飯吧……深冬感到全身無力，單手重新拿好手上的塑膠袋，打算走下樓。自稱真白的少女抓住她的手。
「……幹嘛？」
「妳沒辦法回去喔。」
「什麼意思？」
「妳沒有辦法自己回去，這裡遭小偷，詛咒發動了。」
「小偷？詛咒？妳在說什麼啊？」
「相信我，深冬得看書才行。」
感覺要被真白凝視著她的黑色大眼吸進去了，這女生比晝寢姑姑還怪——深冬慌慌張張想甩掉真白的手，但真白的握力出奇地大，一動也不動。

「放開我！妳好恐怖喔。」

「對不起，但是深冬得要去讀那本書才行。」

才剛說完，真白毫不客氣地朝書架與書架之間走去，用力拉開拉門。

立刻吹起一陣帶有舊書霉味的風，灰塵隨之起舞，深冬邊咳邊用手遮住臉。為什麼書庫裡會有風？換氣中嗎？但在這段時間內睡著也太不像晝寢姑姑會做的事了。

抬起頭，前方是一整片書架。從地板延伸到天花板的書架，從裡到外擺滿了數十列，連讓人通行的空間都斤斤計較。光這個書庫就有超過兩百座的書架，每個書架全部塞滿書。這已經超越壯觀、來到高壓等級，悄然無聲，氣氛彷彿戒律甚嚴的神殿。

腳底開始冒汗。對討厭御倉館的深冬來說，這裡是最忌憚的地點。她小時候曾拉開這扇拉門一次過，但她記憶中只留下神情恐怖、居高臨下看著她的祖母。

「這邊。」

真白拉著呆愣、反應遲鈍的深冬踏進書庫中，書架與書架間的空間僅有五十公分，她們在就連嬌小的人也很不容易通過的通道間前進，天花板的電燈完全沒點亮，儘管如此，書庫裡彷彿點上蠟燭般被包圍在淡淡的橘色光芒中，照射出書架的陰影。

「……這裡根本不可能有蠟燭啊。」

從珠樹的時代開始，御倉館嚴禁火源，而晝寢和步夢也絕對不可能把火苗帶進來。

深冬揉了好幾次眼睛，但這發光源不明的燈火完全沒有消失。

真白左拐右彎地在深冬看起來幾乎沒兩樣的書架通道前進。深冬不安地看著她的背影、黯淡卻透亮的白髮，任她拉著走。

「就在這邊。」

真白在某座書架前停下腳步，這才終於放開深冬的手。深冬搓揉著微痛的手腕抬起頭，接著瞪大眼睛。

就連超討厭書的深冬也發現異狀。其他書架都被書籍塞得毫無空隙，只有這一層空蕩無物，也就是說有二、三十本藏書消失了。

「……不會吧。」

「妳讀這個。」

一看真白手指的方向，書架邊邊只有一本書被留下。書背上和那個符紙有類似的花紋，一拿過來稍微揚起灰塵，封面的圓形刻印在橘色燈光下閃閃發亮。細緻的藤蔓花紋彷彿纏繞住整本書，裝禎精美，用優雅的明朝字型印刷出書名《繁茂村的兄弟》。

「深冬，快讀。」

在真白催促下，深冬用力嚥下口水。如果是平常，她光碰到書都會產生全身僵硬的抗拒反應，但現在她異常地相當冷靜，也沒有厭惡感。《繁茂村的兄弟》，真奇怪的書名。一翻開封面，不知為何感到一股懷念的氣味。

完全無法想像內容，卻無比受到吸引，有種想要閱讀的衝動。感覺隱藏在這本書裡面的某個人，正溫柔地叫喚她的名字。

「我從小學之後，就再也沒讀過國文課本以外的書了。」

深冬鼓脹肚子深吸一口氣，接著慢慢吐息，翻過下一頁。

◆◆◆◆

凡事有開始就有結束。繁茂村一開始，在米是留、桂是留兄弟倆追著黑色甲蟲來到這裡之前，只是塊乾枯的赤褐色荒野。不管烏雲下了多少雨水，雨滴只要接觸灼熱的大地就會立刻蒸發，別說人類，連昆蟲、水也無法靠近。

米是留是個大雨男，新月夜晚，呱呱墜地的那一剎那，天空突然烏雲密布，覆蓋了村莊上空，接著降下無止境的豪雨。直到月亮再度月圓，村莊完全被大水淹沒，逃過一劫的居民，只能在鼻孔和耳朵裡塞東西後潛水回到沉在水底的家，去拿放在家裡的物品。

母親帶著米是留去找住在鄰村的雙親時雨停了，當他們回家後又開始下雨。後來米是留開始被叫做雨鬼，他只被允許停留在重新建立好的新聚落三天三夜。母親背起還是嬰兒的米是留開始旅行，她抬頭看天空，蓬鬆的黑色雨雲就跟在他們身後。只要一停下腳步，雨雲立刻追上；剛察覺雨珠滴落，轉眼間就成為打痛肌膚的豪雨。母親無法停下腳步，決定朝不下雨的地方前進。

兩人在乾枯的土地降下甘霖，在植物的根還沒被雨水泡爛前離開，朝下一個村莊前進。

繞著地球一圈又一圈，身上的衣服從輕薄到厚重，又再度從厚重變成輕薄時，母親產下次男桂是留。

桂是留是個大晴男。小米是留被託給別人照顧，助產婆手上接下桂是留時，熱力四射的太陽襲擊村莊，桂是留都還沒有喝到母親的奶，水池已經被曬乾。死絕的魚與小螯蝦的靈魂升天循環，變成憤怒閃電撼動大地，讓助產婆驚聲尖叫。死亡的靈魂最後潛入地底深處成為種子，等待將來有天發芽。

灼熱日照持續，農田沒多久就乾枯。此時米是留被帶來探望躺在助產婆家休息的母親，立刻開始下起雨。太陽明明高掛天空閃閃發亮，雨珠卻從雲中不停落下浸濕了周圍。詛咒世間而死的魚與小螯蝦的靈魂也重獲新生，伸展出鮮豔的藍與紅的葉子。

看見這一幕的母親喜悅，同時也感到悲傷。歎息著在自己肚中成長、誕生的孩子，兩人都不受上天眷顧。

黑雲環繞在太陽四周，以為雲朵在哭泣卻看見太陽燦笑。畏懼這異常天候的人們紛紛跑到治理土地的首長家，讓他坐上轎子，抬著他前往還躺在床上的母親和年幼兄弟身邊。偉大的首長根本不聽母親的悲歎，把兄弟倆帶離她身邊，交給外來的旅人，設立天候聽，雇用學者，在黑曜石板上寫上決定兄弟倆移動日與滯留日的時間表，並按表操課。

兩人跟隨著旅人，一人帶著雨雲，一人帶著太陽，在人們的愛恨中長大。被拋下的母親肌膚上的皺紋一天比一天多，頭髮轉白、骨質鬆弛，某天，就看著黑曜石板上的時間表嚥下最後一口氣，黑色花瓣帶著這個消息來到兒子們身邊。長大的兒子們非常傷心，開始憎恨彼此。如果沒有雨、如果沒有晴天，母親就不會在孤寂中死亡了吧。太陽雨中，米是留舉起巨大的岩石想要砸死弟弟、桂是留想要用銳利的樹枝刺死哥哥時，旅人丟出兩個骰子，一個指向東，一個指向西。

「到此為止，米是留往西，桂是留往東。你們兩個不准回頭、不准去追對方，也不准思考彼此的事。只能不停前進。將來有天會在蟲子的引領下再相聚。當再度下起這種太陽雨時，你們就在那裡建村。」

兩人遵從旅人所說，分別朝東、西旅行。兄弟分開後，纏繞在太陽周遭的黑色雨雲也離開太陽，追在米是留身後。人們心想「終於可以迎接平穩生活了」而鬆了一口氣，但無法控制、反覆無常的天候仍舊令人困擾。

十二歲與十一歲時暫時分別的兄弟再度相遇，並建立起繁茂村時，已經是他們舉辦成人儀式許久之後的事情了。米是留在裝滿雨水的水甕下，桂是留在陽光普照的市集中，兩人分別發現黑色甲蟲。獨角仙挺出牠的大肚子仰躺著睡覺。

「……真白。」

深冬從書中抬起頭來，不滿地說：

「妳該不會要我全部看完吧？」

真白不可思議地歪頭，反問：「妳不想要繼續看下去嗎？」真白頭頂突然冒出兩個耳朵，用和狗一樣的長鼻子嗅聞個不停。

「因為這一定很長啊。米是留和桂是留是什麼人物啊？話說回來，這個故事支離破碎超怪的耶。雨天詛咒和晴天詛咒我也真的搞不懂，完全跟不上。而且蟲也很噁心——喂，妳怎麼長出狗耳朵，還戴了一個假鼻子的面具啊？可別玩什麼角色扮演耶。」

深冬伶牙俐齒地對真白說話，不等真白回應就闔上書，放回空蕩的架上。真白頭上的狗耳朵一動，如真的狗一般沮喪低垂，但盯著書的深冬沒有發現。

「很無聊嗎？」

「先不說無聊不無聊。這邊很窄根本不能坐下，站著看書很痛苦，而且對我這種討厭書的人來說，光看印刷字就是種痛苦。真的好久沒看那麼多字了。」

深冬手摸著疲憊的脖子，邊打個大哈欠邊把頭朝上下左右轉。一看手錶，已經快要七點了。

「欸，我要回家了。我改天會再來看這本書啦，然後妳這身小狗打扮，回家前要記得脫掉喔。」

接著她伸手想要拿起放在地板上的蔬果店塑膠袋與烤雞串的盒子時——指尖碰到的卻

是柔軟、卻又莫名光滑的生物觸感。
「咕咕。」
深冬腳邊有一隻公雞擺動脖子，晃動紅色雞冠。深冬瞠目結舌，整個掌心貼上去撫摸公雞，是真的。公雞黃色的腳踏扁烤雞串盒子，開始在書庫裡亂走。
「為、為什麼這邊會有公雞啊？」
一看被踩扁的盒子，裡面的烤雞串消失了。沾黏在盒子上的醬油醬汁也消失得一乾二淨。不僅如此，蔬果店的塑膠袋裡冒出三根青芽，不停扭動向上生長。
深冬倒退一步撞上書架，腳步不穩地看向真白。真白沒有被公雞嚇到，看著後方牆壁。聽見雨聲。雨滴拍擊牆壁的聲音，以及水珠從屋簷滴落的滴答聲。
「我記得天氣預報今天和明天都是晴天啊。」
深冬喃喃自語後，突然想起什麼似地大喊「啊！」，突然出現的公雞和不知何物的新芽都無所謂了，她慌慌張張轉身，小跑步穿過狹窄通道。
「深冬，等等，妳要去哪？」
「收衣服！我忘了我上學前曬的衣服還沒收！」
感覺真白跟在她背後，不知是否多心，深冬覺得書架的通道變得比剛才更複雜，她穿過通道朝出口前進。
終於打開拉門走出走廊的深冬，映入她眼簾的是仍躺在地板上沉睡的晝寢。但和剛剛的樣子不一樣，水晶般透明的石頭覆蓋晝寢全身，藤蔓扭曲纏繞在周圍。

「姑……姑姑？」

深冬緊握雙手、戰戰兢兢地靠近，心想晝寢該不會在石頭中窒息死了吧，背脊不停發顫，但仔細一看可見晝寢的腹部緩慢上下，知道她仍在呼吸。她的眼瞼上用詭異深紅的字寫著「母親」。

「這什麼，怎麼一回事？」

「咕咕。」

「哇。」

碰觸她的腳的，是雞冠比較小的母雞。

「這、這次變成母雞了？」

「因為是鹽味烤雞串啊。」

「因為這種理由？不對，妳的狗耳朵到底是怎樣？動得超厲害的耶……鼻子也好長！」

走到明亮的走廊重新一看，真白頭上的純白耳朵似乎是真的，長長凸出的臉上帶有濕氣的黑色鼻子動個不停。除了眼睛和頭髮外，她已經變成一張狗臉了。雖然是異常事態，真白卻不以為意地說：「這可以幫上深冬。」

「……我似乎是看書看到睡著了。」

深冬用力閉上眼睛，對現實世界中應該是看書看到打瞌睡的自己說話。快點醒來吧，夠了，做夢做夠了。

快醒來、快醒來、快醒來、快醒來、快醒來……

用力念完後，慢慢睜開眼睛——但姑姑仍睡在水晶中，真白依然有狗耳和狗鼻，而且比剛才更真實了。

「啊啊，真的夠了……」

不管深冬打算說什麼，真白都只是歪著頭，植物沿著地板、牆壁書架越長越多。枝葉不斷延伸，綻放出一整面黃色、粉色花朵的爬藤玫瑰，鬱鬱蒼蒼的蕨類植物搖曳它們細細的葉尖，那個角落長出來的是蕨菜嗎？似乎聽見水聲。豪雨打在日光室的寬闊玻璃窗上，如瀑布往下流。底下聚集成小水池，噗通一聲，有魚跳出水面。

深冬驚聲尖叫，半發狂地衝下樓梯，跑過時間停在六點五十分的立鐘旁後，一陣旋風捲起。

有人的聲音，而且還是多人的交談聲。聲音越來越大，甚至蓋過雨聲，吵到讓人想摀上耳朵。沒有人的氣息。即使如此，不知是哪種語言的大量話語，重重交疊混雜，震動著深冬的鼓膜。書架嘎答嘎答地輕微晃動，一樓書庫的門微微打開，這才發現聲音的源頭是書本。

語言擅自入侵了！

深冬奮力拔起快要癱軟的雙腳，想從玄關跑到外面去，但這次換成各種色彩的全艦飾旗子。裝飾在繩子上的各色旗子，從書本、書架、各處縫隙中伸出來纏住深冬的手腳和臉。

「這也太奇怪了吧，我絕對不相信有這種事！這是夢、這是夢！」

都是因為讀了那本奇怪的書。都是因為讀了那個奇怪的故事。極端雨男與極端晴男，根本不可能有這種人，故事這種東西真的是謊言連篇。魚和小螯蝦變成閃電潛入土裡，變成種子後發芽，要是告訴生物老師，絕對會因此被扣分。

啊啊，早知道就不看了！所以我就說我討厭書啊！

深冬扯掉纏繞在身上的全艦飾旗子，邊揮開邊抬起頭，看見玄關大門上採光的窗戶那頭，小螯蝦不停從天而降，她感到全身無力。

「深冬。」

深冬嚇了一跳回頭。真白站在後面，看起來像頭上長了頭髮的白狗，她仔細地把深冬身上的旗子拿掉說：

「這不是夢，是『詛咒』。妳剛剛也看見符紙了吧？上面寫『竊取本書者，將會遭受魔幻寫實主義的大旗追趕』。」

深冬用力吸一口氣後回望真白。

「別說那種話，詛咒什麼的，別說那種不舒服的事情。」

但真白絲毫不為所動。

「御倉館的書——現在有二十三萬九千一百二十二本，每一本書都加上了『書籍魔咒』，要是有人偷書，御倉家以外的人把書帶出御倉館，就算只有一本都會發動詛咒。偷走故事的人，就會被關在故事的牢籠中。這一次被選擇的是魔幻寫實主義的書籍魔咒。這也被稱為Magic realism，是把小偷關進魔幻寫實主義中的詛咒。」

在真白說明時，紅、藍、黃、綠、褐、黑，還有不知該如何形容的桑葚色旗子從走廊、牆壁爬過來，想要爬上深冬的身體。

「這些、那些，全都是因為魔幻寫實主義的詛咒才會變成這樣。對書籍施加詛咒的行為，是在印刷機尚未發明、書籍還相當貴重的時代，人們為了保護書籍所做的行為。防禦魔術。修道士也稱這個為Anathema，會被革出教門的詛咒。」

「……妳是撞到頭了嗎？」

深冬忍住想哭的心情把手伸向鞋櫃，指尖碰到翻肚的蟑螂。完全忘了。深冬驚聲尖叫後，蟑螂像正好醒過來般起身，拍動牠黑色有光澤的翅膀。細長如彎弓般的觸角探索著四周，輕盈地飛起。

真白從後面支撐著差點昏倒的深冬，讓她坐下後，開門放蟑螂出去。在傾盆大雨中，蟑螂朝烏雲快速流動的天空飛去。

圍繞在御倉館旁的古書店街上，也充斥著鮮豔的全艦飾旗子，覆蓋住道路。原本綠色的銀杏樹葉閃耀金黃光芒，風一吹來如金粉般飛舞散落，照亮灰色的街道。葉子才剛掉落，樹枝立刻長出新芽，樹葉無止境地飄落。

「古老的書籍魔咒是指每一本書都有一個詛咒，但現代書本數量很多，不管被偷走幾本書，都只會發動一個詛咒。也因此詛咒的力量強大，會讓整個城市產生變化──也就是說，我們也身處在《繁茂村的兄弟》故事當中。詛咒只在讀長町中有效，小偷就在這個城市的某處，被關在故事的牢籠中。」

站在門口的真白，背光下，白光勾勒出她的輪廓，閃閃發亮。

「深冬，妳現在得去找出小偷。只要抓到小偷，書籍魔咒就會消失，城市也會恢復原貌。」

走出屋外，閃電在黑暗的天空發亮，大顆雨珠直落，猛烈強風咻咻地吹過。但一抬頭看天空，滿月高掛空中，厚重雨雲隨伺在旁。滿月泰然地俯視讀長町，正如有雙黃眼珠的黑貓打招呼般，眨呀眨地眨了兩、三次眼。

「……月亮在眨眼耶，這怎麼一回事。」

視線往下一看，與館內相同，地面四處長出植物，彷彿綠色地毯從斜坡上滾下攤開，不停生長。

城市以猛烈的速度變化。藤蔓蔓延，家戶的屋瓦配合雨聲起舞，犬隻歌唱，貓兒吟唱浪曲，柏油路如泥土路般滿是泥濘。

深冬呆然地站立，真白輕輕碰她的手。真白的臉幾乎全變成狗，從制服裙襬可以窺見白色尾巴，但頭髮、眼睛以及手都還是人類少女的模樣。

「我們走吧，得快點抓到小偷才行。」

「……只要找到偷書的小偷，就能讓城市恢復原貌嗎？」

整張臉慘白的深冬發問，真白用力點頭。

「嗯！大概。」

「大概？」

「其實，我也是第一次碰到不是很清楚……除了要抓到小偷外不知道其他規則。因為我才剛出生而已。」

「……不管怎麼看都不覺得妳是人類小嬰兒耶。」

「確實，嚴格說起來我不是小嬰兒。」

「真是的！」

深冬忿忿地不停跺腳，感覺自己的恐懼正逐漸變成憤怒，如此一來也越來越有精神，還真是不可思議。

「嚴不嚴格都無所謂啦！妳一臉超了解這世界，剛剛還自信滿滿說『會恢復原貌』，現在也太模稜兩可了吧！而且說起來，如果妳不讓我看那種書，我就不會做這種怪夢了！」

深冬的口氣近乎咆哮，真白彷彿遭飼主斥責的小狗低垂著雙耳不知所措。就在這之中，雨勢越來越大，雨珠已經變成黃豆大小，彷彿下冰雹似地打出聲響。仔細一看，雨珠並非水珠，而是燦爛的白色珠子。撿起一個珠子來看，是真正的珍珠。庭院和道路上布滿珍珠，反射著月光發出白色光芒。

「喔，我已經不行了。」

就在深冬想要逃回御倉館時，真白低垂的雙耳瞬間挺立。深冬沒聽見任何聲音，真白的耳朵微微抽動，黑色有光澤的鼻子聞啊聞。

「……有誰在樹叢裡，是誰在那裡？」

接著，庭院的繡球花叢開始搖晃，過一會兒，一個黑影探出頭來。在滿月與炫目的珍珠雨照射下，那生物是有著尖耳的橙色狐狸。用粗糙難聽的聲音「嗚嗷」地一叫。

下一秒，真白立刻如獵犬般朝狐狸飛撲過去，可憐的狐狸跳起身想逃，也輸給真白的速度，被逼到庭院角落。

「喂，妳啊。」

喜歡動物的深冬慌慌張張追上去，把狐狸抱起來遠離真白。

「欺負弱小超差勁的，對吧？小狐狸，好可憐喔。」

懷中柔軟溫熱的身體不停顫抖，深冬狠狠瞪了真白一眼，又讓真白不知所措。

「對、對不起，一看見狐狸就讓我的身體反射性行動。」

「妳該不會連內在都變成狗了吧。」

深冬抱著狐狸，在不停歇的珍珠雨中闊步前行。

「深冬，妳要拿那隻狐狸怎麼辦？」

「在這個奇怪的世界中，總不能把牠丟著不管吧。」

深冬摸著柔軟蓬鬆的橘色毛皮，狐狸大概是安心了，陶醉地瞇起眼睛。真白不情願地皺起鼻子，但深冬已經決定，她也只能不甘願地同意。

走出御倉館，在下著珍珠雨的道路前進。古書店街點著昏暗的燈光，下班回家的人們看著店前百圓均一價書架上的書。城市明明完全變了樣，卻不見任何一個人慌張。而且以為自己身處異世界的深冬，看見幾張熟識的臉孔嚇了一跳。特別是在書架右側物色商品的微胖上班族常客，只要一看見深冬就會滿臉笑容朝她揮手：「啊，御倉家的！」

「真白，妳在那邊等我一下。」

深冬讓真白在自動販賣機前等待，抱著狐狸戰戰兢兢走近，向正打算從百圓架上抽出一本舊文庫本的他搭話。

「那個，你好。」

有張蒼白豐腴臉龐的男性，不停眨著他的小眼睛看深冬：

「有什麼事嗎？」

受到平常總是溫暖揮手的人冷淡對待，深冬一瞬間啞口無言，但她鼓起勇氣繼續問：

「與其說有事，是想問，你覺得這場雨怎樣？」

「雨？」中年男性邊搔著自己髮量越變越少的頭頂抬頭看天空，不可思議地歪過頭。「妳問我怎樣……就跟平常沒兩樣啊。明天就是米是留先生的婚禮了，老天也為他祝福吧。」

「……米是留先生？」

「是啊，看，大家都在撿珍珠對吧。」

積滿一整面的珍珠雨珠讓道路閃閃發亮，小孩們聚集起來，專注地收集著仍不停從天而降的珍珠雨珠。圍成一圈蹲下來的孩子們正中央擺著籐籃，珍珠雨珠堆成了小山。

看來只能做好覺悟，理解就是這樣的世界了。深冬緊握拳頭，堅定地再次面對男性：

「那個，可以請你再告訴我一件事嗎？」

「嗯？還有什麼事嗎？」

「請問你有沒有看見奇怪的人？我家書庫的書被偷走了，一整格全部不見了。所以我在找偷書的小偷。」

「我不知道。比起這個，妳別抱著那隻畜生靠近重要的書啦。」

中年男性拋下這句話後，從書架抽出三本書，迅速拉開書店的厚重玻璃門走進去。

老舊古書店的陳設與原本的世界相同，同樣地，店前與店內也擠滿了尋找「有沒有呆轉向後方。

什麼罕見的書」的愛書者。所以全部人都背對著御倉館——不會有哪個獵人在獵物面前呆

「等等，那麼只要混入這些人之中就好了不是嗎？不對，或許就在這些人之中。」

小偷為什麼要偷書？深冬認為，偷書的理由不是要把貴重書籍高價賣給收藏家，就是自己想要擁有，她覺得小偷就混在愛書者中的可能性極高。

但是要全部問過一輪嗎？感覺本來人數就不少的愛書者在深冬猶豫不決之時越變越多，從一百人到兩百人、兩百人到四百人、四百人到八百人……到底是從哪裡湧出這麼多人，人似乎是從道路水溝洞裡冒出來，不停增殖。

「我覺得我快瘋了。」

深冬舉雙手放棄，無計可施了。她用力抱緊懷中的狐狸，狐狸不可思議地抬頭看她。

「我不可能抓到小偷，交給更優秀的人去做就好了。嗯，就這樣對真白說吧。」

此時，黑色蟲子，大概是蟑螂振動翅膀飛過來，停在眼前的書架上。深冬拋開羞恥地驚聲尖叫，狐狸「呀」地嚇唬蟑螂。

「好，狐狸，去把蟑螂吃掉！」

說完後，真白拉住深冬衣袖。

「深冬，我們跟著那隻蟲走。」

「呃，我絕對不要！」

「別這樣說。在《繁茂村的兄弟》中，像甲蟲的黑蟲被叫做『帶甲殼的蟲』，被當成神明使者敬重。因為牠是讓朝東、西分別行走的兄弟再次見面的關鍵。而現在的讀長町就是繁茂村。牠或許會帶我們去找小偷。」

比起平常在廚房或垃圾場讓深冬嚇到的樣子，這蟑螂的翅膀確實更加渾圓隆起，看起來像背著甲殼。顧客靠近打開店門後，蟑螂顫動身體，接著立刻舉起牠閃亮光澤的甲殼，露出藏在底下如絲絹的透明後翅，在珍珠雨中朝滿月飛去。

「……欸，讀長町真的變成那本書中的世界了嗎？那個大叔說米是留什麼的耶。」

「沒錯、沒錯，所以我們要快點找到小偷才行。」

真白拉著深冬的手，裙襬飄動如風般腳步輕盈奔跑，追逐蟑螂而去——和真白牽著手，深冬感覺自己的身體也如長出翅膀般輕盈，搞不清楚自己的腳有沒有著地。

雖然是夜晚，但都市並不是生物會躲起來沉睡的一片黑暗。深冬迅速通過住宅區家戶的燈光與超市的白色光照、快要把酒吧掩沒的淡紫色招牌、一個一個點亮的街燈，最後經過道館前。代理師傅崔正好站在路旁和事務員原田說話。染成褐色的長直髮，眉清目秀的原田正叼著細菸對崔說的話點點頭。另一方面，對她著迷的崔，耳後和後腦勺都長出可愛的紅色、粉色花朵。

「迷戀的態度也太明顯了吧。」

兩人都沒有發現深冬等人，他們只當有陣風吹過，單手壓住被吹動的頭髮。

真白速度很快，快到連坐在深冬肩膀上的狐狸都驚聲尖叫了。不知何時，真白的手腳也變成狗的手腳，身體前傾用四足踩在大地上。終於變身成穿制服的大狗，真白讓深冬坐在背上，奔馳在滿是珍珠、各色植物和旗子的道路上。背上有甲殼的蟑螂悠然在空中飛翔，毫不在意有一個人和兩隻動物追在牠身後。

深冬緊緊抱住真白的脖子，大聲詢問：

「欸，真白，那個《繁茂村的兄弟》是怎樣的故事啊？最後結局是什麼？」

雖然深冬討厭看書，但時至此時，她開始覺得要是把那本書看完就好了。不是對書本產生興趣，而是認為想逃出這個奇妙的世界，就應該要知道故事內容。真白稍微往後看了一眼，開始慢慢道出：

「雨男米是留和晴男桂是留各自在甲殼蟲引導下，抵達一塊荒廢的土地。那裡是兄弟的命運之地。長大成人的兩人，多少能夠稍微控制天氣，大地吸收了太陽和雨水滿滿的恩惠，出現河川、造出湖泊，花朵絢爛綻放，草木如同生於常春之地般茁壯地生長。豐富的水與茂盛的植物創造出豐饒的土地，讓家畜豐腴，貧瘠的土地越來越肥沃。也因此，人們開始往這裡聚集，蓋房子居住，最後變成村莊。

米是留與桂是留合力治理村莊，哥哥米是留成為掌管政治的村長，弟弟桂是留成為負責村莊產物的植物局長。但某一天，米是留愛上村莊的女性羽瓜，接著，雨水變成了珍珠。

珍珠雨很美且可高價售出，豐潤村莊的財政。但珍珠雨對村莊原本主要產物的植物只有害處。村民因而分成兩派——也就是想用珍珠賺錢的珍珠派，以及想繼續用農產品賺錢的植物派。植物局長桂是留為了保護村莊，要哥哥別再和羽瓜相戀。米是留卻把桂是留趕走，甚至廢除他植物局長的職務，宣示要完全靠珍珠營生。

桂是留無比憤怒，朝天空丟出黑貓封住滿月後消失蹤影。自那之後，月亮不落，村莊永遠處於夜晚，太陽也不再升起。在遲遲不天明的夜晚，下個不停的珍珠雨中，終於要迎接米是留和羽瓜的婚禮了。」

「那該不會就是明天吧？」

「沒錯。」

真白不知何時飛上天空，深冬感覺肩上的狐狸為了不掉下去伸出爪子抓住她。底下的讀長町盡收眼底。

珍珠雨在他們飛得比雲更高後停止，一個人、兩隻動物跑上漆黑的夜空。蟑螂仍持續飛行，但出了雲層後突然看不見那發出皓皓月光的滿月。即使如此，他們還是跟著蟑螂前進，在雲朵不停旋轉出漩渦的地點，發現了散發銀色光芒的長竿。長竿從地面往上延伸，長度大概有數千公尺吧，如針一般細，絲毫不搖晃地凜然挺立。

蟑螂停在長竿上，跟在牠後面發現黑貓縮成一團待在長竿頂端。

「這次是貓啊。」真白厭煩地一哼，「是小偷貓嗎？」

真白對其他生物，特別是對貓和狐狸展露滿滿敵意這點，是完全變成狗的證據吧，深冬心想著，邊溫柔地輕拍真白的身體。

「再怎麼說也不是吧，貓咪是要怎麼偷書啊。」

「……說的也是，我還以為蟲會告訴我們小偷是誰。」

真白毫不掩飾她的沮喪垂下雙耳。

「那隻貓大概是桂是留為了封印滿月丟上天的『夜之黑貓』，深冬，把牠放下地面肯定就會天亮了。如此一來故事也能稍有進展。」

真白說完後立刻把身體靠近長竿，黑貓的眼睛深黃如金柑果實。深冬回想起剛剛看到的滿月——接著站起身想要抱起黑貓。

但這裡在雲上，而且她腳下是狗的背。如果是雜耍師也就算了，要普通少女站在動物背上也太困難，她雙腳發抖著。深冬百般思考後，決定脫下運動鞋反過來，把狐狸從肩上抱下來和運動鞋一起放在真白背上，接著彎曲膝蓋把腳放在真白背上。

從蹲下的姿勢慢慢抬起身體、伸直膝蓋，邊感覺腳底不停冒汗，雙手離開真白的背。慢慢來，沒問題，別看下面，慢慢來——此時，東邊吹來一陣冰冷夜風，失去平衡的深冬倒抽一口氣，雙手上下揮動不停轉圈。在她往前傾時指尖碰到銀色長竿，拚死地一把抓住。深冬的黑色長髮和領帶隨風飄動。

「不可以看下面、不可以看下面。」

深冬邊說給自己聽，邊用左手握住長竿，伸長右手想要碰黑貓。但黑貓被嚇到了，張開紅色的嘴擺出威嚇態度。

「好孩子，過來這邊。」

單手沒辦法抱牠。深冬咬緊牙根，左手也放開長竿。身體立刻變得不穩，膝蓋發抖，腳底慢慢滲出冷汗。感覺一點小風都會失去平衡，不禁想像自己往夜晚深淵掉下去的樣子。即使如此，深冬還是將雙手伸向黑貓。

指尖碰到牠柔軟溫暖的身體。黑貓這次沒有威嚇，而是乖乖地接受深冬的手。深冬掌心滑進黑貓腳下，溫柔地抱起牠。

「好，我抓到你了。」

下個瞬間，夜晚動了起來。

漆黑的夜用力一動，光線突然在深冬眼前膨脹成圓。是滿月。過分刺眼的光線奪走深冬的視覺，她腳一滑身體失去平衡，抱著黑貓頭朝下跌落天空。

「噢！」

真白立刻轉換方向，雙手折起，雙腳用力伸直，如子彈般迅速追上往下掉的深冬。真白在深冬跌出雲層前咬住她擺動的長裙襬，用力往上一跳，深冬往上飛之後落在真白背上。

「好、好恐怖喔……」

深冬用袖子擦拭滿是淚水、鼻水的臉龐。剛剛那隻黑貓從深冬懷中爬出來，坐在真白背上正中央。狐狸在牠背後一臉不悅，可疑地瞪著新來的傢伙。

「黑貓都在這裡了，為什麼還有滿月啊？天也沒有亮。」

深冬一說完，彷如地鳴的聲音響徹雲霄，就像巨人滾動如山一般巨大的石臼的聲音。接著滿月旁出現另一個滿月，下方有個粉紅色的洞穴突然張開，流瀉出「喵喔喔」的粗野聲音。

原以為是夜空的東西，其實是巨大的黑貓身體。黑貓再次發出喉嚨震動的巨大咕嚕聲，伸起懶腰，夜空不停晃動，可從牠的雙耳間窺見染上淡紫色的黎明天空。

深冬救下的普通大小黑貓開心地喵喵叫，輕巧往上一跳，跳上空中——接著緊緊攀住。黑貓緊貼在夜之黑貓的毛皮上。大概對同伴順利從銀色長竿上下來回到自己身邊感到滿足吧，夜之黑貓將滿月的雙眼瞇得細細地打了招呼後，讓同伴坐在背上，輕巧地移動牠巨大的身體，掀起猛烈強風後往不知方向飛去。

夜之黑貓消失後，早晨來臨了。

白色太陽閃亮，帶著淡淡水藍的淡紫色天空出現好幾道黃金色帶，吹起清新的風。美麗的晴天早晨。深冬、真白和一隻狐狸也呆然抬頭望天。到底發生了什麼事？連應為領航員的真白，也大概因為「才剛出生」不解地歪頭。

「回到原點了。」

邊說邊回到地面，儘管早晨的風吹動雲朵，珍珠雨仍未停歇。城市的模樣稍微不同。書籍魔咒剛發動時活力十足、生長茂盛的植物，發黃變得虛弱，取而代之每棟建築物都用純白的珍珠裝飾，閃耀著光芒。

「正如真白所說，珍珠雨讓植物枯萎，潤澤『村莊』的財富。」

呆呆眺望城市的樣子之時，人們聚集而來，拍手迎接深冬等人。

「太精采了！」

「竟然可以趕走那隻大黑貓！」

深冬等人降落的地點正好在商店街前，全都是她熟知的臉孔。幾乎不曾受過熱烈掌聲的深冬不自在地搔搔頭，「謝、謝謝」地害羞笑著回應。

但在這裡，理當熟識的這些人也沒人認出深冬。不管是雞肉專賣店替深冬寫烤雞串點單的由香里，還是蔬果店的店員——用髮夾固定褐色劉海的髮型和活潑開朗的氛圍明明都沒有變，卻用敬語對深冬說話，把深冬當名人對待。

「哎呀，您真厲害呢，明明還這麼年輕。」

「真是勇敢呢。」

深冬感覺胸口深處的溫度頓時下降。

「……大家是怎麼了啊？」

明明那樣討厭被喚作「御倉家的人」，深冬現在卻有強烈想主張御倉之名的衝動。但她緊抿雙唇閉口不語——這都是故事的錯。肯定全因為那奇怪的故事，大家才會變得這麼奇怪。既然如此就要快點把世界恢復原狀，然後去逼問晝寢姑姑。

但完全沒找到任何關於小偷的線索。小偷或許就藏在這些人之中，但完全沒有頭緒可能是誰。

在商店街的大家，以及身穿藍色、紅色或綠色圍裙的書店員們都熱烈歡迎深冬，還有人說著「請務必讓我們道謝，請喝個茶吧」，強行拉深冬的手往商店街裡邊走去。若葉堂的蘑菇頭青年也在其中。大家全部滿臉笑容，心情相當好。這副模樣讓深冬發冷的心溫暖起來，也跟著笑了。腦袋如染上霧霞般逐漸朦朧，什麼啊，大家意外地都很開心啊，嘴角也露出呆呆傻笑。唯一沒笑的，是只有身體變回人類，仍有一對狗耳的真白。真白緊緊盯著被人群包圍前進的深冬側臉，彷彿守護主人安全的忠犬。

在仍不停歇的珍珠雨下，深冬被商店街的大家扛起來，如扛神轎般往前移動。珍珠雨不停打在頭上，但不可思議地一點也不痛。三個人「嘿咻、嘿咻」地支撐深冬的腳，深冬呆呆地想著真像以前運動會騎馬打仗的樣子，接著突然驚醒。我到底是為了什麼在這裡啊？

「啊，喂，你們有誰知道小偷嗎？有人從我家的書架把書偷走了。」

下一秒，後方在書店工作的人們驚聲尖叫。

「偷書賊？」

「竟然偷書絕對不可原諒！」

「到底是什麼書被偷了？我們店前不久也一疊漫畫遭竊，如果有辦法抓到小偷，請把我們家的份也找回來！」

「我們店甚至要我們拿薪水來填補遭竊的部分耶！真是太讓人憤怒，不只小偷，我還想要狠狠懲治上頭那些大老啊！」

書店員，不管是新書書店的人、古書店的人、繪本專賣店的人，還是書香咖啡廳的人，大家都同仇敵愾，也同情深冬不知損失了多少。說著說著憤怒達到沸點，藍色圍裙書店員的耳朵噴煙，如火箭般飛上天際。紅色圍裙、綠色圍裙的書店員也接在後面朝天空出發，宛如披風般翻動著圍裙飛去。

「等等，小偷呢？知道嗎？不知道嗎？……飛走了。」

書店員離開後，深冬仍被扛著走進商店街裡。商店街裡的店家、以水藍與紅色為基調的入口拱門都和原本的世界相同，但整體還是相當不同。

喇叭播放的商店街廣播是「今日特賣，一舉兩得蔬果店迷你番茄任你裝，一袋一百克珍珠」、「鮮魚推薦，從乾涸湖泊泥濘中捕撈的田螺，和蚱蜢一起煮成佃煮如何呢？」等等。有著醒目紅色遮雨棚的懷舊零食店中，手握珍珠的孩子們，把棒子戳進壺中撈起彩色的糖。栗子頭小男孩把珍珠交給老婆婆老闆後，老婆婆如烏龜般伸長她滿是皺紋的脖子結帳，冷漠地把包在塑膠袋內的豔紅零食給男孩。

蔬果店的店頭，擺著南瓜大小的番茄，旁邊販賣茄子和茗荷。深冬想起她原本打算晚上要吃，肚子隨之叫了起來。鮮魚店正在烤莫名長的魚。

雖然和原本世界有些不同，但幾乎是一如往常的光景。放學回家途中在這邊買東西——明明是幾小時前的事情，卻感覺已是昨日。不對，該不會已經是一週前了吧？還是一個月前？一年前？

現在到底是「什麼時候」？不僅如此，深冬對大量雞群從雞肉專賣店逃出來在她眼前大騷動、鮮魚店的保麗龍箱中不停蠕動的巨大田螺，以及拿珍珠付錢都不感到奇怪了。深冬開始融入這個世界。

但緊緊跟在集團後面的真白，不停嗅聞氣味，持續警戒周遭。

「深冬、深冬，快看。」

真白對被人扛在肩上、突出人群之外的深冬大喊，試圖告訴她商店街人們屁股上發生的異狀。大家都長出大尾巴。所有人都一樣，長出橘色蓬鬆，只有尖端一搓白毛的尾巴，和在深冬肩膀上的狐狸非常相似。但不管真白多想警告、告訴深冬，深冬都呆呆地沒聽進去，也好像沒有發現異狀。

抬著深冬的隊伍直直在商店街中前進，靠近車站時突然停下腳步。

從車站方向傳來華麗的音樂聲，越來越靠近。

車站位於坡道上方，要從海拔低的商店街過去就得爬階梯。階梯高度足足超過三層樓，在下方很難得知上方的狀況。就算聽見聲音也不知道發生什麼事。聲音越靠越近，最後終於在眼前灰色階梯的頂端，看見透明極光色的旗子。

「是米是留先生的婚禮！」

包圍深冬的商店街人們一起歡聲鼓舞，雞肉專賣店的由香里、蔬果店熟識的店員、中華料理店穿著白色廚師服的總廚也拍手迎接，深冬也跟著大家一起拍手。

天空透著讓人想睡的柔軟顏色。深冬就像剝開鵪鶉蛋殼，發現裡面竟然是這種顏色般地驚訝，天空的顏色就和那相同，是帶著軟嫩黃的藍。晴朗無雲，珍珠雨仍下個不停。

沒有比這更適合辦婚禮的天氣了。結婚隊伍由旗子領頭，管樂隊、弦樂隊跟在後面，接著是合唱團大聲歌唱走下階梯，走進商店街中。接在拋撒紙花的孩子後面，新郎、新娘終於現身。

一開始跟著拍手的深冬，拍手動作越變越慢，在清楚看見兩人臉孔後停手。

「騙人的吧，那不是崔哥和原田小姐嗎！」

道場代理師傅崔和事務員原田，看著對方微笑地慢慢往前走。崔身穿白色燕尾服，原田穿婚紗，但兩人胸前都有像選手號碼牌的方形布料，崔的名牌上用深紅色字寫著「米是留」，原田寫著「羽瓜」。

「喂……等等。」

深冬扭動身體掙扎，對扛著自己的三人大叫：「放我下去！」趁三人被嚇到手放鬆力氣的瞬間，深冬跳下地面，鑽出人群。但就算她想接近結婚隊伍，商店街的每家店、附近的每戶人家打開門，所有人都走出來，熱鬧喧騰讓她無法接近。

不理會肩膀上的狐狸發出抗議哀號，深冬用雙手往前划水的動作，好不容易鑽過人群縫隙走到最前方，「噗哈」地大吐一口氣。

走在婚禮隊伍最前方的旗手們高舉極光旗，人潮彷彿摩西分紅海般退散，空出道路。崔和原田滿臉微笑、朝眾人揮手，再過不久就要經過深冬面前。

「崔哥！原田小姐！是我，深冬！喂！」

深冬一喊，隊伍突然停下，音樂也停止了。崔和原田慢慢轉過頭來。

「那是誰？」

果然不記得了——深冬無法掩飾打擊，雙手顫抖著，變回人形追上來的真白握住她的手。和深冬差不多的纖細小手，但很溫暖。

「別在意，只有現在而已。只要抓到小偷讓世界恢復原貌，大家也會恢復。」

真白黑亮的眼珠真誠，不覺得她在說謊。深冬點點頭，回握真白的手。

「爺，那是誰？」

崔一問，在他身旁的纖瘦老人回應「是的」鞠躬後，滿臉皺紋的臉變得更加嚴肅靠近深冬兩人。腰桿與脖子微彎，如喜相逢身形的禿頭老人，現在頭上和衣服上綁上紅色蝴蝶結，戴著「隨從」的名牌，他在現實世界中是BOOKS Mystery的老闆，名叫要。深冬還小時在公園邊吃零食邊看繪本，就被這個要老頭痛斥「別邊吃東西邊看書！」，還挖苦說：「沒想到御倉家還有這麼不愛惜書的人啊！」從那之後，深冬就超討厭這個老人。

「竟然妨礙婚禮進行，妳這沒禮貌的人報上名來！」

即使是書中世界，要老頭仍舊沒變，深冬不禁失笑，這讓老人更加生氣，長得像火男面具的臉脹紅成煮熟的章魚，耳朵和鼻孔甚至冒出熱氣。蔬果店熟識的店員邊重新夾好劉海上的髮夾邊說：

「喂，你啊，怎麼可以衝著她怒吼啊？這位小姐可是趕走那隻大黑貓的英雄大人啊！」

她才剛說完，婚禮隊伍一陣騷動，要老頭的臉像被潑上顏料般變得蒼白。

「這、這真是太失禮了。沒想到您就是把沒禮貌的桂是留丟上去的夜之大黑貓趕走的大人啊。」

老頭用力折彎讓人聯想到喜相逢的身體，深深一鞠躬，就算是深冬也急忙說著「請別這樣」，要他抬起頭。

熟識的人有著完全不同的人格、行為舉止極為認真的這幅光景，真是太奇妙了。就連父親不在家、代為照顧深冬的崔，和給深冬零食當跑腿費的原田，也用漫畫中出現的古代貴族般的動作朝深冬一鞠躬。

「請讓我們致謝，請您提出任何要求，不管是想要什麼，或希望什麼事情都可以。」

「想要什麼？還沒買的漫畫之類的嗎？遊戲？不了不了，這樣不好意思，不用了啦。」

「那麼，您有什麼煩惱嗎？」

在打扮後更加美麗的原田清澈的眼神注視下，深冬語無倫次地回答：

「那……可以幫我找小偷嗎？有人從我家書庫偷走書，但我完全沒有線索。」

深冬沒有想到，這個請託竟然會引起如此大的騷動。因為她完全沒意識到眼前這一位不是和她哥哥沒兩樣的崔，而是繁茂村的村長米是留。

掛著「米是留」名牌的崔大聲高聲下令，對讀長町的人做身家調查。在婚禮隊伍中身材高大、身上掛著「憲兵」名牌的男女立刻撲向手無寸鐵的村民。商店街立刻陷入大混亂。

「等等！這做過頭了吧！不是這樣，只要把那個壞傢伙逮到就好了啦！」

但深冬的聲音被震耳的怒吼與尖叫聲掩蓋，崔完全沒聽到。肩上的狐狸用力抓住制服外套，全身發抖，連深冬也感覺到痛與牠的顫抖。

「深冬，妳還好嗎？」

「……耳朵。」

深冬因為真白的聲音轉過頭，真白嚇得瞪大眼睛。

「什麼？」

「深冬，妳摸摸妳的頭。」

有不好的預感。深冬戰戰兢兢地伸手摸頭，接著發現自己頭上長了兩個毛茸茸，有尖角的東西。天鵝絨般滑順的觸感明顯是獸耳，而自己也確實有知覺，那無疑是自己肉體的一部分。而且屁股也長出尾巴，深冬不禁尖叫。

「耳……耳耳、耳朵！尾巴！」

周遭瞬間鴉雀無聲，停下彼此互相拉扯的手，一起朝深冬二人的方向看。剛剛還那般熱鬧、充滿歡迎的氣氛，現在成了大亂鬥的場面，商店街的空氣瞬間凍結。

居民們的眼神冷漠混濁，不僅如此，頭上也紛紛長出一對獸耳，晃動著屁股長出來的橘色大尾巴。深冬抓住真白的手用力搖晃。

「大家到底是怎麼了？」

「剛剛就已經看到尾巴了，簡直跟狐狸一樣……」

「那不是很糟糕嗎？為什麼不快點告訴我啦？」

「我說了，但妳沒有聽到……」

「算了，為什麼會長出耳朵和尾巴？」

「我也不知道，但總之先走吧，得快點抓到小偷！」

真白說完後，撐著臉色蒼白、撫弄著頭頂毛茸茸耳朵的深冬，左手環抱她的肩膀，右手滑到她的膝蓋後方，朝地面用力一踢。

飛上天空。高度比剛剛還低，大約和高樓的窗戶相同，真白彷彿踩著滑雪板般飛翔。強風轟轟轟轟地拍響耳朵。在真白懷中的深冬，邊用手抓住肩上的狐狸避免牠掉下去，自顧自地專注說話。

「……我明白了，我想，這個世界應該不是完全照著那個故事的大綱發展。稍微配合讀長町客製化了，鎮上每個人都扮演一個角色，崔哥是米是留，原田小姐是他的情人羽瓜，真白，是這樣對吧。」

「嗯，我想大概是這樣。」

「但我沒有角色，我還是御倉深冬。所以大家沒有認出我，是因為我沒有融入故事中，我是本來不存在的人。」

雖然還有點混亂，但遭逢緊急事態反而讓深冬的大腦清楚起來。長髮被風吹動黏在臉頰上，還有一搓跑進嘴巴裡，深冬厭煩地撥開。

御倉館裡被關在水晶裡的晝寢，眼瞼上寫著「母親」的原因肯定也是如此。

「欸，真白，《繁茂村的兄弟》故事裡，米是留和桂是留的母親死掉時是被擺在水晶裡嗎？」

「正確答案。深冬真厲害，他們倆的母親過世土葬後，被水晶包覆而變得不會腐爛。」

「果然如此。也就是說晝寢姑姑扮演母親角色。那麼，桂是留肯定也在某處。那變成狐狸也是照故事的發展吧?」

不管發生多詭異的事情，都是按照故事的走向發展，這樣一想後心情也輕鬆許多。就像在看已知結局的恐怖電影，但真白否定了差點安心的深冬。

「……很遺憾，並不是。《繁茂村的兄弟》中完全沒出現狐狸。」

深冬呆呆張大嘴。

「什麼?那，為什麼……欸，這個故事的結局是什麼?」

問完後真白表情瞬間一沉，難以啟齒地支支吾吾說：

「……村莊會毀滅。」

「什麼?」

「會化為灰燼。植物因為珍珠雨全數死絕，羽瓜被怨恨她的村民追趕逃往天空，再也沒有回來。失去愛人的米是留發狂，想跑去殺了桂是留，但反而被桂是留殺了。桂是留活了下來，但從此再也不下雨，河水乾涸，家家戶戶變成沙子崩解，村民們全身乾枯——滅亡。但只有珍珠雨珠永遠留存，故事結束。」

「怎麼這樣……」

深冬驚訝地俯視小鎮，白色顆粒的珍珠雨下個不停的街上，褐色、藍色和白色的屋頂如馬賽克般擁擠，可看見人們活動的身影。實際上植物也開始枯萎，深冬緊緊握著發冷的手心。

「也不用到滅亡吧。」
「魔幻寫實主義小說中，結尾很多都是村莊或城市毀滅。」
「不，我不是那個意思！架空的故事也就算了，要真的滅村就糟糕了啊！」
夜晚飛上天空時太暗還沒有發現，天空和讀長町的界線有淡黃色的霧靄，如牆壁般包圍四周。看不見河川的對岸，以及鐵道橋樑的那一頭。讀長町彷彿被困於避難所之類的東西裡。
「真的耶，就跟妳說的一樣，只有讀長町被詛咒了。動畫或漫畫中看到的結界，肯定就是這種感覺吧。」
人的移動往來會變成怎樣啊？人在讀長町之外的居民有被詛咒嗎？從外地來的人也會被詛咒嗎？車子呢？電車呢？深冬四處張望尋找鐵道，但沒看到任何一台電車行走。
太多謎團了。深冬突然想起傍晚去道場時，崔曾提到奇怪的投訴電話。有人說警報裝置響了，但崔和其他人都說沒聽到。
有什麼不對勁，點和點四散連不起來。
接著又在空中滑行了數十公尺後，真白降落在步夢住院的醫院屋頂上，放下深冬。屋頂上似乎長滿整面青苔，上面也被珍珠淹沒，珍珠空隙間可以看見變成褐色的青苔。
深冬變得越來越像狐狸，手腳和臉也開始被橘色的柔軟毛皮覆蓋。
「……越變越像狐狸了。」

深冬凝視自己的手自言自語：「啊啊！好像快懂了又不懂啦！」

這段期間，包覆讀長町的霧靄，邊界上開始冒出色彩繽紛的原色點，慢慢靠近這邊。不是從單一方向，而是四面八方出現，且越變越大。那是最一開始出現在御倉館裡的全艦飾旗子。

全艦飾旗子最前方的領頭者，就是剛剛飛去找小偷的書店員們。他們、她們同樣色彩繽紛的圍裙飄動，雙手如機翼般展開，朝深冬的方向一直線飛來。

「小偷！」

「找到小偷了！」

「所有人，降落、降落！」

當深冬聽到聲音抬頭看天空時，全艦飾旗子已經大到可以輕易吞沒一整棟醫院大樓。

「什麼！」燃著熊熊怒火的書店員們彷彿漁網般操控著全艦飾旗子，打算要籠罩整個小鎮。

此時，原本乖乖待在深冬肩膀上的狐狸突然驚聲大叫跳下地，脫兔——脫狐般逃走。

「啊，你要去哪？」

深冬伸手想叫住狐狸的瞬間，一道閃電閃過大腦。狐狸跑到醫院頂樓角落，從柵欄間跳出去，牠試圖攀住要包住整棟大樓的綠色旗子卻被彈開，就這樣往下墜。

「真白，去追那隻狐狸！」

但真白完全搞不清楚狀況，說著：「別管狐狸了，得逃離旗子才可以啊！」實際上，全身冒出憤怒熱煙的書店員們表情恐怖地逼近，深冬不由分說抓住真白的手，往屋頂柵欄方向跑。

「聽好了，那隻狐狸就是小偷！要是早點發現就好了！」

深冬斬釘截鐵地表示。

據真白所說，這世界的原著《繁茂村的兄弟》中不存在狐狸，雖然深冬也不知道為什麼是狐狸，但總之有其他的規則讓人類變成狐狸。反過來說，這世界的狐狸原本是人類的可能性極高。

「而且妳看，變成狐狸的過程緩慢，相當花時間。我的耳朵已經變成狐狸了，但手還是人類。也就是說，並非立刻變化。而那隻狐狸在我看了書、走出御倉館時已經是狐狸了。也就是說牠比任何人都早一步出現在這個世界。那就只有啟動詛咒關鍵的小偷本人而已了啊！真白快飛！飛去追那隻狐狸！」

深冬如此大喊，牽著真白的手從屋頂往下跳。下墜速度讓深冬緊緊閉上眼，但真白張大眼，環抱深冬的腰，用她白皙的長腿踢牆壁。

真白和深冬跳下的同時，書店員們也轉換方向，旗子也跟著他們。深冬緊緊攀住急速狂奔的真白，在猛烈強風中瞇起眼追逐狐狸的身影。狐狸從電線桿走過電線，走過招牌、路上停車中的卡車貨架後跳下地面，朝車站方向奔跑。

「真白，在那邊！往車站去！真是的，白救牠了！」

真白一踢電線桿，往上一跳，從月台和月台的屋頂間滑進鐵軌上方。平常搭的藍色電車就停在鐵軌上，真白和深冬鑽過電車旁，在月台上降落。

但狐狸在收票口前。自動收票口的閘門約為人類腰部的高度，就狐狸的大小，就算沒有車票也能從下面鑽到月台來。但狐狸沒有穿過收票口，而是朝售票處旁的花檯方向奔跑。深冬和真白對視後，越過收票口上方追上去。讀長町的天空被巨大的旗子覆蓋，建築物和人都染上紅、藍、綠等顏色。燃燒著猛烈怒火、想要發洩平日對竊賊的怨恨的書店員們，遲早會抵達車站。

逃脫中的狐狸目標是寄物櫃。妝點車站的花檯那頭有二十個黃綠色小型櫃、十個中型櫃、四個大型櫃，狐狸就在左側拚命跳。明明有時間逃走，但牠看見深冬後仍跳個不停。

「……你在幹嘛？」

深冬走近，狐狸一臉不悅地轉頭，圓圓的手指著上方。寄物櫃是金屬製，狐狸就算用爪子也爬不上去。是上面那格大型櫃。深冬代替狐狸拉了拉寄物櫃，但上了鎖，拉了也只是搖晃而已。

「有上鎖啊。」

狐狸跳到扠腰咋舌的深冬身上，俐落地爬上去坐上深冬肩膀。狐狸手上有兩根不知從哪撿來的髮夾。

「該、該不會……」

狐狸揚起壞笑踩到深冬的手上，把髮夾插進寄物櫃鑰匙孔中。喀嚓喀嚓弄了一會兒後，傳來開鎖的聲音。

下個瞬間，寄物櫃的門突然爆開，大量書本如瀑布般湧出。

白色封面上用墨水畫出人物的書、城市被蛇纏繞的畫的書、全紅的書、畫上戒指的書、封面是戴著怪鳥面具身穿喪服人物的書、比海更藍的書……還有其他各種小說都獲得解放，才一出寄物櫃，書頁立刻如翅膀般展開，往天空飛去。

看見書本變成小鳥飛翔的模樣，圍裙隨風飛揚的書店員們也平息怒火，覆蓋天空的旗子也急速縮小、消失。

夕陽不知何時西下，染成橘紅色的天空下，深冬目送彷彿要融入夕陽中的書本們離開，差點就要讓狐狸逃走了。狐狸靜悄悄地跳下深冬肩膀，躡手躡腳想要偷偷逃走，真白迅速拎起牠的脖子。

狐狸驚聲大叫，但真白的握力很強，根本逃不開。

「真是的，絲毫不能鬆懈。」

深冬瞪著狐狸，雙手彷彿上銬般抓住狐狸前腳。

此時，地面劇烈搖動。

醒來時，深冬仰躺在御倉館二樓書庫的地板上。參雜灰塵與霉味的舊書氣味，和甜香的醬油香氣刺激她的鼻腔。

腦袋混亂的深冬撐起手肘，試圖起身，大概是睡在硬地板上的關係，身體各處僵硬。

「痛痛痛痛痛……咦，真白？」

沒人回應。深冬上半身坐起，邊搔後腦勺邊環視四周，但只有直達天花板的書架在她兩側，沒有其他人的氣息。狐狸也不見了。取而代之在旁邊的是烤雞串的盒子和蔬果店的塑膠袋，美味氣味飄散。沒有變回雞。

「咦……做夢？」

書庫悄然無聲，只是靜靜等待看書者。深冬突然抬頭往上看，書架上塞滿書，沒有哪一格是空的。

邊搓揉自己的關節站起身，拿起烤雞串摸盒子底部，還微溫，看來沒有睡太久。回到現實世界中了嗎？或者仍在夢中呢？深冬為了讓混亂的腦袋冷靜下來，來回確認了書庫裡每個書架有沒有哪一格空出來。書本確實收納在每個書架上。沒有長出狗耳的少女真白，也沒有狐狸小偷。

走出書庫到走廊上一看，晝寢仍睡在地板上。水晶和她眼瞼上「母親」的文字也消失了。

「喂，姑姑，妳這樣會感冒。」

但晝寢只是發出鼾聲，完全沒有醒來的跡象。深冬沒辦法，只好把丟在沙發上的毛毯拿來蓋在晝寢身上。此時，矮桌上的書映入眼簾。精緻布衣裝幀上畫了美麗的藤蔓。書名是：

《繁茂村的兄弟》——

深冬嚇到心臟都要停了，嗆到不停咳嗽，接著手指顫抖著拿起書。書比想像中還輕，相當順手。打開封面，一小搓橘色毛輕輕掉落。

這是什麼毛？狐狸毛嗎？深冬邊感覺心跳不停加速，轉過頭去俯視仍大睡特睡的姑姑。

「要是說了，被嘲笑『妳在做夢吧』也很討厭啊。」

深冬歎一口氣，正打算下樓梯時轉了個想法回頭，把書收進背包中。

御倉館外早已天黑，但西方天空還帶著淡淡橘紅。古書店街上，下班、放學回家的人正在物色百圓均一價書架上的書，遠處傳來豆腐店的笛聲。

天空既沒有降下珍珠雨，也沒有全艦飾旗子飛翔。熟識的微胖常客站在書架前，深冬走過他背後時，他說：「御倉家的妹妹，妳好啊！」

與安心同時湧上心頭的，竟是奇妙的不捨。走在回家路上，深冬不停回頭，期待著狗臉真白會不會在下一刻追上來。但來往的行人與平時無異，和朋友邊說笑邊回家的中學生、讓孩子坐在兒童座椅上騎自行車的父親、手提超市塑膠袋的女性等等。既沒有突然飛上天，也沒有掛著奇怪的名牌開始說話。

深冬抬頭看著開始染上深藍的天空，想像天空某處有根銀色長竿，黑貓正在鳴叫，接著開心地想起明天是週六，是假日。

真的好久沒有這麼想要看書了，深冬突然想起穿著幼稚園制服的自己，把繪本擺在腳上專注閱讀的記憶。

真的好在意後續，書的後續。想要更詳細了解那個世界。

第二話
遭拘禁於硬梆梆的水煮蛋中

宛如潑灑油漆的鮮豔藍天，白球劃過圓弧飛著。第四堂課，身穿體育服在操場上的學生們仰望打高的球，彼此大聲說著：「往那邊去了喔！」預測會朝右邊落下，只要守右外野的御倉深冬接到球就三人出局了。

但深冬仰望著天空，甚至沒舉起戴手套的左手，只是站著發呆。球就在她身邊落地，終於回過神的深冬慌慌張張追上去時早已太晚，球邊彈跳邊滾遠，「喂！」、「在幹什麼啦！」，班上同學的聲音從背後刺痛深冬。好不容易追上球握緊時，宣告下課的鐘聲響起。

中餐時間，學生各自移動到喜歡的座位聊天，吃著甜麵包或便當，四處爆出爆笑聲或大聲的聊天聲。在走廊上奔跑的聲音，胡鬧撞上門或牆壁的聲音，吵到明明只距離一公尺卻聽不清楚對方的聲音，十幾歲孩子們爆發的生命力讓教室就快要爆開了。

深冬邊咬下上學途中在超商買的炒麵麵包，對平常一起吃午餐的同學抱怨。

「社團也就算了，體育課沒必要那麼認真吧。」

「別在意啦，我也是隨便揮個棒結果被山椒罵了。」

坐對面的廣川隨意帶過，吃著便當裡的肉丸子。山椒是學校的體育老師，也是他們班的副導師菊地田。學生時代是體操選手的菊地田，常指著自己嬌小的身體說：「山椒雖小可是相當嗆辣呢。」所以學生都叫他山椒。

深冬現在的午餐夥伴是廣川和箕田，升上高中才一個月，位置照五十音排序就坐在附近的關係，就這樣一起吃中餐到現在。但深冬內心想著：「也差不多要解散了吧。」目前也只是顧慮彼此而沒辦法「第一個離開」而已，明天開始放連假，放完假後或許會完全不同。喜歡漫畫的廣川，最近似乎在班上找到能變得更要好的人，現在也厭倦了體育課的話題，三不五時湊到隔壁小團體裡，說著深冬和箕田不認識的漫畫角色。而另一方面，箕田和兩個不喜歡運動的人在一起也很不自在。她從小學一路打排球到現在，就連坐在位子上也不自在地彎曲身體。箕田發現深冬在看她，尷尬地別開眼，但這種態度反而讓人更在意。

「什麼，怎麼了嗎？」

「沒有……啊，剛剛的壘球啊，妳為什麼發呆啊？有煩惱嗎？」

「啊啊……」

這次換成深冬別開眼了。

體育課打壘球時不小心發呆是因為她在想事情，如果不是那樣，她至少能裝出努力想要接球的樣子，也不需要自找麻煩被說教。但深冬連裝樣子也忘了，她這陣子一不注意就會回想起一週前發生在自己身上的那件怪事。

曾是書籍蒐藏家的曾祖父建造的書籍之館「御倉館」，收藏其中的書籍遭竊而發動「書籍魔咒」，深冬進入被關在故事牢籠中的小鎮追捕小偷。

深冬試圖讓自己以為那只是場夢。因為當她回到家中打開背包時，應該被她帶回家的《繁茂村的兄弟》——也就是詛咒世界的原型——突然消失，不僅如此，一覺睡醒後也開始覺得那個世界肯定是場夢。隔天，深冬順便繞去看御倉館的狀況，見到醒過來的晝寢，但她也沒特別表示什麼。

「謝謝妳送烤雞串來喔。」

晝寢悠哉地說著，接著問她住院中的步夢狀況如何，讓深冬覺得講出「長出狗耳朵的白髮少女突然出現，逼我看書，小鎮變得好奇怪。夜空是隻大黑貓，還下起珍珠雨。」很丟臉。我已經不是會把晚上做的夢說出口惹大人笑的小孩了，深冬如此一想，只能對姑姑說：「我今天也會買點東西送來給妳吃。」

即便如此，仍會在不經意的瞬間反芻那鮮明留下的記憶。剛剛也是，把在高空劃出拋物線的白球與變身成白狗的真白重疊，讓她無法動彈。

在那個世界中，深冬從突出雲端的銀之長竿尖端救下小黑貓後，腳一滑倒立刻下墜。但多虧變成狗的真白急速下降追上來，她才平安無事。如果是夢，就算墜地應該也不會死，總之，現在閉起眼睛也能回想起那真實感十足的美麗的白。柔軟毛皮的觸感也清楚留在手上。

那女孩是誰？是自己腦袋創造出的，只存在夢中的幻覺嗎？

下午上課時也不停想著這些事，班會時間鐘聲響完走在走廊上時，有人從後方拿資料夾輕輕打她的頭。生氣轉過頭後，只見山椒，也就是體育老師菊地田站在那。

深冬邊在內心咋舌「這傢伙，因為是學生就隨便亂打人」邊問：「有什麼事嗎？」山椒曬黑的臉搭上亮白牙齒，露出幾乎讓人聽見「嘻嘻」笑聲的燦爛笑容，彷彿日光燈在近距離點亮。

「妳從剛剛就不停發呆耶。真是的，明明是道場的女兒，也太沒專注力了吧。」

多管閒事，我又不是自願有個柔道家父親。深冬搔搔後腦勺剛剛被敲打的部位，頭髮跟著凌亂。

「妳父親的狀況怎樣？」

「嗯，還可以啦。」

「我明天會去探病，是讀長町車站前的醫院對吧？」

「呃，為什麼？」

「……別說『呃』啊，老師也是會受傷的耶。在柔道上承蒙步夢先生許多關照，我明天也有事要去讀長町。」

道場師傅的步夢用地區貢獻的名義，每個月會為小學生開設一堂免費的柔道課，也會以特別講師的身分到高中的柔道社指導學生。深冬的高中也是其中之一，也能理解體育老師菊地田想要去探病，但深冬想著要是他問起「妳也會一起來吧？」該怎麼辦，不停思考怎麼推辭。再怎麼說明天開始放連假，連假第一天還要看到老師也太煩了吧。

就連菊地田也察覺到深冬的心思，無奈地手扠腰。

「妳放心啦，我不會要妳和我一起去。我和三木兩個人一起去，都是大人了，當然知道該怎麼去醫院探病。妳好好享受連假吧。」

「那還真是……咦？三木老師？」

「我們上午得去讀長町的藝術廳視察，妳別看他那樣，他是個大路癡，所以我得帶他去。」

三木是學校的國文老師，隔壁班導師，和深冬除了國文課之外沒任何交集。將近一百九的身高，臉色蒼白，一頭老是扁塌的油膩長髮，完全沒有英氣。而且他上課時每隔十分鐘就會歎一次氣。這樣的三木，和身材矮小剃平頭的黝黑菊地田，外貌和個性完全相反卻很合得來，常常看他們在一起。

但有點讓人在意，為什麼國文老師和體育老師要去視察藝術廳？而且還是到深冬居住的地區去……深冬就讀的高中位於讀長町隔壁的曾場市，平時都會使用曾場市內的設施。菊地田接著用力點頭：

「啊啊，三木是文藝社的顧問啊，下一次我們要和讀長高中共同演出朗讀劇，所以要去視察。」

原來如此，如果是和鎮上的高中合作，那也能理解這位體育老師特地前往讀長町的理由了。但聽到文藝社的瞬間，深冬的心一口氣降到冰點以下，身體也一步一步往後退。

「這樣啊，那麼，勞煩老師啦。我先回家了！請隨意地去探病吧！」

「啊啊，喂！妳起碼幫我們跟妳爸說我和三木明天會去看他啊，大概中午過後立刻去！」

有夠麻煩。深冬吞下這句話，沒誠意地回了「好啦」之後往鞋櫃區走去。

對深冬來說，這世界最不想接近的就是文藝社。蒐集了古今中外小說的御倉館——因為三十年前的竊書案，御倉館在祖母珠樹的命令下禁止對外開放，只允許家人進出。所以身為御倉家一員的深冬，至今也有過好多次被想要進入御倉館的古書愛好家及愛書者靠近，差點被他們的花言巧語欺騙的經驗。

印象特別深刻的，是她小學低年級時，帶著「喜歡古書的大姊姊」準備進入御倉館時。深冬只是想要實現大姊姊「想看看御倉館裡長怎樣」的願望，但當時還在世的珠樹臉色大變地跑出來，極度冷淡趕走在玄關正要脫鞋子的「喜歡古書的大姊姊」後，還痛罵留在原地的深冬，讓深冬因為恐懼而嚎啕大哭。

「妳這個笨孫女，簡簡單單就被哄騙了。為什麼要相信別人？能相信的只有姓御倉的人。妳要知道，這裡面的書價值更勝妳的性命。」

祖母毫不留情破口大罵年僅八歲的孫女後，就回二樓書庫。獨留深冬在昏暗、充滿古書霉味的玄關，哭到眼睛紅腫，不停地抽噎。深冬原本就不擅長與對他人嚴厲又不笑的祖母相處，這件事讓她更加討厭這個老太婆，也是她遠離書本的原因之一。

自那之後，深冬就對拿「御倉家的」當發語詞的人十分警戒。最近也有人問她「要不要加入文藝社？」，如果不提高警覺，可能又會被趁隙而入。雖然珠樹已經過世，深冬也不想要遵從她的命令，但更不想要被利用。

離開學校搭上電車，越過河川回到讀長町。在站前的小點心店買了餅乾後去醫院，對差不多要開始復健的父親說：「三木老師和山椒說明天下午要來探望你。」步夢搔搔自己留得頗長的鬍鬚，不好意思地笑了。

「那還真不好意思，那兩人是很久以前的孽緣。深冬，妳明天早上可以幫我買飲料和點心過來嗎？啊啊，還有書。」

「飲料和點心可以啊，什麼書？我拿來的咧？拿了五本來耶。」

「那早就看完了啦。而且醫院裡商店的書很少。那是本翻譯書，我想若葉堂應該有賣，拜託妳啦。」

深冬覺得那種東西忍到出院不就好了嗎，但她也十分理解書蟲這群人的特性。

「我下次來寫一本昆蟲圖鑑好了。『書蟲──只要有想要看的書，就立刻想要得到』。」

「不愧是我女兒，說得真好呢。」

「一點也不好！錢要給我喔。」

記下書名並確實拿到點心和書籍費三千圓後，把父親的換洗衣物塞進背包裡，離開醫院前往商店街。今天從「中國家鄉菜　口福樓」擺在店頭的配菜中選了煎得焦香誘人的韭菜餡餅，和淋上滿滿蔥醬汁的口水雞。在被換氣扇吹動的紅色門簾下，赴日已十年的老闆夫妻手腳俐落地替她裝袋。

「蔬菜呢？不用嗎？」

「不用，明天再看看。」

身穿粉紅小花圖樣圍裙的老闆娘露出想斥責討厭蔬菜的孩子的眼神，附上高麗菜絲和榨菜給深冬。

回家路上有書店街，讀長町的特徵之一。不只大型連鎖書店，還有時尚的獨立書店與繪本專賣店、提升閱讀樂趣的雜貨小物店、以附設活動會場為賣點的書店等等，還有許多反映時下流行的店家。

但和平常的樣子不太一樣，明明才剛過下午四點，繪本專賣店的店員已經開始收拾店頭的花車。附設活動會場的書店，好幾個人一起在玻璃櫥窗前貼上好幾張「推理作家三室佐津人座談會活動」的海報，甚至讓顧客跑出來喊：「不好意思，我想要結帳。」

每家店都飄散著忙碌氣氛，顧客大概也感到不自在吧，早早退散。

只有昭和時代開業至今的老店BOOKS Mystery的白髮老人在店外抽菸，泰然自若的樣子。深冬不太喜歡這個叫作要，纖瘦且脖子和腰都已彎曲的老闆，但還是開口問：「大家是怎麼回事啊？」要老頭嘟起滿是皺紋的唇吐出白煙，回答：「採訪啦。平常那個，聽說明天要來。」

聽他這麼一說就理解了。讀長町身為「書香小鎮」，電視台或雜誌一年都會製作一、兩次的專題介紹。有和要老頭一樣，不管是要採訪還是下雪都不在意的人，也有既然要面對攝影機，那就要稍微做做樣子，如果能順道宣傳更好而努力的人。深冬向要老頭道謝後，在彎曲道路前進。

她繞去御倉館一趟後才終於走上回家的道路。深冬和父親兩人居住的公寓，從書店街穿過小路走出大馬路後，背對御倉館與古書店街走下和緩坡道，經過道場後抵達。

公寓屋齡二十年有點年紀了，兩棟三角屋頂的三樓建築，如雙子星大樓般比鄰。園在小小停車場旁的花圃，放任雜草和灌木叢生，已經變成地區野貓的地盤了，但這是因為步夢和深冬都不知道怎麼照顧植物。公寓原本的擁有者，也就是第一位房東，是珠樹，深冬自出生起就一直住在這邊。現在房東是父親步夢，但手上還有道場及御倉館要顧，公寓的管理無法周全，雨水排水管歪了，被曬到退色的外牆很久以前重新粉刷後就沒再次整理，屋簷下都已經留下幾道黑色雨水的痕跡。

打開信箱，信件當中還參雜不動產公司「高價收購您手中的不動產！」的廣告。深冬歎一口氣，把信件夾在腋下，抓住有內心覺得「超落伍」裝飾品的扶手走上樓。

擁有御倉館的御倉家常讓人以為家境富裕，實際上完全不是如此。想要維護沒有收入的個人圖書館需要大筆資金——藏書修繕費、本館與分館的維護費用、稅金。建造御倉館的曾祖父嘉市在世時，會收取入館費與資料提供費，以及募款來籌措資金，但自從珠樹關閉圖書館後，御倉館的收入為零，只能拿其他收入來運用。

親戚們不想和麻煩的御倉館及珠樹扯上關係，早已不相往來，其他不動產只剩下這棟公寓和道館。靠著房租收入和道場學費，好不容易才得以支付生活費、教育費和御倉館的維護費用。

深冬從以前就覺得「該快點把御倉館和藏書賣掉」，如此一來不僅能減輕步夢的負擔，深冬也不需要為了學費擔心。沒什麼比生活變得輕鬆更幸福，這是才升上高一的深冬的論調。但每次這樣說，步夢就會回以「那妳要晝寢怎麼辦？」的難題。

深冬打開位於二樓的自家門鎖，深冬點亮走廊和客廳的燈。朝空無一人的房內說「我回來了」，更突顯房內的寂靜，但從小學就是鑰匙兒童的深冬早就習慣了。深冬把父親的衣物丟進盥洗室裡的洗衣機後洗手，邊解開制服外套的鈕釦走到廚房，把配菜的塑膠袋和郵件放在餐桌上，桌上雜亂地堆疊了面紙盒、報紙、遙控器等東西。

深冬換穿T恤和運動褲後打開電視，然後微波白飯、沖泡海帶湯，配上韭菜餡餅和口水雞當晚餐吃。畫面上色彩繽紛的攝影棚布景、一天會看見好多次的搞笑藝人們、大聲響起的笑聲——但搞笑藝人說出口的話和偶像的反應完全沒進入深冬腦中。

心中有太多煩惱、太多事了，深冬有氣無力地咀嚼雞肉，左手折手指數著。

正好在一週前做的奇妙的夢。變身成白色大狗的少女，變成狐狸的偷書賊。不僅如此，現實世界中也有成堆的問題和必須做的事情。連假雖然開心，但放完假後可能需要尋找其他一起吃午餐的同學——廣川和箕田各自和新朋友一起吃便當的可能性極高。明天得替要去探望父親的老師們準備飲料和點心，也要幫父親買書。這棟公寓的維修工作，具體來說要替花圃澆水、聯絡業者來修繕排水管，也要和父親商量外牆粉刷的事情。然後還有打工，總之得先賺錢才有辦法處理事情，一隻手根本數不完。

「還得照顧晝寢姑姑。」

剛剛買完配菜後，還稍微繞遠路到御倉館看晝寢的狀況，但沒和晝寢說到話就離開了。

老舊古書店林立的兩條道路，彷彿河中沙洲般被夾在中間的御倉館前，晝寢和一位陌生的年輕女性在說話。

身材高眺的女性留著平頭，跟海膽差不多大的耳環相當醒目。橘色T恤搭配黑色緊身長裙，腳踩著純白運動鞋，彷彿從時尚雜誌走出來的標準打扮。與此相比，晝寢戴著大眼鏡，隨意拿髮夾夾好的頭髮和滿是毛球的灰色運動服，搭配橡膠夾腳拖，是深冬覺得「超級輕鬆，但就算是去超商都讓人有點猶豫」的打扮。

沒有什麼組合比這更不搭了，她們該不會連對話也無法成立吧，深冬邁出一大步想要介入兩人之間——但下一個瞬間，晝寢笑了。似乎是年輕女性開了什麼玩笑，晝寢呵呵笑不停。

根本不懂別人的心情。當深冬回過神來，她已經跑離御倉館了。原本打算給晝寢的配菜全給了道場代理師傅的崔。

連她也不知道自己為什麼會那樣大受打擊，但煩躁在她心中不停迴轉，深冬關掉電視。

房間再次回歸寧靜，掛鐘的秒針滴答作響。客廳與父親平常所在的和室間的裝飾橫樑上，還掛著深冬昨天傍晚收進來懶得摺、直接和衣架一起掛上去的衣物。

要做的事太多了。深冬把咬了一口的韭菜餡餅丟進口中，扒了好幾口微波白飯，用海帶湯灌下去。

「……真希望有個能商量的對象啊……」

深冬獨自低語後，又吃了口白飯。

隔天早上，深冬被電子鍋定時的聲音吵醒，睡眼惺忪打開電子鍋，把剛煮好的白飯塞進便當盒裡。她沒有要去哪裡野餐，只是昨晚沒送食物去給晝寢的罪惡感一點一滴折磨著她。

去若葉堂買完書後，繞去御倉館一趟吧。如果晝寢醒著，就問她昨天那位女性是誰，來找她幹嘛。深冬在腦海中重複今天的行程，在白飯的正中央塞進梅乾和佃煮昆布。

深冬在白飯放涼避免壞掉的時間內做好外出準備，穿上黑色牛仔褲，套上綠白橫條紋的ＰＯＬＯ衫，在盥洗室的鏡子前把長髮綁成馬尾。接著邊喝從冰箱拿出來的麥茶，邊從袋子裡拿出圓麵包站著吃，父親在家的話絕對會罵她怎麼這樣吃早餐。

確認便當盒不熱後蓋上蓋子，用步夢嘎答嘎答操作縫紉機縫出來的條紋布巾包起，再用繩子緊緊打結，深冬背上外出用的肩背包走出大門。跨上停在樓梯下的藍色自行車，用力踩著踏板，第一個目標是若葉堂。

從後方而來的風吹動她的衣襬，她在和緩傾斜的坡道上奔馳。公寓與獨棟房子林立的住宅區裡，孩子們的聲音到處響起，還有不知道哪裡傳來拍打棉被的聲音。前方有休息中的寂寥酒吧、擺出「本日特賣」紅色旗幟的超市，深冬暢行無阻地騎自行車從旁經過。騎進小路後放慢速度，在綠色炫目的道路上前進，騎出大馬路。前方不遠處掛著綠色招牌的，就是父親步夢時常光顧的新書書店若葉堂。

深冬在店門口下車，把車停在旁邊的停車格裡。走進自動門後看見的新書展示架上擺著國內小說與散文，印著「讓世間感動」、「這就是傑作」的小海報直直地立在堆疊的書本與書本間，努力吸引顧客注意。右手邊是雜誌，左手邊是漫畫，再裡面是文藝小說單行本與文庫本的賣場。盡頭牆面上擺滿實用類書籍，身穿圍裙的書店員把從陳列樣本中掉下來的附錄擺回去。

海外文學的書櫃在文藝小說中，位於最內側，但新書會擺在比較前面的平台上。父親交代想買的書也在其中，但不知道是太熱賣還是進貨量少，只剩一本孤單地平放在上面。即使如此，店內似乎有喜歡海外文學的書店員，旁邊擺著手寫上「不可思議地讓人發笑，卻也感到悲傷的故事，永留在讀者心胸！」拚命推薦的小海報，深冬小心不弄倒海報拿起書本。雖然不喜歡書，但她也不想糟蹋他人的熱情。

拿書到櫃檯結帳時，櫃檯是認識的書店員。他有一頭蘑菇頭髮型，但可能因為他纖瘦又白皙，遠遠看彷彿一根鴻喜菇沒精神地站著。細長眼睛戴著時髦黑框眼鏡，一副對次文化相當熟悉的打扮。綠色圍裙胸口掛著「春田」的名牌。

「你好。」

深冬稍微打招呼後，春田青年也點頭致意，接過書本。

此時，「哎呀是啊！營業額確實是這樣啦！」從結帳櫃檯對面傳出大聲說話的聲音。深冬被吸引轉過頭看，只見一頭亂髮如舊鐵絲絨的微胖中年男性——若葉堂讀長本店的店長，對著三位男女說話。其中兩人一身休閒商務打扮，另外一個似乎是攝影師，忙碌地按下單眼相機的快門。深冬這才想到，啊啊，對了，今天有採訪啊。

「希望你們可以寫成報導，竊盜真的是個大問題啊。什麼？你說開朗的話題不適合提這個？別那麼不通人情嘛，也有書店因為竊盜倒閉耶。」

「那個，結帳……」

深冬呆呆看著店長時，春田開口喊她。

「啊，不好意思。」

深冬急急忙忙付錢，接過書走出書店朝御倉館前進。

初夏晴天，從廣闊藍天灑下耀眼陽光，照得御倉館的大銀杏綠葉閃耀。說爽朗也稍嫌酷熱。深冬打開庭院前的鐵門後把自行車停在花壇前，陽光穿過銀杏葉呈網狀灑落碎石上，深冬走過碎石路。

那時，突然有陣強風從御倉館方向吹來，用力掀起沙塵，庭院鬱鬱蒼蒼的綠意隨之搖擺，深冬瞬間閉上眼睛用手遮臉，但沙礫還是打痛她的額頭和手。風立刻停止，深冬重新打起精神走到大門前。

把鑰匙插進鑰匙孔中一轉，拉開門把——但門把「鏘」的一聲卡住，拉不開。

「……咦？」

深冬又拉了一次門把確認上鎖後，再次插入鑰匙轉動，這次順利打開門了。

「姑姑是忘了鎖門嗎？」

大門前的藍色警報燈一如往常，沒特別異狀。為了慎重起見，深冬還大喊「姑姑？我要進去了喔！」後才進門。

御倉館的走廊悄然無聲，從玄關的小窗射入屋內的些許陽光，照得空氣中飄散的灰塵閃閃發亮。立鐘鐘擺的叩叩聲反而更加突顯寂靜，深冬覺得自己衣物摩擦的聲音特別響亮，她脫下鞋子放進鞋櫃，走進屋內。

「晝寢姑姑？妳在吧？」

天花板的照明在象牙白色的牆壁上落下礦石般的陰影，一樓書庫的門都關著，也沒任何聲響。確認鞋櫃，晝寢平常穿的夾腳拖也在裡面。

但是，有什麼和平常不同，氛圍有點不可思議。就跟玩捉迷藏時一樣，有誰躲在暗處偷看的感覺讓深冬心胸騷動。

穿過走廊走進日光室，與昏暗的走廊正相反，陽光穿過一樓到二樓打通的空間，從整片玻璃窗照亮室內，以前向大眾開放時留下的東西，有矮桌、長椅和沙發，晝寢就在正中央。

「……又在睡覺了。」

晝寢坐在沙發，上半身趴在矮桌上，發出細小鼾聲熟睡中。可以看見她臉下壓著厚重的紀錄簿，就這樣擺著，紀錄簿肯定會被她的口水弄髒，深冬不理會晝寢，把紀錄簿抽出來——失去枕頭的晝寢，頭重重撞在桌上，但仍繼續呼呼大睡。

深冬一邊感到傻眼，一邊看手上的紀錄簿。那是藏書目錄，按照五十音順序記錄下御倉館收藏的書名、作者、出版社、出版日期、第幾版等資料。書頁右端就和字典一樣寫著五十音的快速索引。

深冬突然想到，拉開「Ha*」開頭的頁面，瀏覽寫滿整個頁面的資料，在進入「Hi」之前停下手，沒有《繁茂村的兄弟》。

*《繁茂村的兄弟》日文原文發音為「はんもむらのきょうだい」，開頭「は」（Ha）。

深冬胸口瞬間冰冷，記錄狂晝寢不可能漏寫，也就是說，至少這是御倉館裡沒有的書。用網路搜索也沒有找到符合的書，那果然全都是場夢。

總覺得一切變得超無趣的深冬，闔上厚重紀錄簿，隨意擺回矮桌。雖然製造出不小聲響和震動，晝寢仍舊沒醒來。

放下從家裡帶來的白飯便當後去醫院吧。深冬的腳朝走廊方向轉動時，發現晝寢右手握著一張紙。

已經完全認為那件事是場夢的深冬，只是好奇那是什麼筆記，因此捏住紙張慢慢抽出來。上面用紅色墨水，畫著讓人以為是護身符的奇妙圖樣。

「啊！」

心臟猛然一跳。圖樣是和那時相同的變形文字，仔細看就能讀出來。

「……『竊取本書者，將會遭拘禁於硬梆梆的水煮蛋中』。」

說出口的同時，不知從何處吹來一陣風，在深冬腳下頑皮地捲起旋風。和一週前相同，深冬手心開始冒汗，她握緊拳頭。

「深冬。」

身邊突然傳出聲音，深冬尖叫往後退。肩膀上晃動的白髮，有點大的嘴巴，稚氣未脫的臉龐。

「真、真白。」

脫口喚出她的名字後，突然湧上真實感。對啊，就是這女孩。她真的存在。深冬緊緊閉上眼後再張開，確認真白沒有消失。用指甲摳手心，會痛。

「妳還記得我的名字啊。」

少女說完後微微一笑。

「那是，嗯……我原本以為妳和那個世界全都是場夢就是了。」

「夢，是人類晚上會看見的那個東西嗎？」

「妳在說廢話嗎？」

這女孩之前也用很奇妙的方法說話，深冬一笑，真白突然表情認真地歪過頭。

「因為我不會睡覺。」

接著直直凝視仍趴在矮桌上的晝寢。

「這個人還真常睡覺呢。」

深冬心想真白該不會得了沒辦法睡覺的病，因此對自己是不是說了不該說的話感到後悔，但從她的側臉讀不出情緒。不僅如此，真白的服裝令人在意。上一次是穿高中制服，今天穿著綠白條紋的ＰＯＬＯ衫和黑色牛仔褲，和深冬打扮相同。

「妳的打扮，該不會是學我的吧？」

「嗯，當然啊。比起這個，深冬……」

「幹、幹嘛？」

「這個。」

真白朝深冬遞出一本黑色封面的書。看似簡單的裝幀相當精緻，光線照射下如蛇皮般反射出濕潤的金屬光芒。書名用白色黑體字英文寫著《BLACK BOOK》。

「……直接當書名用嗎？」

「讀這本書。」

和上一次的模式完全相同，不好的預感讓深冬瞪著真白。

「妳該不會又要說『抓小偷』了吧？」

「正確答案！真不愧是深冬。」

「喂，妳也不用那麼開心吧。」

「因為妳能馬上理解讓我很開心啊……沒錯，又有書被偷了。這次是從一樓的書庫。是娛樂小說。深冬快看書，書籍魔咒已經發動了。」

真白像是一隻親人的小狗用鼻子磨人般不停朝深冬逼近，深冬邊後退一、兩步邊接過書。雖然現在還沒長出狗耳朵，但深冬已經知道這女孩不普通。明明只見過一次，卻不知何時已變得比學校的廣川、箕田更好相處，對話十分熱絡。

深冬撫摸黑色書本，指尖滑過光滑的質感。

「但是啊，讀了這本書之後又會變成奇怪的世界對吧？」

「城市確實會改變。但是從小偷偷書的那一刻起，早已注定會變樣。城市和書都在等妳。」

深冬從日光室的大玻璃窗往外看了一下，有變化。天空和來時一樣蒼藍，深冬的藍色自行車也還停在院子裡。但仔細觀察，有片綠色銀杏葉停在半空中，其他植物也相同——樹枝停在隨風搖曳的狀態中，彷彿擷取下剎那風景貼在窗外。

「時間該不會靜止了吧？」

「我到這邊之後，城市的動靜就會停止。想要恢復原狀，就只能讀這本書了。」

「我知道了啦，真拿妳沒辦法。」

在「真不想碰到麻煩事」的心情背後，也有個稍微興奮期待的自己。

當深冬想翻開給人硬質印象的黑色封面時，真白「啊」的一聲抓住深冬的手腕阻止她。

「欸，幹嘛啦？」

「對不起，但妳在這邊讀不太好。」

真白雖然很不好意思，還是緊握住深冬的手走出日光室，走過走廊往玄關方向前進。從鞋櫃拿出深冬的運動鞋，在台階前擺好。

「來，先把鞋子穿好。」

「我不懂妳的意思耶。」

「這次要這樣做比較好，這樣就沒問題了。」

深冬邊抱怨邊穿上運動鞋，坐在台階上才終於翻開書。

◆◆◆◆

瑞奇．麥克洛伊放下百葉窗，點了一根菸。橙色燈光在黑藍夜晚中閃亮。

「喬，我們倆想法相同吶。」

透過百葉窗的縫隙，可看見陰暗小路中有車頭燈閃爍，一台車就停在建築物正下方。瑞奇丟掉菸頭用腳尖踩熄，把一疊文件藏在黑色大衣內側，迅速離開充滿墨水氣味的房間。

缺乏品味的綠色壁紙、昏暗走廊、想表現高級感的櫃子以及插著華美大麗花的花瓶。不只一人的腳步聲從樓梯往上奔跑，就近在咫尺了。瑞奇戴上皮革手套的手抽出大麗花，邊粗暴地揮舞敲了前方第二扇門。灰色門微微打開，女人的藍色眼睛往上看向這邊。那是有著一頭亮澤棕髮的美麗女人。聽見背後傳來的怒吼聲一轉過頭，只見大批持槍警官擠進瑞奇剛剛才離開的房間。

「……誰？我沒有訂花耶。」

女人毫不畏懼警方造成的騷動與突然出現的來訪者，瑞奇．麥克洛伊揚起嘴角一笑，邊把大麗花遞給女性邊擠進房內。廉價的玻璃吊燈照亮客廳沙發，格局與那間房間相同。

「至少要報上名號吧？無名氏先生？」

警方的怒吼聲乘著乾燥的風從客廳半開的窗戶吹進來，踢翻家具的聲音、打破玻璃的聲音──瑞奇轉過頭看女人。

「如果有人問起，妳就回答『麥克洛伊來過』，只要這樣說喬就能聽懂。」

「喬？誰？」

「替我挖墳墓的人。」

瑞奇壓著自己的費多拉帽鑽出窗戶，走到鐵製小陽台上。蝙蝠翅膀般的淡黑色雲朵在黑色夜空中連綿，月光朦朧。風中帶著煙硝味，喧鬧又沉浸在歡愉的大街，四處響起警笛聲，演奏著神經質的交響樂。

瑞奇戴皮革手套的手抓住鐵樓梯的支柱一口氣滑下去，鐵鏽味與鮮血氣味類似。他背對建築物，邊走在冰冷的柏油路上邊摸索大衣內側，確認藏起來的文件還在。收納在淡褐色資料夾中的紙張中有兩張照片，一張是偷拍兩個帽簷壓低的男人交易木箱畫面的照片，木箱上蓋著布，但從布偏移的縫隙中可知裡面是書。另一張是趴臥在地死亡的金髮女性的照片。女人身邊被降雪般的白色妝點，身邊有被割碎的書本。

警方還在建築物內。「掘墳者」喬尚未如糖果屋的兄妹般追尋走廊散落的大麗花花瓣，他發現瑞奇從隔兩間房的房間內跳下樓。

空氣不流通的陰暗小路裡，窮人到處橫躺著，但眼鼻銳利地衡量通行者的財力與武力。瑞奇在野狗的低吼聲中前進，充滿霉味的水泥叢林裡敲響著足音。背後風吹動時，瑞奇的右手早已擺在槍套中的M1911上了。

「你還真大意，看來你到這裡還沒多久……頂多一週吧。」

瑞奇一轉過頭，立刻用左手掐住突襲失敗的年輕鬣狗脖子，右手的M1911抵在他身上。

「已經十天了，混帳。」

男人臉頰消瘦，眼下厚重黑眼圈，看起來毒癮重且很久沒睡了。花俏的南國風襯衫與白色西裝外套這故作瀟灑的打扮也髒得不堪入目，身上散發混雜著酒精與汗水的惡臭。

下一個瞬間，男人因為刺眼光線皺起臉。無數的手電筒閃光從遠方捕捉兩人的身影。

「看來喬那小子，終於追上漢賽爾*了。」

「……你說什麼？」

「警察啦。」

瑞奇放鬆左手力道，年輕鬣狗趁隙反擊，修長右手迫近瑞奇眉睫，瑞奇迅速閃過，右拳往男人心口一揍。男人低吟，忍不住當場癱軟嘔吐。

「放心吧，警察立刻會來照顧你。忘掉你的雇主回家去吧，小朋友。」

「……哼，別小看我。如果你還打算四處探詢『書』的下落，你只有下地獄的分，瑞奇．麥克洛伊。」

「我可是很擅長當惡魔呢。」

轉過身，瑞奇聽著背後傳來男人的聲音，點根菸。不高級，只是塞滿尼古丁的東西，與烈酒相同，是保持清醒必要的藥物。

從小路走出大馬路。夜最深的時段，給予無法在陽光下生存的人平靜的時光。閃閃發亮的霓虹燈光，薩克斯風和小喇叭的音色，享樂的聲音。破碎玻璃的那頭，酒保面無表情地擦拭玻璃杯。

這條街上什麼都有。酒精、暴力、美男、美女、鮮血。就連提供短暫安慰的麻藥——禁書都有。

「說書者」少年正在街角朝天空說話，為了告訴路上的人今天發生什麼事。

小賣店裡沒有報紙，自從禁止在紙張上印刷文字以來，只允許口傳，或是個人需求手寫留下。嚴禁複製。過去禁酒的國家成為禁止書的國家。

聳立於城市中心，在藍白探照燈照射下的廳舍，頂端掛著巨大看板。那是城市的「父親」，市長馬蒂亞斯．康斯坦汀．艾里森的臉。白如珍珠的牙齒、除皺的肉毒桿菌。百萬美元的笑容。瑞奇把菸頭丟棄在臭水溝旁。

「……這故事好奇怪。」

看到這邊，深冬邊說邊抬起頭。接著被一股和自己所處世界完全不同的感覺襲擊——

＊《糖果屋》故事中哥哥的名字。

沒有日常生活氣味的世界，無法大意的城市。昏暗的夜晚現在也飄散著不平靜且冷硬的氣氛，有種黑白色調的感覺。

但那不是錯覺。尖銳警笛聲突然響起，感覺御倉館外聚集一大群人，相當喧鬧。

「深冬，快來這邊。」

真白抓住深冬的手，把拿著書本的她拖到屋外去。讀《BLACK BOOK》幾分鐘前還是晴空萬里的大中午，不知是誰將時間撥快十二小時，外頭已經變成漆黑暗夜，但深冬根本來不及驚訝。

庭院外牆好幾盞閃耀白光的探照燈，毫不手軟地照耀御倉館。逆光下只能看見人影，但外面似乎聚集了人潮。

「躲起來！」

真白一喊，兩人躲在大門旁的繡球花叢裡，從茂盛的葉子縫隙中觀察狀況。

無線對講機斷斷續續的訊號聲，聽見「了解，準備突襲」這句話的同時，庭院鐵門的鎖頭被破壞剪剪壞，手持白色盾牌的突襲部隊與警方衝進來。和平常在派出所前看見的小警員完全不同，安全帽或帽子壓得很低，面無表情，右手拿著手槍或警棍。警方兵分兩路，一批從大門進入，一批繞到後門去。

「到、到底是怎麼一回事？」

深冬沒做任何壞事，晝寢大概也沒有。雖然父親住院後常接到投訴，但再怎樣都不可能出動持槍警力啊。真白再次握住呆傻的深冬的手，催促她「我們快走吧」。

兩人躲在繡球花叢後朝分館方向前進，沒有走進分館，趁無比辛苦的警方背對她們之時，真白率先翻出圍牆外。

「深冬也快一點。」

「等等啦，我身手沒有妳那麼矯健啦。」

深冬手搭在圍牆上，腳踩著牆面想要爬上去，但手指無力、腳尖滑脫，完全爬不上去。真白迅速翻回來，背對她說：「我背妳。」深冬彷彿看見炫目物品般皺起臉，最後還是乖乖地趴上她的背。

「妳的手腳要緊緊纏住我的脖子和身體喔。」

說完後，真白背著深冬用力屈膝，一鼓作氣往上跳，手攀住圍牆，雙腳往側邊一滑，輕輕鬆鬆越過牆面，在另一頭落地。真白頭上又長出狗耳朵了。

「妳到底是狗還是人類啊？」

「兩者皆是也兩者皆非，總之先跑，繼續待在這太危險。」

兩個少女在暗夜中奔跑，但周圍太奇怪了，像是讀長町又不是讀長町。御倉館周邊應該有許多古書店，卻全部都變成不同的商店。爵士酒吧有脫衣舞表演的箱子，最老的古書店掛上「FOX TOBACCO」的紅色霓虹燈招牌，泛黃的古書全部不見，取而代之的是各式各樣的香菸與雪茄。顧客們的氛圍也不同，原本全是深愛古書的愛好者，現在拿著雪茄嗅聞，一臉嚴肅地細細打量。

「這已經是剛剛讀的那本書的世界了嗎？」

「沒錯，這裡是《BLACK BOOK》的世界。」

遠離御倉館一段距離後，兩人停止奔跑，開始用走的。不知從何處傳來小喇叭的聲音，那不是管樂社吹奏的熱鬧進行曲，而是很有氣氛、散發夜晚頹廢氣味的音色，讓深冬不自覺想起紫色或深藍這種深沉顏色。

「欸，真白，那是怎樣的故事啊？我只看了一些還搞不清楚狀況……感覺是很裝酷的內容耶。」

「瑞奇．麥克洛伊是私家偵探。他以前的搭檔，被當成強盜殺人犯遭警方射殺。但瑞奇相信搭檔是清白的，持續尋找著警察組織背後的幕後黑手。」

「是那個叫喬的人嗎？」

「不是，為了避免劇透我不能詳說，喬不是那種角色，他比較像是少根筋的刑警吧。」

「這樣啊，那剛剛為什麼會有一群警察闖入御倉館啊？該不會和御倉館有關吧？」

「那單純只是因為是『禁書法』的取締對象。」

「『禁書法』？」

「說是書籍版的禁酒法應該比較好懂吧。」

但深冬仍然皺眉歪頭，她在學校上課時基本上都在睡覺。

「禁酒法？不知道耶。」

「美國以前曾頒布禁止飲酒的法律，大概是一百年前的事吧。」

「是喔。那種事情可以靠法律禁止嗎？」

未成年的深冬不能喝酒，父親步夢酒量也不好，所以家裡含酒精的東西頂多只有料理酒和味醂。但代理師傅崔很常喝酒，一喝醉就會變得很愛哭，讓深冬覺得很麻煩。而且她也很討厭喝酒之後會失去理智的人。

「如果真的能用法律禁止，不是很好嗎？我朋友裡也有被喝醉酒的父親暴力相向逃離家裡的人。」

真白聽到後睜大雙眼，不停眨呀眨，非常認真地看著深冬。

「妳真的這樣想嗎？支持禁止？」

「真的。大家都不能喝酒最好。只要法律全部規定好，就不會有人喝醉做出奇怪的事情了。」

「……制定法律的只是很普通的人類耶，深冬。」

「什麼意思？」

「雖然禁止有害的東西，社會就能變得更美好，但決定什麼東西有害的那些人，是否也把不危害自由、平等考慮在內，我想表達的是這個。」

皺著臉的深冬正要開口時，深橘色的小動物從面前跑過去，大尾巴大耳朵和長長的鼻子。

「啊，狐狸！」

深冬想起上回狀況，反射性追上去。只要抓住偷書賊，世界應該就能恢復原狀。

深冬感覺真白追上來了，自己的速度絕對贏不了她，瞬間只能氣喘吁吁地追逐真白的背影。但狐狸動作比真白還靈巧，越過民宅外牆跑進腹地內了。真白在灰色圍牆外停下來，對著雙手撐在膝蓋上調整氣息的深冬傷腦筋地問：「該怎麼辦？」

「什、什麼啊……？」

「得要闖進民宅才行，該怎麼辦才好啊。」

「就、就跟剛剛、一樣，跳過去、不就好了嗎？」

啊啊，好想喝水。不知道是不是昨天體育課的關係，小腿從今天早上就有點痠痛，我的體力似乎已經到極限了。雖然很想這樣回，但深冬只能抬起彎曲的身體，朝夜空大口深呼吸。即使如此，真白仍還在猶豫。

「……哎呀哎呀。」

終於冷靜下來後，確認了狐狸闖入的民宅和外面門牌。深冬對這家人很熟，是住在藍色屋頂獨棟房子的溫厚老夫妻，院子裡種著山茶花、梔子花和雪柳等花木。深冬記得她還小時，橡膠球不小心滾進去，老夫妻也會很溫柔地還給她。嗯，雖然給人纖細不可靠印象的白色門不知在何時變成了庸俗的整片鐵門——仔細一看旁邊的圍牆也很高，上面還裝設銳利的短柵欄，戒備森嚴。是不是還養了兇暴猛犬呢？雖然閃過一抹不安，深冬仍推了真白的背。

「別擔心啦，這家人非常溫柔。」

真白還在猶豫，深冬又推了她一次後，她做好覺悟越過圍牆，消失身影。深冬墊高腳邊窺探圍牆那頭，點點頭說「很好」——但下一個瞬間，房子前閃爍燈號，警報響起。

「什、什麼？」

真白越過圍牆回到外面，幾乎同一時間，老婦人用力打開玄關大門，雙腳岔開站在門前。老婦人白髮捲著捲髮器，身穿水藍色睡衣，雙手拿著霰彈槍。警報聲中，可以聽見她拉開滑膛管的尖銳聲音。

「深冬，快趴下！」

真白跳下來的瞬間，響起刺耳槍聲，深冬右側的水泥圍牆粉碎，開了一個大洞。深冬睜大眼睛動彈不得，真白撲到她身上護住她。連續傳來槍聲，水泥碎片四散飛落、不停掉落。圍牆彷彿被撕碎的海綿變得破破爛爛後，槍聲才終於停止。

「老伴，怎麼啦？」

「有入侵者，我們家果然也要設置鐵絲網啦。對了，不知道幹掉對方了沒。」

老夫妻的聲音靠近——真白拉起深冬的手，在完全變樣的城市裡奔跑。

「到底是怎麼一回事！那個老奶奶竟然拿槍！」

話說回來，原則上這個國家應該禁止槍砲刀械啊。就算理解現在小鎮已經變成故事中的世界，但深冬完全沒辦法適應這種狀況。

仔細一看，其他人家的門也是堅固的鐵門，或是圍牆上裝有鐵絲網，嚴加防範。深冬經過自家公寓前時，再熟悉不過的建築物也被包圍在高聳圍牆中，看見探照燈冰冷的光線時，深冬大受打擊。

「這也太誇張了吧……我想要快點回去。」

感覺只要一鬆懈就會哭出來。深冬顫抖著聲音，真白緊緊握住她的手。

「得抓到小偷才行，狐狸肯定已經逃遠，不知道跑到哪裡躲起來了。」

「但我們要怎麼找？讀長町還滿大的耶。而且要是其他人家也拿槍來攻擊……」

光想像就讓深冬背脊發涼，都還沒滿十六歲，她絕對不要死在這種世界中。真白鼓舞著無比混亂的深冬。

「別擔心，我有頭緒。」

兩人穿過住宅區，走出平常應該有許多書店與雜貨小物店林立的大馬路。街道寬敞視野遼闊，可看見遠方有之前不存在的高樓。上面高掛著和故事裡相同的看板，現任讀長町長的巨大臉龐露出卑劣笑容，在探照燈照射下從黑夜中現身。

剛剛才去買書的若葉堂店址變成不知道是什麼的辦公室，前面聚集人潮。身穿西裝的記者不停提問，鎂光燈不斷閃爍拍攝照片。BOOKS Mystery建築物被毀，一片狼藉，沒看見要老頭的身影。旁邊的雜貨小物店變成了槍枝專賣店，綁著紅色頭巾的老闆開心地邊唱歌邊把來福槍擺到牆上。繪本專賣店變成高利貸，以前當過幼稚園老師的溫柔女性店長，在藍光底下坐在櫃檯前，口中叼著香菸餵貓。

頭戴著獵帽的少年從馬路那頭跑過來，差點撞上深冬。少年手中的紙張因此撒落一地，大大寫著「誓師！現正應該還給書籍自由！」的傳單掉在深冬腳邊。

「不可以撿。」

真白抓住深冬的手，警車高鳴警笛從她們後方駛近，在旁邊停下，警方追在少年身後消失在燈光閃耀的夜晚街道中。

「妳在這種地方有什麼頭緒啊？」

深冬不安地問，真白的鼻子伸長變形，轉變成狗臉，開始嗅聞周遭氣味。

「……這邊。」

真白用她黑色濕潤的鼻子，追尋深冬只聞到臭水溝、煙硝味和酒精氣味的風。

真白來到原本附設朗讀會或活動用場地的書店——現在則是亮起「CLUB葬送狂想曲」紅色霓虹燈招牌的店門前。入口有位個子不高、身材健壯的男人靠在牆上，眼神銳利地監視四周——那是人應該在道場的崔。

「崔哥。」

「深冬，就算是朋友也不能隨意搭話，他們現在扮演著和現實世界中不同的角色，妳要配合。」

正當兩人觀察狀況時，有兩、三組顧客前來CLUB葬送狂想曲，接受崔搜身後走進通往地下室的階梯。

「他是俱樂部的保鑣吧，走吧，為了慎重起見，妳跟在我後面。」

真白邊說邊輕撫自己的臉，臉逐漸變回人臉。深冬照她所說躲在她背後，縮起肩膀盡量讓身體變小。她和真白現在都穿著POLO衫和牛仔褲，一般來說，這種晚上才開的店禁止未成年進入。深冬祈禱著可以蒙混過去。

和上次相同，現實世界中關係緊密的崔和深冬對上眼也不認識她。一頭柔道家會有的短髮，身上的皮革外套因為發達的肌肉而緊繃，這副模樣怎麼看都是俱樂部的保鑣。他嘴裡咀嚼著口香糖，眼神銳利地看看真白又看看深冬。

「兩個人？」

「對，我們想進去喝一杯，聽說是間很不錯的店。」

真白說著把頭髮往耳後撥，輕輕歪頭。那熟練的氛圍完全就是《BLACK BOOK》會出現的登場人物，深冬看得瞠目結舌。

「好，進去吧。」

「謝謝。」

真白靈巧地眨眨眼睛後，一派颯爽地走下階梯，深冬慌慌張張跟上去。

「CLUB葬送狂想曲」位於地下室，打開厚重鐵門後，深冬不禁瞇起眼。感覺會出現紅藍光暈的照明，不管從哪裡看都很沒真實感，光站著就要醉了。震響肚子的重低音，充滿速度感的旋律，紅藍光線，混合變成紫色的影子，人們在其中跳舞。

右手邊有吧檯，中央有彌漫香菸白煙的座位區，DJ就在最裡邊的舞台上轉動圓盤。真白在吧檯角落找到空位讓深冬坐下。

「妳在這邊等一下下。」

「什麼，妳要丟下我一個人嗎？不行啦！」

「別擔心，我馬上回來，我要去找那個人。」

真白用力握了握深冬肩膀讓她安心後，消失在紅藍光線交錯的人潮當中。

坐在吧檯最邊邊高腳椅上的深冬，很不自在地動來動去，盡量讓自己不醒目地靠在牆邊。但酒保很仔細觀察顧客。

「小姐，請問要喝什麼呢？」

「啊，那、那個。」

深冬支支吾吾地，轉動視線拚命尋找哪裡有菜單，但沒看見類似的東西，吧檯內擺著啤酒桶、啤酒機和調酒用的瓶子，沒有小孩能喝的東西。

仔細一看，酒保是主辦朗讀會的書店老闆。三十歲上下，很適合留短髮的女性。就算飾演與現實世界中不同的角色，光是認識的臉就讓深冬安心不少，結果不小心脫口說出「我還未成年不能喝酒」。酒保聽到後轉過頭去，沒幾秒又轉回來，表情不變地把杯子擺在深冬面前。白色液體——是牛奶。

「那個……有沒有再，那個，像柳橙汁之類的……」

但酒保說「這最推薦妳喝」，轉頭回去擦拭洗好的杯子。深冬沒辦法只好小口小口喝牛奶。

從吧檯角落的位置再次重新看座位區，可以發現有非常多熟悉臉孔。商店街雞肉專賣店的老闆、父親住院承蒙照顧的護理師、公寓住戶某家人的父親等等。

接著突然想到，「以人類的模樣在這裡的人不是小偷」這件事。她不希望小偷就在熟識的人當中，但有其可能性。

如果規則與上回相同，剛剛逃跑的狐狸就是小偷。深冬知道俱樂部保鑣的崔不是小偷而鬆了一口氣，邊確認每位顧客的臉孔。座位區角落最昏暗的地方，坐著不在自己店裡的要老頭。中華料理店的夫妻，商店街的大家，書店聯盟——若葉堂老闆和長得像鴻喜菇的青年春田。

這麼說來，那女人在這裡嗎？昨天在御倉館前和晝寢說話，一身時尚打扮的年輕女人。深冬更加定睛凝視。

「深冬，讓妳久等了。」

「咦、啊，嗯。」

真白不知何時回來，深冬慌慌張張喝完牛奶後從高腳椅跳下來。

「我找到那個人了，在小房間裡。」

「那個人？」

真白點點頭，背對舞台推著深冬往入口方向前進。目的地就在樓梯過去一點的小房間，和俱樂部大廳反方向的內側。

門上的油漆像被人踢了一腳，下方剝落，上方還開了好幾個圓洞。深冬在心裡祈禱著，希望那不是彈孔。

「欸，真的要進去嗎？」

只有滿滿不好的預感，但真白毫不猶豫打開門。

蝴蝶鉸鍊邊發出嘰軋聲邊打開，裡頭昏暗，窗戶被遮起來，深冬覺得很像老舊的卡拉OK包廂。白色桌上擺著菸灰缸，菸蒂堆成小山。旁邊有空酒杯，再旁邊有雙穿著鞋子的腳蹺在桌上。

男人坐在微髒破損的沙發的深處，口吐白煙。深冬和他絲毫不鬆懈觀察這邊的銳利眼神對上眼。黑色大衣，斜一邊戴著費多拉帽，面無表情。不是那個時尚打扮的女人。

但深冬現在面對這個超熟悉的男人臉，快要笑出來了，就算是被分配飾演這個角色，這也太過頭了啦。

「山椒……！」

熱血體育老師似乎沒有聽見深冬的低語，耍帥地推高帽簷咧嘴一笑：

「兩位小姐，請問妳們找我瑞奇・麥克洛伊有什麼事嗎？」

一小時前還是附設活動會場書店的CLUB葬送狂想曲的地下室，在像是卡拉ＯＫ包廂的小房間裡，瑞奇・麥克洛伊，也就是深冬的高中體育老師菊地田說：

「這可不是小孩該來的地方啊……什麼，為什麼要笑？」

變成故事主角的老師實在太可笑，躲在真白身後努力忍笑的深冬慌慌張張咳嗽掩飾。

「那個……打嗝有點停不下來。」

「還真不會說謊啊，如果是來亂的就快點出去。」

瑞奇拒人千里之外的口氣讓深冬收起笑容，表情變得僵硬。平常的菊地田開朗到甚至讓人厭煩，也很雞婆，今天也說要去探望深冬住院的父親步夢。對於嬌小的身軀，他自稱「山椒雖小卻很嗆辣」，所以學生替他取了「山椒」的綽號，深冬也這麼叫他。真想要回「不過就是顆山椒，跩什麼跩啦」，但深冬受到他冷淡對待後反而不知道該如何是好。

瑞奇・麥克洛伊從黑大衣內側口袋中拿出菸盒與火柴，邊用手壓著費多拉帽站起身。再這樣下去他就要離開了。

真白在深冬耳邊小聲說「交給我吧」之後拍拍她的背，擋在瑞奇・麥克洛伊和門口之間。

「我想要委託工作，你是私家偵探對吧？」

「算是，但我可不想要替小朋友跑腿。」

偵探說完後從真白身邊鑽過去想離開，但真白不肯放棄。

「才不是跑腿，我們在找小偷……偷書的小偷。」

偵探身體一震停下腳步，深冬還以為他是對「小偷」起反應，但並非如此。

「——妳說『書』？」

他的表情突然變得僵硬，彷彿光說出「書」都是重罪的反應。但真白趁機又往前踏出一步，縮短與偵探間的距離。

「沒錯，我們聽說如果想要知道關於書本買賣的事情就來找你才會來這裡。」

「聽誰說的？」

「那是秘密。」

深冬知道真白在說謊。她們兩人在抵達這邊之前根本沒跟任何人說過這種話題，真白之所以來依靠瑞奇．麥克洛伊，是因為他是這個世界的原著《BLACK BOOK》的主角。但偵探本人似乎不知道自己是故事主角，他露出困惑與猶豫的表情看真白與深冬，吐了一口充滿菸臭味的氣後說：「就聽聽妳們怎麼說吧。」

真白隱瞞御倉館的存在，只說了「重要的書本在旅行中被小偷偷走了」。

「旅行中？妳們是外國人嗎？」

「說起來的確是如此。」

深冬明白配合真白說謊比較好，也用力點頭表示同意。偵探相當傻眼。

「妳們真是笨蛋，不知道這個國家禁書嗎？還真虧妳們沒有被查到耶。如果被當局發現，妳們不是被強制遣返，更糟的話，甚至可能在偵訊後被凌虐致死吧。」

偵訊……有在電視連續劇上看過。光想像遭警方逮捕就讓深冬全身顫慄，但她沒想過可能會被打、被踢。深冬輕輕拉住真白的POLO衫。

「欸，真白，不行啦，我們回去吧。」

「深冬……妳應該很清楚吧，如果不抓到小偷就回不去。別擔心，瑞奇．麥克洛伊是很優秀的偵探，對吧？」

和真白不同，深冬不是演的而是真心畏懼。她真實的表現反而加深說服力。外表就是「山椒」本人的偵探瑞奇．麥克洛伊，搔搔後腦勺說：

「我知道了啦。但妳們有什麼線索嗎？小偷的特徵和被偷時的狀況呢？沒有線索可是束手無策啊。」

「啊啊，這點非常簡單，小偷是狐狸。」

「狐狸？那是什麼暗號嗎？」

「不，外表是狐狸——」

真白才剛開口，深冬急急忙忙摀住她的嘴巴。不知道是不是因為書籍魔咒的關係，小偷現在確實變成狐狸的模樣，而且她們剛剛才追丟。但要是直接說小偷是狐狸，真的要惹偵探生氣了。

「那個，小偷帶著一隻狐狸，不知道是寵物還是當看門犬。但只要找到狐狸，肯定就能找到小偷。」

深冬代替真白說明後，偵探摸著下巴回答「原來如此」。

「養狐狸當寵物的小偷，雖然怪，但和這個城市再貼切不過了，因為這是個聚集了許多怪傢伙的地方。」

偵探領頭，帶兩人離開俱樂部，再次走到街上。

塗上鮮豔黃色的計程車大聲按著喇叭，從面前疾駛而過，深冬繃緊身體。月亮雖然高掛夜空中，但不知道是空氣太髒還是城市太明亮，看不見任何星星，而且整體朦朧。

偵探走過原本的書店街後往右轉，朝商店街方向前進。有個孩子站在街角的平台上說著今天的新聞，大人們停下腳步聽他說話，把零錢投入用油漆寫著「新聞費用　十五分鐘三百圓」的黃色箱子中。四處都看不見賣書的商店，也沒有人在咖啡廳裡看書。平常都擺在超商入口附近的報架也不見了。

這個世界真的沒有報紙啊——別說報紙或書了，肯定連電子書、網路都沒有。這裡明明是書香小鎮讀長町耶。

就在深冬因為完全變貌的城市分心時，身旁的真白突然向她道謝。

「深冬，謝謝妳。」

「啊？謝什麼？」

「剛剛那個，妳巧妙地說明了狐狸的事情。我要是直接那樣說，偵探或許會起疑而不願意幫忙，但幸好妳夠機靈。」

「是、是嗎？」

被誇獎讓心情挺不賴，深冬害臊地邊搔鼻頭邊咧嘴一笑。

但深冬也知道這只是互相罷了，在「書籍魔咒」發動後被書本世界侵蝕的城市裡，深冬搞不清楚東西南北，只能依賴真白，自己完全派不上用場。

「欸，真白，這個故事接下來怎麼發展啊？」

「深冬只看了開頭的部分對吧。瑞奇從那個房間偷出來的東西是有人委託他偷的，但警方已經追上來了。」

「我讀到那邊了，好像還被小混混之類的人盯上，但他反過來擊倒對方。」

身穿南洋風情打扮的年輕男子從昏暗小路跑出來，瑞奇輕而易舉打敗對方。深冬看著瑞奇．麥克洛伊走在前方的背影，一方面對於「為什麼是『山椒』扮演這個角色啦」感到失望，另一方面也認同「但他是體育老師，運動神經很好是沒錯啦」。真白接著說：

「瑞奇在那之後去了剛剛CLUB葬送狂想曲的那個房間，等待要照片的委託者，接著有對雙胞胎女孩來了。」
「她們兩個人的委託是什麼？」
「雙胞胎不是委託人，她們也是刺客。原本約好的委託人已經被殺，瑞奇在最後一刻帶著照片逃跑。那照片是拍到非法書籍交易現場的照片，以及非法書籍被撕破、一旁的女人死去的遺體照。這些照片曝光後會有大麻煩的人，想要殺了瑞奇。好不容易逃出生天的瑞奇被非法印製書籍的地下組織救了，但就在他四處調查下，發現一年前被當成強盜殺人犯而被警方射殺的搭檔，其實是『代罪羔羊』，真正的原因是他太接近與非法書籍有關的事了。瑞奇為了找出幕後黑手是誰，被捲進了非法書籍與城市權力鬥爭的巨大陰謀中。大致是這樣的故事。」
「……總覺得是個恐怖的故事。」
「地下工廠和陰謀就是冷硬派小說的固定模式……」
「冷硬派是什麼？」
「一種小說類型，英文是『Hardboiled（硬梆梆的水煮蛋）』，很受歡迎喔，雖然最近沒什麼人寫。」
「這樣啊。」
深冬感到很麻煩地冷淡回應，不經意地看了真白身後的櫥窗，突然停下腳步。櫥窗內漂亮禮服旁有個大鏡子，倒映出深冬和真白的身影。兩人都身穿綠白條紋的ＰＯＬＯ衫和牛仔褲，彷彿一對雙胞胎。

「等等，我們該不會就是那對雙胞胎刺客吧？」

「不清楚耶，深冬走快一點，我們要跟丟瑞奇了。」

偵探彷彿一點也不在意兩個女孩，不停往前進，他即將在二十公尺前的十字路口右轉了。她們慌慌張張追上，轉彎後，被炫目的車頭燈照射，深冬「啊！」小聲一喊，用手遮住眼睛。一台現在很少見的圓形車體設計的黑色古典車停在那裡。

「上車。」

偵探從駕駛座的窗戶探出頭，兩人急急忙忙坐進後座，深冬都還沒關好門車就開動了。

「喂，很危險耶！」

「接下來才真的危險，趴下保護好頭。」

偵探才剛說完就用力轉動方向盤，車體傾斜讓深冬驚聲尖叫。深冬連趴下的時間也沒有就失去平衡，真白抓住她的手，當她們把頭埋進座位間的空隙時，槍聲大作，玻璃窗跟著破裂粉碎。

「住手！住手！」

真白護在大叫的深冬身上，保護她不被碎玻璃所傷。偵探巧妙地操控方向盤讓車體朝右、朝左轉彎，從駕駛座的窗戶拿槍反擊。在最後一顆子彈的彈殼飛出去後，偵探用力踩油門，從小路衝出大馬路。後面的車子大按喇叭抗議，但後照鏡中偵探的表情滿不在乎，只靠左手就換好新的彈匣。

槍聲好不容易停止後，深冬抬起頭，臉上淚水和鼻水糊成一團，她吸吸鼻子。車門上開了好幾個小洞，幾道白色光線照射在座椅上。

「真的是、受、受夠了。」

「我、我要回家，受、受不了了，無法繼續下去了啦。」

深冬全身發抖如孩子般哭泣，即使真白摸她的頭、抱著她的身體，也完全無法停止哭泣。不僅如此，還聽見駕駛座上的偵探咋舌抱怨「早知道就不帶小鬼頭一起走了」，不甘心與不中用讓她淚流得更急。

另一方面，真白不知為何正慢慢從人形變成狗，頭上長出白狗的耳朵，臉也越變越長，手指也開始變圓、變成狗的手。她的粉紅舌頭舔舐深冬淚濕的臉頰，用濕潤鼻頭磨蹭，真白已經完全變成一隻穿著ＰＯＬＯ衫的小狗了。

「喂、喂真白！妳別在這種時候變成狗啦。」

深冬已經習慣真白變身了，但要是被偵探發現就糟了。深冬連忙把衣襟往上拉試圖遮住真白的臉，但那只是安慰自己。她和後照鏡中的偵探對上眼，便已經做好會被丟出車外的覺悟了。但偵探只是大大歎一口氣抱怨：「真是的，來這城市的都是怪傢伙。」沒再繼續追究。大概是因為注意力轉移，深冬終於止住淚水，裝不知情的真白繼續舔深冬的臉。

「……真白，事情會變成這樣的話，不要依賴偵探，我們自己去找小偷應該比較好吧？因為這個人被盯上了吧？」

這等於自己主動跳進麻煩裡，深冬完全不想思考朝他們開槍的人是誰。

「應該要早點發現我們也會被牽連的。書是書，故事就交給故事的登場人物，我們得去找狐狸才行。」

車子開過連接御倉館的大馬路，這裡平常是很庶民的地方，現在比方才的商店街更加繁華閃耀，臭水溝的氣味從破掉的車窗流入車內，讓深冬想起新宿歌舞伎町或澀谷。

偵探接下來左彎、右彎又開了十分鐘左右，經過頂樓擺著町長巨大肖像看板的廳舍大樓後，悄悄地停在寧靜的北地區。

這邊是離車站最遠的地區，圍繞讀長町的兩條河川之一的飛越川，就在旁邊流動。以前這附近有幾間工廠和員工宿舍，但在幾十年前關閉，現在只有幾家餐飲店，以及兩間展示著價位表的愛情旅館大樓。

在城市因為書籍魔咒改變面貌後，這附近幾乎沒有改變。看見零星掩人耳目走入愛情旅館的雙人身影，街燈很少，道路下小隧道旁四處有塗鴉，和廣告單被撕下的痕跡。外牆上藤蔓攀爬的咖啡廳，以原本的模樣營業中，廢棄工廠的紅色警示燈彷彿心跳般一閃一滅，但沒聽到聲音。

偵探在聲響明顯的碎石子路上放慢速度，在咖啡廳前停車，要兩人下車。

「妳們兩個待在這邊，我去問話。」

根本沒時間阻止車子就開動了，揚起塵土離去。紅色車尾燈被黑夜吞噬消失，只留下深冬和變成狗的真白。附近悄然無聲，就連碎石子的聲音都顯得巨大。深冬靠在真白身邊，摸她毛茸茸的白色毛皮。溫暖讓她稍微安心。

「……要不要去那家咖啡廳。」

從窗外探看狀況，座位空蕩蕩沒有任何顧客。不僅如此，店內照明也關掉好幾盞，連有沒有營業都不確定。吧檯內有一位穿著圍裙的中年男性，但大概是在打瞌睡，低頭坐在椅子上一動也不動。深冬想了想，收回朝門把伸出的手，轉頭看真白搖搖頭。

兩人無處可去，從道路右端的街燈閒晃到左端的街燈，最後放棄走回咖啡廳前，在圍出花圃的磚塊上坐下。

「肚子餓了。」

深冬想起替晝寢準備的便當，把肩背包放在腿上，從中拿出布包。四處奔跑還跟著車子劇烈搖晃，但只有米飯稍微傾斜，整體平安無事。

「好險我沒有裝有醬汁的東西。」

為了慎重起見，也確認了替父親買的新書有沒有弄髒，看起來沒什麼問題。深冬想要先遞給真白，但又猶豫了。

「妳用狗的模樣應該不方便吃吧，變回人類吧。」

真白雖然變回人形，但說著「深冬吃就好了」，婉拒了便當。

「為什麼，妳的運動量比較大，妳得先吃才行啊。」

「我沒關係，因為『煉獄』的居民不需要食物。」

「……煉獄？該不會又有新的怪事要發生了吧。」

「妳別管啦。」

沒辦法，深冬拿起筷子吃著只擺上梅乾和佃煮昆布的白飯便當。梅乾的鹽分一點一滴在身體擴散開，更突顯白飯甘甜，每吃一口都讓深冬食慾增加。但她還是只吃完三分之一後蓋上蓋子。她不覺得接下來保證有食物，而且也認為得讓真白吃才可以。

遠處傳來河川流水聲。在變貌城市中心發光的探照燈探索著夜空。

「山椒真的會回來嗎？」

「山椒？」

「變成瑞奇的那個人的名字，正確來說是綽號。那人原本是我們學校的體育老師，他說他今天會來讀長町，大概被捲入詛咒中了吧。」

「學校，深冬有去學校啊。」

「那當然啊……啊啊，嗯，也不是理所當然啦。」

深冬心想「說了不該說的話」，偷瞄真白側臉，只要和真白在一起就會失常。她不吃飯，當然應該也沒去學校。深冬煩惱著是否該關心，但她本人不怎麼在意，常讓深冬白擔心。

「學校有趣嗎？」

「嗯……老實說，不怎麼有趣。」

「是嗎？」

真白黑白分明的眼睛直直地看著深冬。那是帶著擔心、關心著深冬的眼神。深冬深深吐一口氣，穿著運動鞋的腳尖磨著腳下的小石子。

「……其實我連朋友也沒有。是沒有被討厭或是被欺負啦，但感覺就只是社交，沒有真正有所連結的感覺。」

「那是指沒有和任何人敞開心胸嗎？」

「或許吧。就算想找人商量，但也知道沒有人想聽這種話，所以說不出口。因為聽別人的煩惱很沉重又很煩啊。」

深冬現在也無法置信她會對真白坦承這些，但不知為何，就覺得能對真白說出口。真白會有所反應，不會在深冬說話時突然和其他人開始說話，也不會只顧著埋首書堆而隨意應和。

「我也有煩惱，也有很多非做不可的事情。我真的寧死也不願將來的人生一直被御倉館綁住。」

御倉館是深冬的眼中釘，明明想要早日拔掉，卻永遠待在那裡無法走。
「……這樣啊。」
真白視線朝下點點頭。
「深冬需要思考想做的事情、不想做的事情，然後認真地看待。我也想要重視深冬決定的事情——不管任何人怎麼說，我都會站在妳這邊。」
這句話讓深冬胸中雜亂的東西開始慢慢沉靜下來，有人願意聽自己說話。能夠尊重自己意志的人或許現在就在面前。但是真的嗎？
「妳真的這麼想嗎？」
就在深冬回問時，看見一個小孩出現在咖啡廳停車場前。他身穿白色T恤和短褲，大概只有五、六歲，含著手指看著這邊。深冬交互看了手中的便當和小孩後，有點客氣地遞出便當：
「……你要吃嗎？」
就算走到街燈下，也搞不清楚小孩是男是女，但他怯生生地走過來，從深冬手上接下便當後小聲說「謝謝」。
接著在下一個瞬間，原本以為只有黑暗的石子路那一端，一群高大的男人從植栽之間現身。拿著便當的小孩如狡兔逃脫，真白擋在前面保護全身僵硬的深冬，但男人的人數之多，讓真白也束手無策。

他們幾乎全是身穿制服的警察，只有正中央的男人穿便服，而且他還是深冬認識的人。

「三、三木老師……」

體育老師菊地田是偵探，接著隔壁班班導、同時也是國文老師的三木以刑警角色登場。身穿雙排釦長大衣的三木，高得需要仰頭看他，油膩的黑髮和蒼白的臉沒變，但他似乎也不知道深冬是誰。

「瑞奇．麥克洛伊上哪去了？」

「不、不知道。」

「別說謊，那傢伙讓妳們在這下車後就甩掉我們，妳們知道他去哪了吧？」

率領警察擋在她們面前的三木，帶著訝異又有點傷腦筋的表情看著深冬。

深冬緊緊握住肩背包的背帶，擺好姿勢，要是他再接近就要用力打他。包包裡面有本又厚又重的書，應該可以造成一定程度傷害吧。書、書、書。要拿這東西扁他。正因為深冬腦子滿滿這個想法，所以對三木接下來的提問老實點頭。

「妳手上拿的東西是書嗎？」

「咦、啊，對啊。」

「深冬！」

糟了。深冬這才想起這個世界有禁書法這東西，禁止所有印刷品。她慌慌張張想更正，但為時已晚，警察已經採取行動。遭警方逮捕前一刻，真白變身成大白狗，深冬緊抱住她的身體逃走。

「等等！」

真白往前奔馳。但事出突然，深冬沒有調整好姿勢，她的下半身從真白身上掉下來，膝蓋被石子路磨破受傷，真白因此放慢速度。有人下了「網子，快點丟網子！」的指令，拋擲過來的網子逼近兩人。

深冬緊緊閉上眼的同時，不知是槍聲還是鞭炮聲的爆裂聲響徹周遭，嗆人的煙燻刺激鼻腔。深冬邊咳嗽邊想著：「要是被槍打到，那一切都結束了。」就這樣仰躺著暈過去了。

冰冷水珠滴落臉頰，深冬突然深吸一口氣驚醒。有種在做夢的感覺。不太清楚的腦袋環視四周，這裡不是自己住慣的房間，也不是自己的床，這讓深冬打從心底失望——明明從夢中醒來了，卻還得繼續活在夢中。看來這世界也不是睡一覺就能結束。

但這裡到底是哪裡呢？真白上哪去了？天花板是沒任何裝飾的水泥，低矮得感覺隨時會掉下來。內側的水管大概有破損，到處是漏水的痕跡。和天花板相同的灰色牆壁，給人工廠或是倉庫的印象。房間很小。牆邊堆著一大堆紙張，以及高及深冬腰部的巨大紙捲，更讓人有壓迫感。

生鏽的紅褐色門，開著幾公分門縫，傳來機械的活塞聲與驅動輸送帶的聲音，以及帶有奇妙氣味的空氣。這是墨水的氣味。

深冬躺在鋪在地上的紙箱上，身上蓋著有點髒的毛毯。當她手撐著想起身時，手肘很痛，膝蓋似乎也受傷了。在那之後到底過了多久呢？

「那個！那個，不好意思！」

深冬鼓起勇氣大聲喊。門接著被打開，一個小孩探出頭來窺探。是身穿白色T恤和短褲的小孩，剛剛給他便當的那個。橡實般的圓圓大眼直直盯著深冬看。

「妳醒來了啊？」

一位青年在孩子身後現身，戴眼鏡的鴻喜菇青年。是若葉堂的店員春田。他沒有像崔、三木和菊地田那樣有劇烈的變化，黑色POLO衫外面套著圍裙，即使是現在，也維持著還在書店裡工作的氛圍。

「那個，這裡是？」

「嚇到妳真的很不好意思。為了引開警方注意，我點燃鞭炮。因為想要救妳們——我在旁邊聽到了，妳和瑞奇．麥克洛伊認識啊？那個裝模作樣的偵探？」

「該說是認識，還是說委託他工作……」

「原來如此，那麼他現在去哪裡了？」

「不知道，他說要去問話離開後就沒再回來。那個，我的朋友呢？」

「那隻白狗嗎？別擔心，她很好喔，現在在外面和我的同伴玩。」

「這、這樣啊……那個，這裡是什麼地方啊？」

因為有禁書法，不可能是書店，但墨水的氣味加上這些大量紙張……

「我們的地下基地。把妳捲進來真的很不好意思，但現在在這裡最安全。特別是對妳這種擁有書的人來說。」

「地下基地……？」

春田沒有回答，拉著深冬的手讓她站起來。

小房間外也是個天花板很低，完全稱不上寬敞的房間。深冬看見擺在正中央的機械時，覺得很像凹凸不平的鋼鐵製平台鋼琴。厚重的四方鐵塊加上發出銀光的平台以及巨大滾輪和鐵架組合起來，側面有方向盤、操縱桿、老舊的測量器具等東西。

機械旁邊有桌椅，牆邊擺了一整排架子，架子前面站著五名男女，很拘束地縮著身體動作，從架上選出一根根很像印章的細長棒狀物，擺在手邊的托盤上。

「這裡是工廠？」

「是印刷廠。在那邊挑選活字製版，接著用那個活版印刷機印刷。我們在這邊印刷傳單或書。」

「也就是……違法行為？」

「是的，確實是這樣。」

但春田似乎相當驕傲。深冬想起在變貌的書店街中，戴著獵帽的少年邊逃脫警方的追捕，把傳單撒了一地的事情。那也是在這邊印刷的嗎？

在架前挑選活字的女性發出腳步聲走向裡頭的房間，說著：「主任，麻煩確認。」房間底端有張最大的桌子，一位初老的男人坐在那邊。是以一頭鬈髮為特色的若葉堂老闆。

「如何啊！有做好嗎？可不能做出粗糙的東西啊，會讓讀的人視力變糟啊！就跟拿甲醇私釀酒一樣啊！」

很有架式的樣子與獨特的說話方法，就跟現實中的老闆相同，讓深冬稍微鬆一口氣。被喚作主任的若葉堂老闆拿下眼鏡換上另一副眼鏡，仔細觀察擺放活字的托盤，「賽博、賽博！」似乎在叫誰。然後，深冬身邊的春田走到主任身邊去，雖然春田看起來就是春田，但果然不例外地也成為故事世界中的角色了。

「好，拿去製版吧！和平常一樣俐落地！喔！」

深冬也打算跟在春田後面走時，挑完活字的女性還站在主任旁邊，和深冬對上眼。仔細一看她是學校的圖書室館員，也是文藝社的顧問。戴著大眼鏡，長髮綁在一側，從肩膀垂落胸前。深冬心想「該不會」而環視四周，但沒看見像是文藝社成員的人。

「賽博，把外人帶進來沒問題嗎？」

圖書室館員——現在肯定有其他名字的女性——故意說給深冬聽般給春田忠告。深冬有點生氣，但她的確也對自己真的可以進入印書的地下工廠感到疑問。

「沒問題的，因為她給托比食物吃嘛。托比一直躲在這邊肚子餓了，是她伸出援手的。而且她身上有書，是我們的同志。」

春田一說完，圖書室館員聳聳肩，回去繼續挑選活字。

春田從主任手上接過托盤，到滾輪前把版擺好，拿木槌敲平活字，避免有哪個字凸出來，然後設置到印刷機上。接著把舊的光滑木板放進活版與滾輪之間，在上面擺好印刷紙後按下開關。印刷機發出聲響啟動，上面的鐵框開始轉動。春田移動印刷紙接近滾輪，鐵框一張接著一張把紙抽上去，瞬間印刷完成，深冬就在旁目不轉睛地看著。她幾乎不曾對機械抱持興趣，但這真的相當有趣。

不過，看了十分鐘也會膩，深冬打了哈欠，總覺得屁股旁邊癢癢的，伸手一搔，傳來奇妙的觸感。一種柔軟又粗硬，很多毛又粗又長的什麼東西——用力一抓還有點痛。一轉過頭懷疑自己看錯了，是尾巴。狐狸尾巴從自己尾骨附近長出來了。

和上週《繁茂村的兄弟》那時相同。進入書本世界一段時間後，不知為何會長出狐狸尾巴，往頭上一摸，也長出三角耳朵。

其他人的屁股也長出扭動的橘色尾巴，但春田、圖書室館員、主任都沒有發現。

深冬也不知道為什麼會變成狐狸，也不知道完全變成狐狸代表什麼意思。就連應該是這世界領航員的真白似乎也不清楚。

「得快點找到小偷才行。」

瑞奇．麥克洛伊，不，是「山椒」一點也不可靠。就算他打扮成私家偵探的樣子，「山椒」就是「山椒」。深冬如此下結論後，決定尋找出口。春田說真白在外面。

除了連接深冬醒過來的小房間的門，印刷廠還有另外一扇門，以及鐵捲門。鐵捲門緊閉，那麼朝另外一扇門走去比較好吧。趁著印刷機轟轟作響，人們專注印書時，深冬壓低腳步聲朝門邊走去。

打開門，另一頭是被潮濕水泥牆包圍的樓梯間。簡陋的鐵樓梯往上延伸──外頭傳來的汽車聲，感覺是從很高的地方傳來，這邊似乎是地下室。深冬輕輕關上門，踩上階梯。一階、兩階、三階。大約走上二十階，到了第二個轉角處時，深冬停下腳步。

狐狸。

在堆滿壓扁紙箱的樓梯角落，橘色的狐狸蜷曲身體睡在紙箱上面。大概是熟睡中，狐狸完全沒發現深冬靠近，「呼呼」地發出相當和平的鼾聲。

深冬張開雙手，不發出腳步聲慢慢靠近，最後一鼓作氣撲上前。終於醒過來的狐狸往後退，同一時間深冬的手竄進狐狸的前腳下方，狐狸拍動手腳試圖逃跑，深冬的臉和手被抓傷，但終於抓住牠了。

「太棒了！我抓到小偷了！抓到偷書賊了！」

深冬邊斥責仍亂動掙扎不願放棄的狐狸：「你給我安分點！」一邊等待世界恢復原

貌。應該馬上會恢復，因為都抓到小偷了啊……這慌張的眼神，嘴巴一張一闔想要說什麼，深冬知道雖然牠外表是狐狸，但內在是個人類。真正的動物才不可能有這種動作。

但什麼也沒有改變。階梯仍是階梯，外面的汽車聲，下面傳來的印刷機聲音都沒改變，狐狸也沒變回人類，深冬閉上眼睛再度張開，世界仍然沒有恢復原貌。

「為什麼……這是怎麼一回事？我都說我已經抓到小偷了啊！有看見嗎？雖然我不知道你是誰，喂，把世界恢復原貌啦！」

深冬朝上方大喊。對神明或是哪個誰，總之就是從某處觀察這個書本世界的誰大喊著。但聲音只是在樓梯間迴響，被昏暗的水泥天花板吸收後消失。狐狸仍在深冬懷中掙扎。

「喂，是怎麼啦？」

從樓梯扶手往下看，只見聽到聲音的地下印刷廠的人跑出來，一臉狐疑地抬頭看深冬。深冬沒辦法只好走下樓梯。

「小偷？這隻狐狸嗎？」

印刷廠的人邊問，邊把狐狸放進印刷廠裡的木箱中，蓋上蓋子上鎖後還壓了好幾本私印的書在上面。木箱結構不牢實，木板和木板間有空隙，所以不需要擔心狐狸會窒息。

「對，他偷了我的書。」

「哈哈哈，看來是被人類教了這種技藝啊。狐狸身手靈活，晚上視力也比人類還好啊。」

「不對，他的內在是裝成狐狸的人類。」深冬在心中反駁春田的推論，但把事情搞得太複雜也很麻煩，決定就先當作是這樣。

印刷廠的成員，包含春田、主任和圖書室館員在內的所有人，不只長出狐狸尾巴，連耳朵也長出來了。深冬焦急著動作得快點才行，但她也不清楚還能做什麼。

「那個，我的朋友……那隻狗怎麼了？」

「啊啊，我幫妳帶她來吧。」

要是真白也在，狀況起碼會好一點吧。但真白似乎也不清楚這世界讓人無法理解的規則，最後思考的人好像還是自己。

書籍魔咒的規則。話說回來，深冬完全無法理解為什麼她得淪落到抓小偷的地步。同為御倉家的人，住院中的步夢就算了，感覺讓晝寢來抓小偷應該最有效率，但她幾乎都在睡覺。

而且話說回來，小偷為什麼學不乖，跑來御倉館偷那麼多次書啊？上次沒有讓他學到教訓嗎？

咦，等等，深冬板著一張臉手抱胸前思考，感覺有什麼讓她很在意。她一直以為這隻狐狸和上次是同一個小偷，但真的是如此嗎？該不會是別人吧？

被捲入那種奇怪的世界中還被變成狐狸，肯定會讓人不想要再到御倉館來偷書。至少深冬就是如此。御倉館的藏書真的如此有魅力，讓他寧願冒這種危險也要偷嗎？

以前深冬曾問過父親：「如果把御倉館賣掉值多少錢啊？」父親苦笑表示：「深冬真的對御倉館一點感情也沒有耶。」接著露出相當認真的表情說：「很遺憾，應該沒有多少錢。多虧網路進步，現在越來越容易買到舊書，也有古書店倒閉後把藏書出售。尤其妳曾祖父以收藏娛樂小說為主，就算有收藏價值，價格也不高。」

雖然深冬沒有頭緒，但表示對小偷來說，御倉館裡應該有價值相當高的書吧。如果是這樣，那他應該會偷同一本書，但真白說這次是一樓書庫的書遭竊。上一次是二樓書庫。

搞不懂。

就算小偷是不同人，竟然會在一週內發生兩次竊案。

比起書本的價值，珠樹對書本遭竊更加憤怒，可想而知她將全副心神貫注在防竊上面。但深冬不清楚實際上御倉館遭竊的頻率有多高，她從不曾聽步夢提過遭竊的事情。儘管如此，步夢住院後已經發生兩次了。

「欸，你幹嘛偷書啊？」

深冬蹲在關著狐狸的木箱前質問他。

「你到底是誰啊？為什麼要來我家？讀長町到處都有書吧，去別的地方啦。還是怎樣，你是被誰委託嗎？快點從實招來，要不然你和我都沒有辦法從這裡離開！」

或許因為抓到的只是小偷的手下，所以沒有辦法解開書籍魔咒。深冬一搖晃木箱，狐狸在木箱裡團團轉，低嗚著似乎想說些什麼，但完全聽不懂。

「就算妳跟狐狸說話，我覺得也沒有用耶！」

不理會主任的訕笑，深冬憤然起身，煩躁地在印刷廠中走來走去咬著指甲。她的指甲也逐漸變得如野獸般尖銳。到完全變成狐狸前還有幾小時呢？或許只剩幾分鐘了。

到外面去的成員此時把真白帶進來。大概是因為被套上項圈和狗鍊，真白還是狗的模樣，一看見深冬立刻飛奔過來。深冬如對待真正的狗一樣用力摸她的頭，但真白的樣子有點怪。

「妳怎麼了？」

仔細一看真白的鼻子通紅，根據在外面把風的成員所說，似乎是逃避警方追捕時放的鞭炮燃起的煙霧中有催淚成分，真白嗅覺敏銳的鼻子因此重傷。

「好可憐喔。」

深冬溫柔地撫摸真白耳後，真白發出「嗷嗚」的可憐聲音。

坐在桌前製本的一個人想要鼓勵深冬，他說：

「哎呀，雖然遇到一連串災難，但妳偶然遇到小偷很幸運啊，不是嗎？」

深冬訝異地皺起眉頭轉身。

「偶然？」

「是啊，這個城市頗大，很少會剛好遇到想要找的人，妳運氣真的很好。」

深冬瞬間感覺時間停止，接著環視天花板低矮的印刷廠。

「這樣啊……原來是這樣。」

看見深冬突然變得不一樣，印刷廠的大家面面相覷。

「怎麼了嗎？」

「書……書在哪裡？你們偷印的書呢？放在哪裡保管？」

「妳問哪裡……就在那扇鐵捲門後面。」

圖書室館員都還沒有說完，深冬大步走過去，推開其他人穿過房間，站在緊閉的鐵捲門前，手指放在把手上想把門往上拉。但鐵捲門和水泥地板間還用鎖頭鎖住，拉不開。

「喂、喂妳啊，別隨便亂來啊！」

「那個，可以打開這裡嗎？」

「不行，為什麼要替妳這個外人……」

「現在不是說什麼外人不外人的時候，打開讓我看裡面的書，我被小偷偷走的書應該就藏在裡面。」

偶然。深冬會出現在這邊，確實是因為剛好把便當給印刷廠的小孩，然後在警方要逮捕深冬時被印刷廠的人所救。但狐狸，小偷並非如此。

上一次狐狸把書藏在站前寄物櫃裡。成為「書籍魔咒」的世界後也沒發生變化的，只有深冬、真白、小偷以及從御倉館偷出來的書。但這一次小偷把書怎麼了？在禁書法實施的世界中，光是持有書就相當醒目，而且危險。想藏也找不到地方藏。

所謂「要藏一棵樹，就要藏到森林中」，在禁書的世界中，書只會出現在私印書的交易現場或是地下印刷廠。而能夠安穩藏書的地方就是印刷廠，所以狐狸才會找出印刷廠，把書藏在這邊。之所以在樓梯間轉角休息，是因為他身體小，想要藏起一般尺寸的書相當耗體力和腦力，肯定是因此太累了。

也就是說，從御倉館偷出來的書就在這個印刷廠的某處。

只抓到小偷還不行，也得找到被偷走的書才有辦法讓世界恢復原貌。

深冬終於理解書籍魔咒的規則了。

就在這段時間內，人類也越變越像狐狸，與深冬對峙的圖書室館員的額頭到臉頰，已經長出橘色天鵝絨般的細毛，深冬自己的手背也開始被有光澤的細毛覆蓋。深冬抓住館員的雙肩，拚了命地拜託她。

「拜託妳，打開這扇鐵捲門。如果不趕快找到書就不得了了。」

館員和隨後而來的春田與主任面面相覷，無奈地搖搖頭，從裙子口袋中拿出鑰匙打開鐵捲門。

倉庫的大小與印刷廠大約相同，雖然遠遠不及御倉館整體，但堆著的書也有小書庫一個房間的分量。

「竟、竟然有這麼多……」

「很壯觀對吧。每一本都是我們親手製作的。書就是知識的結晶，和只是從嘴巴說出口的『說書者』新聞的知識量完全無法相比，而這個可以藉由閱讀來獲得。這世界上絕對需要有書存在，禁書就等於剝奪了人類的知識。」

「沒有那麼誇張吧，書只要讀了覺得有趣就行了。就算無聊也是個很好的經驗，因為可以知道自己喜歡什麼，對什麼感到無聊。」

「我完全不那麼認為，書可以賺錢，僅此而已。」

「滿腦子只有賺錢的人閉嘴。」

深冬沒有聽大人們的對話，她呆然地看著，不是因為竟然可以純手工做出如此大量的書，而是對於從這成堆的書山中找出御倉館失竊的書，不知該如何是好。如果真白的鼻子沒事那就簡單多了，但她的嗅覺因為煙霧影響失靈了。去問小偷本人嗎？但如果因此讓他逃跑，就賠了夫人又折兵了。

天花板有方形排氣孔，小偷狐狸就是從那邊出入的吧，風從那邊吹進來，屁股上長出的狐狸尾巴隨之搖擺。深冬抬頭挺胸，朝書山大步邁進，從最邊邊開始確認每一本書。書的形態和現實世界中流通的物品相當不同，每本都是類似的茶色或黑色裝幀，沒有圖畫或插畫，簡單的單色。確認後就往下擺，邊一次移動五到十本，慢慢走進書山中。照這樣下去肯定很容易就能找出失竊的書吧——但過十分鐘左右，沒抓好的書從她手中掉落。深冬的手指變得很短、很圓。手掌心開始膨脹起類似肉球的東西。

深冬臉色慘白，拚命吞下尖叫聲，兩手笨拙地夾起書移開。大概是受到深冬感召，印刷廠的人們及真白也開始幫忙，但所有人的臉都開始變長，臉頰也長出鬍子。邊流汗邊移動千本以上的書，在排除了大約三分之一左右時，深冬尖尖的耳朵一動。聽見警笛聲，越來越靠近了。

其他成員也一起抬起頭，好幾個人慌慌張張往出口跑去看狀況。警笛聲來到倉庫正上方後停下來。

「糟糕了，是警察！」

「快撤退，快點離開這裡！」

「騙人的吧，那些傢伙為什麼會知道這裡？誰洩密了？」

大家陷入混亂，慌張地來回走動，堆高的書山開始雪崩。有人跌倒撞上桌子，幾十張紙隨之飛舞。大家紛紛說著這裡在地下深處，竊聽器的電波根本沒有訊號，絕對不可能會被發現。

那種事情根本無所謂，深冬沒停下手繼續挖掘書山。只要找到書就能解決一切。不管是警察還是私印書，一切都能解決。圖書室館員抓住她的手。

「妳也快一點逃，快點！」

「不要！」

接著，用擴音器放大好幾倍的聲音響徹周圍。

「私印書製造組織的罪犯們啊，給我聽好！這裡已經被包圍了！如果想要同伴活命就投降！再重複一次，如果想要同伴活命就投降！」

「同伴？到底是指誰啊？」

大家面面相覷，確認所有同伴都在這裡，一個也沒少。先前負責製本作業的男人放心地大歎一口氣。

「肯定只是裝腔作勢，別在意啦。」

「你覺得是裝腔作勢嗎？聽好這個吧。」

彷彿看見裡面狀況的回覆，擴音器裡響起小小孩的哭泣聲，是獲得深冬便當的孩子。

「托比！」

「確實沒看見那孩子！那聲音真的是托比嗎？他是什麼時候不見的？」

深冬背脊一陣發涼，肯定是剛剛的騷動，發現小偷狐狸那時的事情。樓梯間的門打開沒關，大家的注意力大概全被狐狸引起的騷動吸引，沒有人發現小孩跑出去了。

「該不會是托比洩漏這個地方吧？」

「那怎麼可能，那孩子才五歲耶。肯定是跑出去被誰保護起來，然後就……」圖書室館員說到一半，突然繃起表情。

「以為托比迷路的人去報警，但托比講不出這個地方，我們也沒告訴他地址。」

「該不會是保護了托比的人跟警察說他找到的地方吧？」

「就算是這樣，這裡是地下室耶，只是個搭建臨時小屋的空地，就算警方到這個地址來，也不會認為找到迷路小孩的空地下方有印刷廠啊。如果這樣還知道，那就是……」

館員看真白。白色大狗。真白剛剛還在外面。

「但狗隨處可見啊。」

「也是，那麼答案只有一個。」

下一個瞬間，遠處傳來槍響，大家驚聲尖叫。深冬趁隙甩掉館員的手，往關狐狸的木箱方向跑。已經不是擔心狐狸「可能逃跑」的時候了，只能賭一把。小偷知道書在哪裡，要把這愚蠢的鬧劇全部終結。

只差一步時，有人闖進深冬和關狐狸的木箱之間。

「小姑娘，妳想要幹嘛？」

是春田。不知是否不舒服，他的臉莫名比剛才還要蒼白，額頭冷汗直流。深冬想從他旁邊鑽過去，他不退讓地把深冬推回去。

「放開我，我有事找那隻狐狸。」

「希望妳別做出奇怪舉動，要不然我也會被警察逮捕。」

他說著，用手指推高鏡框，拿袖口擦拭額頭。有種不好的預感。

「『我也會』是什麼意思，不是大家都會被逮捕嗎？」

好不容易把唾液嚥下乾澀的喉嚨。

「春田先生……不對，是賽博先生，該不會就是你洩密的吧？」

除了春田和深冬以外的所有人都嚇得瞪大眼睛，春田忍不住背過臉去。

「都是因為妳來。我從以前就被迫答應，無論如何都得把瑞奇．麥克洛伊交給那些人才行。為了保住這個地方。」

「你說什麼？」

圖書室館員推開深冬想找春田算帳，其他人紛紛上前制止她。「妳冷靜一點！」、「先聽他怎麼說，好不好？」館員在大家安撫下仍無法冷靜。深冬在她身後偷偷隱身，尋找著真白。

印刷廠的大家早已不在乎深冬，和春田爭執起來。警方真正的目的是私家偵探瑞奇．麥克洛伊，春田也就是「賽博」認為深冬是瑞奇的同伴，為了引出瑞奇才裝好心保護深冬，帶她到地下印刷廠來。

「說那個小姑娘給托比便當才帶她來只是藉口，是我放托比出去的。不是附近的人報警，而是警方等我放出訊號。只要知道同伴在這裡，瑞奇也不得不出現。」

「所以就把我們和印刷廠都拖下水嗎？難以置信！」

「對你們真的很抱歉，但印刷廠不一樣。他們答應我能守住印刷機。你們能被取代，但印刷機無可取代。只要失去了這個，就再也無法印書了。」

同伴們朝春田撲上去，幾乎同時，變回人形的真白洗完臉，從盥洗室走出來。

「真白！」

深冬大叫後拿起狐狸的木箱，在被捲進印刷廠的爭執擠扁之前，把木箱朝真白丟過去。真白迅速一跳接下，用怪力打破木箱。

印刷廠的人們在朝春田飛撲過去時衣服脫落，雖然全裸，因為幾乎全變成狐狸，看起來只像是一團橘色的東西撲過去。怒聲相向、拳打腳踢中，深冬爬出混亂，朝真白抓住的狐狸跑去。

「快點，快告訴我書在哪裡！要不然就到極限了，大家全部都會變成狐狸，再這樣下去，你也會被警察射殺！」

憤怒與淚水模糊深冬的視線，為什麼非得遭受這種遭遇不可啊。深冬用已經長滿天鵝絨毛皮的手背擦拭眼角。臉上已經長出鬍子，鼻子也變長，牙齒也變成野獸的牙齒了。

此時，上方傳來槍響。

「麥克洛伊！麥克洛伊出現了！」

擴音器中傳來怒吼、槍聲、震裂耳膜的回聲。故事主角就在上面，深冬抓住還不想動作的狐狸脖子用力搖動。

「你想死在這個奇怪的世界裡嗎？那你就自己去死啦，膽小鬼！」

狐狸聽到後睜大眼睛，用力咬深冬的手。深冬在前一刻抽回手，狐狸鑽過深冬身邊，從倉庫裡堆積起的這座山跳到那座山，一轉眼就爬上去了。

「喂，你知道嗎？要找到你偷的那本書！要不然就沒有辦法結束！」

狐狸像在表示「我知道啦」搖搖尾巴，跳上堆積在左側深處的書山後，如貓刨沙般猛烈地挖書。深冬和真白也脫掉鞋子，手腳並用爬上去幫小偷。黑色裝幀、褐色裝幀、黑色裝幀、褐色裝幀、黑色裝幀──在那下面，看見似曾相識、令人懷念、現實世界書籍的裝幀。印刷著照片，秀麗字體寫著書名。

在那下面也有書。三人專注挖掘書籍，就在救出最後一本書時，倉庫入口隨著巨大聲響被打開。深冬轉過頭，看見瑞奇．麥克洛伊，也就是裝模作樣的山椒站在那邊──

醒來時，深冬躺在御倉館一樓、提供來訪者使用的日光室地板上。炫目的陽光從巨大玻璃窗照進來，她瞇起眼睛，看著白雲在藍天緩緩流動一段時間。

閉上雙眼深呼吸。回來了。

《BLACK BOOK》仍在深冬手中，這本書裡面寫的故事，肯定和她剛剛才目擊、經歷過的故事不同吧。如果沒有深冬和真白，瑞奇．麥克洛伊肯定有完全不同的活躍表現。那麼賽博到底會做出什麼選擇，印刷廠的未來又會如何改變呢？

如此一想後讓她更加搞不清楚了。那個世界到底是什麼？為什麼會有這種故事存在呢？而且話說回來，《BLACK BOOK》及《繁茂村的兄弟》成為啟動書籍魔咒的鑰匙的理由到底是什麼？作者是誰？

深冬抱著漆黑的書坐起身，聽見平穩的鼾聲，伸長脖子往矮桌的那頭看過去，晝寢姑姑還在沙發上熟睡。

姑姑知道這個書籍魔咒嗎？她是御倉館的管理人，知道的可能性極高，真白似乎也認識姑姑。

「姑姑，晝寢姑姑快醒醒。」

深冬搖晃晝寢的肩膀試圖叫她起床，但晝寢仍沒有醒來。彷彿手指被紡織機的針刺到的睡美人一樣，姿勢優雅坐在沙發上繼續沉睡。

「……真拿妳沒辦法。」

深冬把書放在矮桌上，想要走出御倉館。確認一下時鐘，進入那個世界後，時間幾乎沒有改變。得快點買好點心去找父親，把書一起交給他才行。沒錯，那兩個人要來探病。瑞奇．麥克洛伊和刑警，山椒和三木。如果山椒戴著費多拉帽出現該怎麼辦啊。

正當深冬想著這種事情要走出去時，在大門的金屬部位上，發現有張字條用磁鐵吸在上面。磁鐵是以前深冬去旅行時買回來給姑姑的禮物，是一隻招財貓。

「這是什麼？」

紙條是在文具店裡常見的薄荷綠便條本的其中一張。深冬覺得怪怪的，把紙從磁鐵上取下，看上面寫的文字。

心臟猛力一跳。

「御倉深冬小姐　我有話想對妳說。如果妳願意請撥電話給我，號碼是××××××××××　小偷狐狸上」

第三話

遭幻想與蒸氣的霧靄包圍

「不可以。」

深冬的父親，御倉步夢，開口就是這句話。他坐在病床上，眼睛直直地看著眼前很不高興的獨生女，再次明確地說：

「不可以，深冬，別理會那種字條。」

「但是，那要怎麼辦啊？如果真的是小偷留下的字條呢？」

「如果真是那樣就更不允許。去見小偷？要是發生什麼事情該怎麼辦？而且說起來為什麼是小偷『狐狸』啊？為什麼指名道姓要找妳？」

「……我也不知道。」

深冬更加不高興地嘟起嘴，眉間皺紋加深，拚命絞盡腦汁試圖讓這些謊言整合起來。她很清楚父親說的才正確。從書本世界回來後發現的，貼在玄關大門上的紙條——是自稱偷書賊的人留下的紙條。深冬也一度煩惱，要不要當作不知情直接丟進垃圾桶裡，想要找人商量晝寢又叫不醒，實在沒辦法，她只好帶著紙條去找父親。只是沒提到書籍魔咒的事。

「御倉館似乎出現偷書賊」。重點在「似乎」，深冬騙父親沒有書遭竊，紙條也是貼在大門的「外側」。真白這明顯非人的神秘少女的存在、變成私家偵探的體育老師、差一點遭到槍擊，這些事情就算說出口也沒人會相信。而且要是報警把事情鬧大會更麻煩，實際留下的證據只有這張紙條，警方大概也會視為惡作劇而不理睬吧。

只不過，深冬想知道發生了什麼事情。那隻小偷狐狸到底想對深冬說什麼，真面目到底是誰，深冬想一探究竟。

「好啦，我不會去見他。」

深冬故意用力吐氣，把沒有靠背的圓形摺疊椅拉到父親枕邊，再重新坐好。她不認為會有父母說「妳可以去和小偷見面」，但還是有點失望。

雖然母親在她小學二年級時過世，但深冬自認為和父親兩人感情很要好地生活。彼此在能力可及的範圍內做家事，做不到的部分不是乾脆放棄，就是拜託道場代理師傅崔的家人或是商店街的人等小鎮上的居民幫忙，失敗時也彼此互相嘲笑。父親既不曾強迫深冬去做母親該做的工作，也不曾讓深冬感覺到過度保護。但偶爾——就像是現在面臨的這種狀況，果然會讓深冬感受到自己是小孩，得要聽從父母說的話。

「好，那晝寢狀況怎樣？」

父親突然提起姑姑，深冬不小心轉移視線，腦袋高速運轉，思考到底哪些可以說哪些該隱瞞起來。

「……很健康喔，雖然還是常常在睡覺，但似乎有吃飯。」

深冬沒說謊。至少昨天醒著，在庭院前和那個打扮時尚的女人說話，也有吃東西的痕跡。步夢點點頭，但他粗壯的手臂還是交叉在胸前，露出思索的表情。

「那就好，那麼妳暫時可以不用去御倉館。」

「為什麼？」

不小心大喊出聲，四人房的某處傳來咳嗽聲，深冬慌慌張張放低音量。

「是你說要我幫忙照顧姑姑的耶。」

「是沒錯，但那奇怪的惡作劇很讓人在意。指名道姓要找妳，不是很不舒服嗎？」

「那姑姑要怎麼辦？」

「我決定請其他人來幫忙。」

「什麼？」

又再次大喊出聲，接著再次聽見苛責的咳嗽聲。深冬在內心咋舌「心胸狹窄的傢伙」，試圖問出父親有什麼打算。不需要去御倉館，有其他人可以照顧姑姑。什麼嘛什麼嘛，那打從一開始就別拜託我啊。

「別擔心，交給爸爸。要是全部拜託妳，妳沒時間念書也沒時間出去玩了啊。」

「……到現在才說？」

被孤立的心情讓深冬臉色更沉重。此時傳來病房門打開的聲音，充滿了哪個熱情活潑的人出現的感覺。隔間布簾被一把拉開，體育老師菊地田和國文老師三木出現在布簾那頭。對啊，他們說了要來探病。

在發動了冷硬派小說《BLACK BOOK》書籍魔咒的世界中，菊地田是主角私家偵探。全身黑的大衣加上費多拉帽，不久前還一副裝模作樣的打扮，現在卻身穿繡上運動用品廠商標誌、全身螢光綠的運動服裝，深冬眼睛都被刺痛了。菊地田豪爽笑著說：「喔，妳也來了啊！」絲毫沒留下任何瑞奇．麥克洛伊的風采。又聽到某人煩人的咳嗽聲，如掛軸幽靈般的三木提議：「我們去談話室吧。」

深冬的心情很矛盾。既想著再也不想要扯上任何關係，卻又無法控制被那個世界吸引，甚至對被禁止前往感到生氣。這邊的世界明明比較安穩、溫柔且沒有危險，是為什麼呢？為了轉換心情，深冬急忙從椅子站起身。

「那我先走了喔，爸，改天見。」

「咦？妳已經探完病了嗎？」

不理會嚇一跳的菊地田，深冬朝隔壁班導師的三木點點頭後，對父親揮揮手。步夢那還貼著大片紗布的臉似乎想要說些什麼，但他只是輕輕揮動右手回應。

走出醫院的深冬腳步懶散地轉過站前轉角，邊從商店街朝書店街前進，邊自問：「我到底是要去哪邊呢？」

暫時可以不用去御倉館，也會拜託其他人照顧晝寢。父親的決定在她腦海中轉個不停。深冬很討厭御倉館，所以可以不用照顧姑姑應該是再好也不過。

但心情怎樣也無法平靜，開心不起來。腳步不小心就要朝御倉館的方向去，深冬像要擺脫般轉過身，走回頭路。

「……我知道了啦，那我就再也不去御倉館了。」

深冬自言自語，決定要去站前的速食店吃薯條，氣得聳肩低頭、輕輕踢飛腳邊的小石頭。小石頭在人行道上滾動，打中站在前方的人的腳尖。

「啊，對不起。」

深冬邊道歉，注意力邊被小石頭打中的鞋子吸引。那是雙黑色皮鞋，腳背上裝飾著金色閃閃發亮的四角皮帶釦，腳尖彷彿雪橇般往上翹，是很少見的設計，而且來人穿著透明襪子。

「……怎麼了嗎？」

鞋子的主人開口問，深冬這才抬起頭。站在眼前的是一位不認識的女性。時尚的平頭加上很大的銀色耳環，深綠色眼影，金色眼線閃閃發亮。可以遮住屁股的黑色長襯衫搭配紅色皮帶，捲曲成奇怪形狀的卡其色裙子。是個至少會出現在比讀長町更大更時尚的城市裡的人，年齡大約介於二十五歲到三十歲前後吧。

回想起昨天，她是在御倉館的庭院前和晝寢說話的人。但已經與我無關，因為我可以不用去御倉館了。

「沒、沒什麼。」

深冬想從女性身旁走過去，但她瞇起自己細小如上弦月般的丹鳳眼，擋住深冬的去路。

「那個，妳擋到我的路了。」

「我是故意的，我有事情要找妳。」

「……什麼？」

「我原本在醫院的會客室等妳，剛好去洗手間……然後妳剛好走出醫院，我為了不讓妳跑掉急忙追上來。妳不知道我是誰嗎？我是小偷狐狸。」

「什麼？」

「讓我們談談吧，走吧走吧。」

女性一把抓住深冬右手腕，不由分說地拉著她往某處去。當深冬回過神時，她已經坐在書店林立的大街前方的老舊咖啡廳沙發上，向老闆點紅茶。其他座位上的顧客，六十多歲到七十多歲的老人們，不斷偷覷平頭又奇怪打扮的女性，而她本人則滿不在乎地拿起杯子喝冰水。深冬狠狠瞪了其他顧客，讓老人們一陣慌張後，自己也拿起水小口小口喝。

「所以呢？雖然我不小心跟過來了，妳可以說清楚一點嗎？妳就是小偷狐狸？真的嗎？」

「妳懷疑的話，那我就說說妳在那邊對我說的話。『你想死在這個奇怪的世界裡嗎？那你就自己去死啦，膽小鬼！』還真是犀利呢。」

深冬瞪大眼睛，目不轉睛凝視對方。

「什麼？我說錯了嗎？」

「沒有……妳沒說錯。」

這個人真的是那隻小偷狐狸。深冬呆傻，連端到桌子上的紅茶和哈密瓜蘇打搞錯點餐者都沒有發現。女性幫忙把白色杯子和冰淇淋漂浮在滋滋冒泡的綠色碳酸飲料上的玻璃杯互換，口氣輕鬆地說：

「但我真的嚇了一跳，偷書確實是我不對，但我沒想到整個小鎮會變成奇怪的世界，而且我還被變成狐狸。一開始突然變成晚上，街上也空無一人讓我嚇一大跳，但過一段時間後有人出現，卻已經變成完全不同的人。欸欸，御倉一族是魔法師嗎？」

「怎麼可能，我也搞不太清楚，不知道為什麼會變成那樣。」

深冬低下頭看著紅茶杯，試圖整理混亂的腦袋。

問題一，為什麼這個人要從御倉館偷書？問題二，逃走不就好了嗎？為什麼還特地追上來找深冬說話？問題三，話說回來這個人到底是誰？

用力深呼吸後抬起頭，她正拿起兩張桌上的紙巾仔細交疊後放在桌上，把冰淇淋上方紅通通的櫻桃移動到紙巾上。對這被打亂節奏的感覺感到煩躁，深冬開口說：

「我有非常多事想要問妳。」

「嗯，我也有事情想要問妳，那個叫晝寢的人到底是何方人物？」

「什麼……晝寢姑姑嗎？我也不太……」

原本是深冬要提問，但不小心就開口回答對方自然說出口的問題。

從深冬有記憶以來，晝寢就住在御倉館裡。在外面見到的次數十根手指就能數完，不管哪時見到她，她不是像被埋在書堆裡看書，就是在整理書架，或在修繕書籍，或是發出鼾聲熟睡，偶爾和晝寢在房間裡獨處，就會陷入無止境的沉默。只要深冬不開口說話，晝寢就不會說話。和與祖母珠樹相處的時間相比，非常輕鬆，深冬也喜歡晝寢偶爾露出的笑容，所以她一點也不討厭。但她到現在也搞不清楚晝寢到底是怎樣的人。雖然沒對父親說過，但深冬內心覺得「好像是不存在於現實中的虛構人物」。

父親說過「晝寢把館藏的所有書都看完，而且全部都能理解喔」，但就深冬來看，不管腦容量有多大，連自己也照顧不來的話也是「沒用的大人」。

不小心就想起姑姑的事情，深冬突然回過神。糟糕，要隨這個人的步調起舞了。

「先別管姑姑。比起那個，妳到底是誰？為什麼要從御倉館偷書？上週把這裡變成下珍珠雨的奇怪世界的人也是妳嗎？還有，紙條上的『話』是指什麼？而且我昨天有看見妳和晝寢姑姑說話，妳到底……」

「停，問題太多了。」

女性伸出她塗上黑加侖色指甲油的食指，深冬立刻閉上嘴。女性接著移開已經喝光的哈密瓜蘇打玻璃杯，雙肘撐在桌面上，身體往前傾。兩人距離縮短，她每次開口都會看見染成綠色的舌頭。

「我叫螢子，螢火蟲之子的螢子，很棒的名字對吧。一九八六年出生，職業是流浪者，興趣是閱讀。」

「……請認真回答。」

「我很認真啊，那接下來換我提問。」

「並沒有這個規則。」

「我剛剛決定的。提問，為什麼妳和其他人不同，在那個世界中還能保持理智呢？然後，當我變成狐狸在那個危險的地方四處逃竄時，妳身邊還有另一個女生對吧，那是誰？」

「妳也問了兩個問題耶……。妳問我為什麼能保持理智，這我也不清楚，所以無從回答起。另外一個女生的事情也是，她似乎會在書被偷時出現。」

「在書被偷時出現？真假？」

螢子驚訝地睜大眼睛——手肘離開桌面，整個人坐進椅子裡，露出壞心眼的表情說：

「欸，那全都是假的吧？我和妳都只是被集體催眠了而已。」

「集體催眠？」

「不是有催眠術嗎？說著『你會越來越想睡覺』然後就真的想睡覺的那個。我和妳只是遇到了那個超強力的版本。我以為自己變成狐狸了，而妳覺得我看起來是狐狸。小鎮和其他人也看起來完全不同，只是這樣而已。」

「……其他人也是嗎？」

「或許吧，鎮上所有人都中了催眠術。」

深冬又再一次差點要認同螢子的主張了，但她要自己冷靜下來好好思考，結果是「NO」。

「怎麼可能，根本不可能一口氣對鎮上的所有人施展催眠術吧？而且有容易被催眠也有不容易被催眠的人。就算真的可能辦到，要是有人從外面進入鎮上，就會變成『到底是在幹嘛啊』的狀況吧，但沒有其他人來。催眠術不可能封鎖整個小鎮。」

如果是先前的深冬，大概會接受這「相當有可能」的催眠術想法吧。但現在有相同體驗的人就在眼前，她已經無法認為那個世界是虛假的。

「原來如此，深冬妳比我想像的還要聰明呢。」

「妳真沒禮貌。」

方才為止的胡鬧態度彷彿錯覺，螢子露出認真表情，甚至有點恐怖，細長的手指抵著尖瘦的下巴思考。

「那麼，我們現在就去御倉館吧。」

「什麼？」

「百聞不如一見，我要是再從那裡偷一次書，或許又會再進入那個奇怪的世界中，我們來實驗看看吧。」

深冬相當傻眼，螢子迅速拿起帳單站起身，深冬也無法立刻動彈。當她回過神來抓起肩背包，連背上肩膀的時間也省下來連忙追上在結帳中的螢子。

「妳絕對不可以去偷竊。」

不小心大喊出聲，正在操作收銀機的老闆嚇一大跳直盯著深冬看。螢子笑著說：

「別擔心，我不會攻擊這家店啦，我也會挑地方的。」這讓老闆更加不知所措，螢子接著愉悅地吹口哨走出咖啡廳。

陽光穿過樹葉間，灑落人行道上的光影搖曳，螢子擺動黑色襯衫與卡其色裙襬不停往前進。

「欸，等等，請妳等一下！妳真的要那麼做嗎？」

「如果妳不想做，可以不用跟過來喔。」

「別說蠢話了！我怎麼可能放任要偷我家的書的人不管……」

「為什麼？妳不是很討厭書嗎？」

她為什麼連這種事情也知道？深冬嚇得停下腳步，但她邊搖頭又再次追上螢子。

「那和喜不喜歡書沒有關係吧，我是要妳別去偷竊！我要去報警喔！」

街角粗壯的樟樹前停著一輛白色的登山自行車，禁止停車的看板腳上綁著自行車鏈。螢子邊吹口哨邊解開鎖鏈，輕巧地跨上自行車。

「那麼，我們來比賽吧，好人對壞人，預備、開始！」

「什麼，等等啊！」

彷彿沒聽見深冬的聲音，螢子颯爽地騎車離去。深冬慌慌張張追上去，但她五十公尺有沒有辦法十秒跑完都有問題，也沒有耐力，一轉眼就被甩開，螢子的身影已經消失在遠方。

反覆地跑一段走一段、跑一段走一段，終於抵達御倉館時，深冬用力喘氣，連小腿肚都緊繃地疼痛起來。好不容易調整好呼吸，抬起肩膀擦拭額頭冒出的汗水。螢子的白色登山車已經停在院子裡，但院子裡有大銀杏樹的御倉館相當安靜，乍看之下毫無異狀。

深冬很不爽地抱起螢子的白色登山車放到門外去，祈禱著車子會因為亂停被拖吊，才走回御倉館庭院。試著拉開玄關大門手把，輕而易舉就打開了。

「……真不愧是小偷啊。」

上一次也是這樣。先別說書籍魔咒了，連普通的警報裝置也沒有響，可以推測她肯定準備了備份鑰匙。

「螢子小姐？妳在哪裡？」

進入屋內大吼後，也沒有其他人的聲息。只有隱約聽見應該是晝寢的酣睡聲。深冬急忙脫掉鞋子，也沒放進鞋櫃裡就進屋。

登山車在院子裡，也就表示她應該還沒有離開御倉館。書庫的門關著，深冬小跑步朝日光室去。

耀眼的日光從大片玻璃窗灑進日光室中，和幾小時前深冬從《BLACK BOOK》世界回來時一樣，沒有任何改變。晝寢仍在沉睡，也沒感覺有東西移動。

深冬看了一眼往二樓的樓梯，大步走到畫寢身邊。接著看向她手邊，歎了一口無奈的氣。

有符紙。只要遇到偷書賊，就會出現用紅色文字書寫的符紙。

深冬毫不猶豫地從畫寢手中抽出符紙，大聲念出上面奇妙的圖樣文字。

「『竊取本書者……將會遭幻想與蒸氣的霧靄包圍』。」

轉眼間，外頭傳來的風聲靜止，日光室大片玻璃窗的那頭，庭院的草木才開始染上午後的淡黃色陽光，所有動靜恰好停止。深冬想起螢子剛剛說的話，集體催眠。這是現實嗎？或只是中了催眠術而已呢？

深冬的視線從外頭時間停止的風景，移回手上的符紙。在對方出聲前，自己先主動喊：

「真白。」

「深冬，今天第二次見面了呢。」

一轉頭，才剛分別的少女就站在那裡。白髮，和深冬相同的POLO衫與牛仔褲。

「果然又被偷了啊。」

「對。真奇怪，一天內竟然被小偷闖進來兩次。妳在生氣嗎？」

「不是。對不起……遭小偷有一半是我的錯。」

深冬一道歉，真白的大眼睜得更大，深冬無比尷尬地別開視線。在她說出螢子的事情時，回想起她帶著好喜歡的大姊姊進入御倉館，被祖母大聲責備那時。從腳底和胃部湧出冰冷的感覺，雙手撫上心口。

其實當時的記憶幾乎沒有留下，只想起在帶著古書霉味的御倉館裡，大概是這間日光室裡，表情恐怖的祖母毫不留情地大聲斥責，她也不記得事情是怎樣解決，連大姊姊的臉孔也很模糊。只是強烈體認「我不可以帶朋友進入御倉館」，牢固地留在記憶深處。

但她讓螢子進入御倉館了，而且還是個預告「要偷書」的人，她追上去想要阻止卻失敗了。

「深冬？」

真白喊她的聲音讓她回過神，繃緊了嚇一跳的表情。祖母站在真白後面，表情恐怖地瞪著她——不，這怎麼可能。深冬錯把日光室角落的古舊衣帽架看成祖母了，只是因為黃綠色防塵布和祖母常穿的和服很相似而已。

「沒事吧？妳的臉色——」

「沒什麼，得快點把螢子小姐帶回來，把書拿回來才行。」

深冬在牛仔褲上擦拭手心微微滲出的汗水，催促著一臉擔心的真白，並打算朝樓梯走去。真白接著說：「不對，這一次不是那邊。」推著深冬的背朝玄關前進。

並排在走廊旁的書庫門，真白要深冬打開其中一扇，最右邊的那扇門。

「是這邊，那麼，進去吧。」

「……早知道我就不去日光室，馬上打開這邊確認就好了。」

「妳到的時候小偷已經出去了。」

「什麼？」

深冬不太清楚小偷偷書離開御倉館後，會經過怎樣的過程變成狐狸。她以為自行車還在表示螢子還在御倉館裡，看來這個想法錯了。

「別在意，我們現在去逮住小偷就好了，走吧。」

書庫這一次也很昏暗，明明連一根蠟燭也沒有，卻有點點的橙色小光淡淡發亮。跟著真白在聳立的書架間前進，左邊內側的書架上有一格被抽出好幾本書出現的空隙，一本書封面朝外擺在上面。

藍色的天空慢慢染上灰色，給人一種最後被黑色吞噬的印象。畫中有昏暗的山與城市的剪影，以及像龍又像狼一般的生物。

「……書名是《銀獸》，這是怎樣的故事啊？」

「和剛剛的《BLACK BOOK》有一點像吧。」

「呃，又要砰來砰去？」

「『砰來砰去』？」

「就是拿槍打來打去的意思。」

「啊啊！說的也是，這是一本冒險小說，或許多少會有槍擊戰吧。」

「冒險小說？」

「嗯……一種小說的類型，裡面有主角去冒險的要素。該說冒險遊戲感嗎……總之，時代背景比《BLACK BOOK》更古老，但不是單純過去的故事，裡面有很發達的特殊技術，反而可以視為未來的世界。這故事很有趣，妳肯定會喜歡。」

◆◆◆◆

「銀獸」——第一次聽到這個童話故事是什麼時候呢？

全身都是銀組成的美麗野獸，聽說早在這個城市「史坦姆霍普」出現前就活在世上。棲息在帝國北方，抖動牠銀色的毛，炎熱季節也會吐出白色氣息，叫聲比夜鶯還要透明響亮，不僅如此，還是世界上最溫柔、強大、出色的野獸。

從爺爺口中聽過好幾次的童話故事，大多都很和平、甜蜜，還稍微有一點憂鬱。身為蒸汽火車機關手的爺爺，說他曾經見過一次銀獸。

火車可以行駛的距離，是我完全無法想像的。爺爺只要出門工作，就會有很長一段時間不會回家。但只要一回家，從新月到滿月的時間都可以在家休息。那段時間，他都會講故事給我和妹妹聽。

才剛在帝國北方發現的新煤礦「針山」，在那邊挖掘蒸汽火車所需燃料的煤礦的礦工們，邊吸進礦坑中的骯髒空氣，蒼白肌肉上的汗水閃耀，揮動十字鎬採礦。

那天，在他們將採集的煤礦堆到礦車上時，一個年輕人大聲尖叫。同伴們慌慌張張跑上前，只見年輕人抓著十字鎬柄全身痙攣，口吐白沫翻白眼。十字鎬尖端還插在礦坑當中，如熱鐵般紅紅燃燒。同伴們急忙想要把年輕人的手從十字鎬上拔下來，但他的身體已經熱到無法碰觸，沒幾秒後，他就在同伴面前，全身水分蒸發乾枯死掉了。

向帝國官吏報告後，立刻有調查隊前來。針山被封鎖，無法採礦，許多礦工因意外的停業而陷入窮困。在特別施捨的碎肉湯越變越淡、小孩與病人開始倒下之際，針山傳來震耳轟聲。

人們跑到外面查看，在他們面前是一整片荒野。針山消失無蹤。那黑色聳立的山頂，不管在哪都能看見，是充滿壓迫感的存在，那座根本不可能錯過的山，竟突然消失蹤影。廣闊荒野中瀰漫著濃霧，幾個人的身影晃動，接著現身，朝人們的方向靠近。他們是身穿從頭包到腳尖，類似連身衣的防護衣的調查隊。

在人們此起彼落的提問與抗議聲中，調查隊一語不發地穿過人群，搭上在一旁等候的馬車後離開。濃霧終於散去。被留下來的礦工及他們的家人聽見清澈透明、如鳥叫聲的美妙鳴叫聲。

下一個瞬間，原本應該是針山的地方，有個巨大的生物抬起頭來。

長長的脖子，彷彿要穿破天際的頭，身體粗壯且身上長著毛，有四隻腳卻有魚尾。

那是彷彿將古老神話中出現的龍、狼和人魚組合起來的奇特銀色怪獸。

幾道陽光從陰天的微小縫隙中照下來，銀色身體彷彿撒上黃金般閃閃發亮。野獸緩緩擺動頭，張開尖尖的嘴吐氣。

氣息往呆站在原地的人們頭上、身體上吹。那是溫度極高的蒸氣，人們一個一個蒸發。

勉強逃過第一波攻擊的人背後，接著襲來第二波吐息，身體中的水分因熱蒸發、霧散。

但銀獸的動作此時被封鎖。搭上馬車移動的調查隊偷偷繞過附近的岩石，點燃埋在圍繞著針山礦道中的火藥讓岩盤崩落，銀獸無處可站。等待在旁的軍隊趁隙攻擊銀獸。

——以上就是爺爺說的，和銀獸有關的童話故事。

我在工廠學校，趁無聊課程的休息時間，用羽毛筆寫下這個故事。老師正在解說「巨金」。那是讓我們帝國發展比其他國家先進一、兩百年的偉大礦石，從針山的遺址被挖掘出來，擁有超越煤礦一千倍以上的能量。

以帝國的科學家們為首，沒人能控制這巨大的能量，研究所爆炸過好幾次，犧牲了好幾個人。但在知道巨金可以與其他金屬混合之後，研究有了飛躍性進展。比鑽石更堅硬的「巨金鋼」被開發出來，能夠承受巨金強大能量的內燃機也成功建造。

學校裡教的是該怎麼使用巨金，完全沒有提到以前在針山出現的銀獸。但我認為，銀獸和巨金有關。因為爺爺正好就是在發生災難的那天，開蒸汽火車經過針山所在的城市時看見銀獸。

我每天早上四點起床。如青春痘一般蓋在工廠員工宿舍旁的學生宿舍，狹小的房間擺滿狹窄的三層床，我就睡在中鋪，在宿舍長沙啞的「起床！起床！」叫喊與大力敲響的鈴聲中醒來，睡眼惺忪走下木床。布滿補丁的內衣外，套上有點粉粉的襯衫，下鋪那傢伙還笑我：「洗衣室的標籤還沒拆掉喔。」接著前往餐廳，我——

「……欸，感覺有很奇怪的味道。」

深冬突然從書中抬起頭，不停嗅聞四周的氣味。

「臭水溝的味道。一種腥臭味，好像沒有洗澡的味道。」

邊說邊看真白，只見真白早已皺起一張臉，用雙手摀住鼻子。

「我、我是狗，嗅覺有點……」

「啊啊，那還真是辛苦妳了。」

深冬在肩背包內摸索拿出面紙，一張面紙撕成兩半揉圓，分別塞進真白的鼻孔中。

「呵、呵、呵呵……稍、稍微，有點、麻痺了。」

眼睛泛淚說話的真白太好笑了，讓深冬不小心咯咯笑出聲，但立刻想起螢子的事情，轉回認真表情。

「好，那我們走吧。似乎已經進入書本世界了。不知道螢子小姐是不是已經變成狐狸了，總之得抓到她才行。」

兩人走出書庫，意氣昂揚地打開御倉館大門，接著瞠目結舌。

讀長町，已經完全不是讀長町了。

御倉館上方有鋼鐵高架道路經過，列車發出「叩咚、叩咚」的聲音行駛。而在地面奔跑的車子，和在博物館裡看見的百年前的車相同，車體四方且車輪很細，彷彿是沒有馬的馬車，但速度飛快。小小的車體咻咻地飛奔過去，讓深冬都要看暈了。每輛車車頂都有個類似鍋子的東西，噴出帶有銀色閃亮光芒的蒸氣。

街上人們的服裝也很奇怪。女性大多穿著肩膀澎起的長袖襯衫，腰身收得緊緊的，裙子後方稍微往上蓬鬆鼓起。頭髮也往上挽，頭上戴著一個小小的時髦帽子，不小心會讓人以為誤闖電影的拍攝現場。另一方面，也有背著破破爛爛的肩背包，看起來很貧困，穿著磨損的薄襯衫和裙子的人。男人戴著獵帽或博勒帽，不是身穿三件式西裝，就是穿著髒汙的外套、鬆垮襯衫，褲子起滿毛球且四處都是補丁。

深冬伸手揮開眼前朦朧飄散的蒸氣，在急速來往的車子的喇叭聲中，朝對向道路跑過去。接著感覺到奇妙的視線，還聽見竊竊私語的聲音。

「那個打扮是怎樣啊，就跟內衣沒兩樣。」

「或許是從北方來的奴隸吧。」

也就是說兩人格格不入，深冬的臉突然脹紅。

「真白，快跑吧。」

深冬抓起真白的手，推開人群漫無目的地往前跑。她曾在電視上看過這類的場景——是福爾摩斯。她記得在學校裡學過，那個時代是十九世紀的英國。沒想到竟然會令人如此不自在。

道路不是平常的柏油路，而是歐洲的石板路，下水道非常臭。堆滿垃圾的垃圾桶上有一大群蒼蠅，深冬「嘔」地差點吐出來，摀住嘴巴逃走。轉頭看真白，就算塞住鼻孔大概也沒意義，她的臉色非常蒼白。

「真是的，這個書籍魔咒也太誇張了吧，完全沒有小鎮的原貌了啊。太過頭了吧！」

「以要去喇裡啊，恩冬？」

「妳說什麼？」

「要去喇裡？」

「……啊啊，『要去哪裡』啊？不知道，總之得快點抓到螢子小姐，抓到小偷狐狸。妳很不舒服對吧？」

「但四沒偶惡何驗所啊。」

「完全聽不懂妳在說什麼啦。」

在石板路上前進，彎過轉角要過馬路時，深冬沒有仔細看路。

黑色大車——車輪上有好幾個齒輪，蠢動的排氣管大口吐出蒸氣的大車，從左方疾駛而來，就在深冬身邊煞車。伴隨歎氣聲噴出的大量蒸氣，深冬和真白吸入熱氣後不停咳嗽，她們沒有發現車門打開，也沒有發現戴著筒狀軍帽的警官下車。

兩人一下子就被抓住，被銬上手銬推進車子的貨櫃中。

「喂，放開我們啊！」

「安靜點，妳這個奴隸！」

一位警官往深冬右臉摑巴掌，深冬嚇得瞪大眼。銬上手銬的手貼著麻痛的右臉。

真白氣得背毛豎起，朝發出訕笑聲的警官們飛撲上去，因為她用少女的模樣咬住警官脖子，打深冬一巴掌的警官「呀！」地驚聲大叫。

「抓住這傢伙！讓她去別輛車！」

「真白！」

就算真白有不可思議的力量，被四個大男人壓住雙手雙腳，她也完全無法動彈。深冬被帶上車，真白被警官壓制在路上，車門關上，車子出發。

「真白、真白！」

深冬大叫，但只聽見真白悲痛的哭聲，兩人距離越來越遠。

全黑的囚車在完全變貌的讀長町中奔馳，巨大鐵軌橋像覆蓋在一般道路上建造，好幾根粗大管線鋪在地面，蒸氣從用大皮帶綁緊的連接處不停往上噴。

因車內雖然有個小窗戶，但在鐵籠與警官的監視下，深冬沒辦法好好觀察外面。只要稍微移動身體，在旁監視的全黑打扮的警官，立刻會用警棍敲打牆壁恫嚇。明明是讀長町某個居民扮演的，但深冬完全沒有頭緒。

深冬一臉蒼白地看著自己的雙手。手腕上的手銬形狀很奇怪——兩個中間有空洞的齒輪跟花生一樣連在一起，手腕放進洞裡後，齒輪彼此轉動越縮越小，毫無空隙地牢牢貼合。不管深冬怎麼試圖掙脫，也絲毫不為所動。

和駕駛座之間沒有隔板，但也沒辦法靠近。貨櫃和駕駛座之間有個大火爐，開口中燃燒著詭異的紫色火焰。以火爐為動力，汽缸的活塞迅速上下帶動橫木，塗著油閃耀金屬光芒的鋼鐵車軸轉動車輪，發出低鳴聲。第一次看到這種奇怪的引擎，使盡吃奶力氣越過這東西時肯定就會被監視的人逮住吧。

囚車中途停下好幾次，每次都會發出巨大聲響打開車門，警官讓身穿翡翠綠工作服的男女上車。全部都是在哪裡看過的臉孔，一瞬間對「這裡果然還是讀長町」感到安心，但所有人表情陰沉，手上銬著和深冬相同的手銬，深冬也立刻感到沮喪。淺淺地坐在裝設在牆上的長椅上，每個人都沉默低著頭。

粗暴的駕駛在街上左往右行不停轉彎之後，車子鳴響警笛，發出喧囂的聲音後停下來。

「下車！下車！」

身穿工作服的人被趕下囚車，深冬也跟在他們後面。

打從出生起，深冬沒有在讀長町以外的地方生活過，但她也不清楚自己現在到底在哪裡。

車站、商店街、書店、父親住院的醫院全都不存在。取而代之聳立著一堆鐵塊般的巨大工廠，煙囪大口吐出混雜蒸氣與煙霧的白色氣體。深冬呆呆地抬頭看。那和高樓大廈差不多高，彷彿鐵製的要塞，中心有比囚車的引擎大上數十倍的機械轉動齒輪，發出巨大的運作聲。

現在的讀長町不是以書店，而是以擁有巨大閘門的工廠街為中心。工廠街有通往各方向的道路，宛如章魚將腳往各處展開。所有道路上都有身穿工作服的工人列隊，在閘門打卡，依序進入。

和先前經歷的書籍魔咒相比，這世界的規模完全不同。深冬快要被不安擊垮，雖然有想要驚聲尖叫逃跑的衝動，但一想到不在身邊的真白，又努力忍下來。

「快點排好！」

深冬在警棍戳打下排在工人隊伍後面，加入緩慢移動的翡翠綠一員，窺探著四周的狀況。工人、監視的警衛，恐怕所有人都是讀長町的居民。前方隊伍中有她的國中同學，拿警棍戳深冬的警衛是閱讀雜貨小店的店長。但一切都不一樣了，深冬完全無法湧出懷念的感覺。

得快點救真白才行。不對，在那之前得先抓到那個可恨的小偷狐狸嗎？深冬知道，不管遭受書籍魔咒的世界變成怎樣的狀態，只要抓到小偷找回書就能讓世界恢復原貌。

但感覺無法離開隊伍。其他人都穿工作服，只有深冬穿便服，除此之外，她後面沒有其他人，非常醒目。深冬只能緊緊握住上銹的手嚥下唾液，緊咬牙根鎖住淚腺，乖乖和大家相同。終於，走過閘門，工人如道路分歧般各自分開，走入好幾棟並排的工廠中。深冬走進聳立於中央、最大的工廠裡。

工廠入口是雙開鐵門，高度是深冬身高的三倍，鐵門上的鉚釘，一個就和深冬的拳頭一樣大。跟著長長的隊伍走進裡面，前方走廊的地板是暗褐色的，越往裡面前進蒸氣也越濃，熱氣和汗臭味讓她快要窒息。鐵門從背後關上，傳來上鎖的鈍聲。

走到瀰漫蒸氣的走廊盡頭，走出陽台般往外突出的空中走廊後，視野瞬間開闊。這裡上下打通，可以看見地下室也能看見上方樓層。但不管底部還是天花板都非常遙遠，無數個甜甜圈狀的樓層上下連結，強風從下往上吹。一想像要是不小心從警示燈等間距閃爍的柵欄掉下去，就讓深冬背脊發涼。

和上午在《BLACK BOOK》中看見的印刷廠完全不同——與這個工廠相比，那個印刷機就是個超小迷你模型。這到底是什麼工廠？樓層和樓層間有好幾個齒輪、滑輪和運送帶、曲軸，每個東西都發出轟轟聲運作中。

甜甜圈狀朝外突出的走廊牆壁上，十個左右的隧道口打開，工人們如螞蟻歸巢般整齊列隊走進隧道裡。入口上方分別掛著「螺子」、「糖狀」、「棒狀」、「硝子」等不明就裡的牌子。

有人來叫站在後面監視的警衛，深冬趁隙偷偷離開隊伍，看來沒被任何人發現。入口已經被關上，並放下大型鎖頭。深冬迅速移動到牆邊，走進附近的隧道中。走廊突然變得細窄，紅色燈光給人危險氣氛的感覺，工人們的身影消失在蒸氣那端。深冬想著「不知道有沒有辦法把手銬拿掉，不知道鑰匙在哪」，放低腳步聲往前進。途中看見工作現場——沾滿油汙的金屬製機械旁，圍繞了一圈用連接的滑輪作動的輸送帶，戴上頭巾只露出眼睛的工人們並排著工作，機械口以一定間隔開啟，吐出小小的零件，接著放上輸送帶運送。

讓人嚇到說不出話來的，是在翡翠綠均一色的工人中，交雜著身穿黑色工作服的人。他們戴著金屬製的圓形護目鏡，背著同樣是金屬製，很像小學生書包的東西，靠著箱子噴出來的蒸氣在空中飛。他們似乎是負責維修機械上方部分，手拿油膩膩發亮的滴油瓶，把細管子插入齒輪及曲軸裡，確認動作。

「那邊那個人。」

有人搭話讓深冬回過神來，糟糕了，早知道馬上移動就好了。轉過頭去，有位年紀和深冬差不多的少女在那邊。深冬對她的短鮑伯頭和臉孔有印象，雖然眼鏡變成金框附鍊子的款式。

就是前幾天在電車上問她「要不要加入文藝社？」的學姊。但她現在的打扮，穿著高領，肩膀澎起的綠色襯衫，皮革馬甲，胭脂紅長裙。和其他人相同，彷彿從百年前的時代跨越時空而來的打扮。

「……文藝社的。」

「什麼？」

「沒、沒有，沒有什麼。」

「……妳不只服裝奇怪，連言行也很奇怪。總之先跟我來，得讓妳換衣服才行。」

邊聽著機械沉重的聲音，深冬跟著文藝社員走。走回來時路，走出隧道後再次走到有空中走廊的樓層，接著走進其他隧道。

這邊也有紅色燈光閃爍，充滿金屬氣味的昏暗走廊上有好幾扇門，分別鑲嵌著刻上文字的牌子，有「小零件調整室」、「大零件調整室」、「皮帶鞣製室」、「各種油、磨料調配室」等等。

文藝社員帶深冬走進其中一間房間，拿棒狀鑰匙打開深冬的手銬。解脫的手腕上留下一圈紅痕，深冬搓揉紅痕時，文藝社員給她一套工作服。和其他工人相同的翡翠綠連身衣，從立領的領口處到肚臍附近有一整排黑色圓釦。深冬偷偷看了一眼社員，但被她回瞪，只好急急忙忙換上工作服。衣服肩膀處硬挺，穿起來很不舒服。

深冬小小期待著「只要換好衣服或許就能被丟下不管」，但一下就落空，社員又命令著：「跟我走。」深冬雖然焦急著要快點找到真白或小偷狐狸，但也只能聽從命令。

「那個……這邊是什麼工廠啊？」

「妳不知道嗎？哎呀，如果是從北方來的也難怪啦。」

社員有點瞧不起深冬地嗤笑。

「這邊是巨金鋼的加工工廠。」

「巨金鋼？」

「把巨金和其他金屬混合後，強度增加的一種素材。我們所使用的燃料，奇蹟的巨金發熱量過大，使用普通鐵製的引擎會壞掉，所以得用混合巨金的特殊合金來製作零件與容器。這裡就是把巨金鋼扭曲變形或延展來做出許多零件。」

這麼說來，來到這裡之前似乎看過這些名詞，想起這世界的原型《銀獸》故事開頭。那也是本有點看不太懂的書啊，深冬小聲歎氣。至少那是在學校國文課本中不會讀到的類型的故事。到底是誰寫出這種東西的啊，而且話說回來，書籍魔咒到底是誰搞的鬼？完全不懂其中機制。就在思考這些事情時，深冬突然驚覺。

她不記得作者的名字。

封面上有寫嗎？一般來說，絕對會把作者的名字寫在封面或是封底等書籍某處。但試著翻出目前為止作為書籍魔咒的書的記憶，怎樣都想不起來最重要的作者名字。要是知道作者是誰，就能去抗議為什麼要創造出這樣的世界，對被捲入其中的深冬來說，可是造成巨大的困擾。

對了——就連藏書紀錄上也沒記載。今天，在進入《BLACK BOOK》世界之前，深冬曾經查過被壓在沉睡的晝寢臉下的藏書紀錄。《繁茂村的兄弟》不在上面。

走廊出現十字路口，跟著社員往右轉，來到一個小廳。這裡非常亮。不是人工光線，而是太陽光。深冬抬頭一看，只有小廳的中央部分沒有天花板，取而代之有四根粗壯的鋼鐵支柱直立著。這邊也是上下打通，四周用網子圍起來。這似乎是什麼裝置。小廳牆壁上有好幾根電線，彷彿蛇一般纏繞在柱子上，連接側面的齒輪、車輪和黑皮帶。

文藝社員按下網子前方的圓形按鈕，齒輪與車輪高速轉動皮帶迅速滑動，有什麼東西伴隨著鈍聲從下面上來。是用金屬和玻璃做成的箱子——這是電梯。電梯發出「鏗鏘」的巨大聲響，在深冬面前停止，大吐蒸氣。被水蒸氣染濕的深綠色門上有把手，社員往旁邊拉開門。

「很厲害對吧，這是自動升降機。是巨金帶給我們的文明工具之一。」

「喔……」

說「厲害」的確是很厲害啦。深冬至今已經不知道幾次、理所當然搭電梯，現在看到這是如此珍稀的東西反而感到新鮮。這個皮帶應該不會斷掉讓她們掉下去吧……深冬戰戰兢兢地搭上電梯，等待文藝社員關上門按下往下的按鍵。

電梯和遊樂園的自由落體沒兩樣，幾乎是垂直落下，但皮帶沒有斷掉，平安無事抵達地下樓層。經歷了短暫無重力狀態，深冬一臉慘白，摀著嘴巴腳步不穩地走出電梯。

地下室的模樣和上面的工作場所完全不同，只是個在鑽開岩盤的紅褐色洞窟中建置設備，還有地下水滲出的場所。腳下流竄著冰冷空氣，深冬撫摸冒出小疙瘩的雙臂。這裡已經沒有辦法稱作讀長町了吧。

「新來的一定要做這個工作，妳往那扇門那邊去。」

社員冷淡地拋下這句話後，丟下深冬走回電梯去。

「妳呢？」

「我不去，只有妳去。加油喔。」

蒸氣再度猛然噴出，電梯如火箭發射般上升，很快就看不見了。

深冬邊搓揉雙臂，祈禱著希望門的那一頭至少可以溫暖一點，壓下把手。

門的那頭確實很溫暖，豈止溫暖，簡直是讓所有毛孔一鼓作氣噴出汗水的高溫。而且還非常吵鬧。

「喂，那邊快一點拿過去啦！」

「別催啦，混帳！都是因為你太粗魯，接下來會很麻煩耶！」

「別說廢話，你們兩個都快點，難道想要增加明天的工作嗎？」

昏暗中，可以看見許多人動來動去的影子。數不清的吊燈在四處拚命發光，卻一點也不明亮，因為這個房間太巨大了。另一方面，只有地面莫名帶著淡淡光亮，紫色光粉四處發出詭異光芒。空氣中充斥著難以形容的氣味，濕氣很重，卻很不可思議地帶有焦香的氣味。深冬覺得，如果把菇類和墨汁一起煮，再撒上敲碎的堅果，肯定是這種氣味。

深冬戒慎恐懼地走進房間，窺探四周。光是可見範圍內就有超過五十位工人，把堆成小山類似土的東西敲碎後，往某處搬運。爬上小山的十幾個工人，拿著十字鎬或鏟子削落小山，放進在下面等待的附有車輪的台車後，就有小型牽引車邊閃著警示燈把台車拉走。牽引車也和其他車輛相同，有燃燒紫色火焰的火爐，靠齒輪啟動。

每個人都邊大聲嚷嚷邊埋頭工作，根本沒空關心新來的。得趁這個時候逃走，找到螢子，找到那個可恨的小偷狐狸才行。深冬如此決定後，開始小跑著尋找哪邊有出口。這個地方是岩石洞窟，牆壁就是被地下水沾濕，直接暴露在外的岩盤。

但在此時，恐怖的咆哮聲動搖地面，震響地下洞窟。

「什、什麼？」

大地震般的晃動讓深冬攀在岩壁上，咆哮聲在附近重複響起兩、三次，地面都會隨之激烈震動。工人們的聲量加大，變得慌亂起來，「快點！」、「別慢吞吞的！」互相大喊。深冬因為恐懼而腿軟，拚命壓抑著，她抬頭看向咆哮聲傳來的方向。

到剛剛為止還只是黑暗的空中，看見兩個並排的光亮。彷彿染上青藍的月亮分成兩半，變成上弦月倒掛在空中。深冬回想起《繁茂村的兄弟》中的夜之黑貓，但氛圍明顯不同。這裡讓人感到畏懼。

「『怪獸』醒來了！」

像座小山那麼大的生物擺頭，撞到上方的吊燈，可憐的吊燈掉到地面點燃油，立刻出現一片火焰地毯。火焰照亮生物，牠的模樣確實只能用「怪獸」來形容。

有著過去曾在繪本上看過的，襲擊城堡的龍一般的長脖子，身體長著似乎很柔軟的毛皮，用四隻粗壯的腳站立，尾巴和魚尾相似。臉上鼻子部位很長，不能說是龍也不能說是狼。不僅如此，身上四處是發出金屬光芒的鱗片，彷彿也是魚類、爬蟲類合體的奇妙怪獸。整體顏色偏白，很美。

「這就是『銀獸』？」

深冬邊讀《銀獸》時邊想像的、設定在礦山中出現的生物，和眼前的怪獸有點相似。但深冬的想像更加平凡，感覺是動物園裡會出現的生物。

怪獸雖然被關在獸籠內，但不知是否因為材料不足，鐵柵欄沒有接上天花板，長脖子有三分之一突出柵欄外。但仔細一看可發現脖子和身體都套上皮革的固定器具，也用鐵鏈綁著，似乎沒辦法更大規模地躁動。

怪獸弄掉吊燈大概已經是家常便飯，滅火的工人手腳俐落，背著滅火器從管子噴出煙霧，冰冷的空氣也飄到深冬旁邊，順利滅火。

另一方面，怪獸如同睡眠被打擾的小嬰兒，發出激烈的鳴叫聲。

「……那個生物，不是說有著如鳥鳴般的美妙聲音嗎？」

深冬邊回想原著內容，邊看著爬上獸籠想要拉怪獸項圈上的鏈子的工人們，希望可以控制住怪獸……但沒那麼簡單，好幾個工人才剛抓住躁動怪獸的鏈子，立刻被甩開。

警報聲在此時作響，岩壁上的警示燈開始轉動，紅色燈光如鏡球般照亮了洞窟。怪獸突然安靜下來，睜大藍眼歪過頭，開始抽動著鼻孔嗅聞天花板附近的氣味，工人們慌慌張張地從獸籠上跳下來。

因為昏暗，加上怪獸的脖子很長，人在地面的深冬到警示燈亮起前都沒有發現，在鑿空岩石做出來的這個地下室上面，有扇紅銅色的鐵門。

「那不是『無用建築』嗎？為什麼在那種地方啊。」

鐵門的位置太高，沒有階梯也沒有長梯，所以既沒辦法從外面進來，也沒辦法從裡面出去。無法前往任何地方的門或階梯——在建築物改建或拆除過程中不知為何被留下來，被認為是毫無用途的東西。

在洞窟岩壁上的「無用建築」，本以為是毫無意義的鐵門，伴隨著嘎吱聲慢慢打開。同時，有個胡亂裝上齒輪的短木板從裡面跑出來，兩個戴著白色頭巾的工人現身，開始轉動連接齒輪的方向盤。接著從木板中伸出手臂，在怪獸頭部附近停下來，手臂下方瞬間跑出好幾塊木板互相嵌合，細長的空中迴廊在此現身。看來那扇鐵門並非無用的建築。

工人面對面，舉起右手擺在額頭旁敬禮，門的內側出現人影。

現身的是個穿著紅色腰帶式大衣制服的人，該人物腰上掛著一串鑰匙，右手拉著鎖鏈。朝警示燈旋轉閃爍的空中迴廊邁出腳步，他身後跟著被鎖鏈綁住的動物們。黃色狐狸、白色大狗以及褐色的馬。

「真白！」

白色大狗絕對是真白。但旁邊的噪音太大，感覺聲音完全傳不過去。深冬不顧一切地衝上前，接近怪獸的獸籠後再叫一次。

「真白！妳有聽見嗎？真白！」

只見真白的耳朵動了一下，她抬起頭——但樣子不太對勁，平常的真白應該會馬上發現聲音的主人是深冬，但她現在筋疲力盡地垂頭喪氣。

深冬再靠近一點就能碰到怪獸的獸籠，這時，警報聲突然停止。領頭穿紅色制服的人蹲下身，將牽來的狐狸項圈上的鎖鏈解開。

「喂、等等！他在幹嘛？」

深冬太過激動，抓住附近工人的手，問他上面到底發生什麼事了。

「啊啊，妳是新來的？那是飼料啦，現在是怪獸吃飯的時間。」

深冬聽到後，臉上血色盡失。

「什麼，飼料？牠吃動物嗎？」

「別說蠢話了，妳不是也會吃動物嗎？」

接著怪獸用清澈透亮的美妙聲音鳴叫，和剛剛充滿怒氣的粗聲完全不同，如鳥鳴聲。怪獸做出狗會對飼主做的動作，開心地舉高前腳跨上獸籠邊緣。

下一個瞬間，狐狸所在之處的空中迴廊地板消失，小小的黃色身軀頭下腳上地往下掉。怪獸停止鳴叫張大嘴巴。

深冬驚聲尖叫，用拳頭敲打柵欄的粗柱子。那隻狐狸是不是小偷狐狸螢子呢？雖然這是書籍魔咒的世界，但在這裡死了可能在現實世界也會死去。

但狐狸在掉落到怪獸濕潤的舌頭前，一個轉身調整姿勢，用後腳朝怪獸的牙齒用力一蹬，往上跳。

「螢子小姐！」

狐狸接著把怪獸的牙齒、鼻子、眉間當跳板，輕巧地在空中跳躍，跨過獸籠在地面著地，全速逃跑。那和深冬所在的地方反方向，越過台車牽引車，消失在洞窟深處。

怪獸立刻發出憤怒咆哮。飼料逃跑讓牠大發脾氣，用力揮動尾巴拍打獸籠，都快把獸籠打壞了。柵欄震動，連手放在柵欄上的深冬也被震飛，撞上後方的小山，當她把嘴裡的土塊吐出來時，旁邊的大批工人立刻衝上前去。

「麻醉槍隊在哪！」

「在這！出動！出動！」

好幾根麻醉槍羽毛針刺在身體和頭上，躁動的怪獸失去力氣，全身無力地癱軟，在獸籠中閉上藍眼，就這樣睡著了。和那兇暴的樣子完全不同，鼾聲彷佛豎琴聲。工人們無奈地搖搖頭回到自己的工作上，作業場再度正常運作。

「真、真白呢？」

抬頭一看，空中迴廊不知何時消失，真白、紅色制服的人和褐色的馬都不見了。鐵門也再度關上。

該怎麼樣才有辦法接近那邊？正確答案應該是要從建築物內部繞過去，但就算深冬回到結構複雜的工廠內，也不能保證她能抵達那扇門後方。那麼，要在這邊等待那扇門再度開啟嗎？

深冬視線跟著拉堆滿土石的台車的牽引車而去，那邊有什麼呢？這麼說來，剛剛逃跑的狐狸似乎也是逃往那個方向。

深冬知道如果無法救出真白，下一次怪獸醒來時，真白就會變成飼料。所以深冬重新綁緊鞋帶，追在台車後方而去。與其像無頭蒼蠅去找真白在哪，倒不如去追狐狸。

深冬覺得牽引車長得有點像高爾夫球車。搭台車應該可以輕鬆點，但深冬不想要坐在堆成山的黑色砂石上，只好放棄，跟在後面跑。洞窟仍然很暗，但有牽引車轉個不停的警示燈當目標，而且速度比自行車還慢，就算是深冬的速度也不會追丟。比這更擾人的是惡劣的空氣和氣味，混合菇類、墨汁和堅果的奇怪味道，一直聞會讓人想吐。除此之外，人類的汗臭味也是個大問題。

深冬用袖口遮住口鼻，盡量用嘴巴呼吸，一邊隱身在台車後面奔跑。牽引車最後離開作業場所，但那還不是終點，車子在狹窄的通道上前進。越過閘門後是上坡，呼吸已經開始急促的深冬側腹傳來劇痛。即使如此她仍咬緊牙根爬上斜坡，因為上方傳來白光，那很明顯是太陽光，深冬感覺無論如何都要往那邊去。

深冬的預想對了，傾斜的走廊前方，牽引車和台車的目的地就是地面，是出口。

腳累得無法動彈，深冬在最後一輛台車後方倒下。雖然從工廠出來了，但這邊是一整片被黑色砂土覆蓋的荒野，連隱身的障礙物都沒有。深冬邊仰躺邊想著「換上工作服真是太好了」。她現在是在讀長町的何處呢？天空晴朗無雲，連一隻鳥也看不見。

抵達這寬敞地點的牽引車，開進了像是大型動物肋骨般的鐵製籠子裡之後停下來，連結的台車也紛紛發出「咚」聲撞上前方的車輛停下來。一個工人走下牽引車駕駛座，打開入口的開關，肋骨狀籠子的地面邊震動邊傾斜，一整排台車也跟著傾斜。工人接著打開第一輛台車的側門，向外排出砂土。

得在工人走到最後一輛台車前移動才行，深冬鞭策自己疲憊的身體打算起身時，戴著黑色面具的嬌小人物從牽引車後方現身。

「咦？」

戴黑面具的人物，大概是十歲左右的小孩，接近肋骨籠子附近按下開關後，迅速往裡面逃跑。籠子發出吱嘎聲，把所有台車擺回原本位置。

「喂喂，真是傷腦筋了。」

獨自一人負責倒砂工作的工人走回開關旁時，背後堆成小山的砂土那頭，冒出好幾張黑面具。所有人都很纖瘦，動作迅速，一轉眼就坐上台車。其中一個人坐進牽引車的駕駛座，但工人專注在操作根本沒發現。

「嗯……是故障嗎？……啊，你們這些傢伙！」

工人終於發現並大聲斥責的同時，牽引車邊撒落土塊邊啟動，台車也跟在後方。黑面具們咯咯哈哈笑不停。深冬反射性抓住台車邊緣，跳上剛剛還那麼討厭的砂土上方。被突然開動的台車嚇呆的工人也回過神來想做出和深冬相同的動作，但深冬迅速拍掉他的手，工人跌倒，一頭埋進砂土中。

「停下來！下車！」

工人頂著滿是砂土的臉大喊，他的聲音越來越遠。

「有個不速之客耶！」

「把她踢下去！讓她掉下去！」

「這樣太可憐啦，她和我姊姊差不多年紀耶。」

他們把面具拉到頭頂露出臉來，果然全都是十歲左右的小孩。十個孩子，兩個坐在牽引車裡，八個在台車上。從頭到腳都被沙土染黑，身穿奇怪打扮。有人頭上纏著裝飾小齒輪及螺絲的布，有人戴著沒有底的水桶，有人裸身穿著吊帶褲和無袖外套，或是穿著縫上許多羽毛的長袍，還有人把大人的襯衫當連身裙穿。

「你們是什麼人？」

仔細一看孩子們的臉孔，全都是認識的人。是父親道場的學生們。深冬心中的強烈警戒立刻放鬆，眼淚一滴一滴往下掉。

「喂，她哭了耶！」

「哭了耶！為什麼？」

「該不會是受傷了吧？」

「是因為怕我們啦！」

孩子們彼此互戳側腹或肩膀，彼此說著「快點去安慰她啊」、「你去啦」。但大概是要安慰年紀大的少女令人害臊吧，每個人都扭扭捏捏的。

坐在牽引車車頂上的少年轉過頭，很是厭煩地邊搖頭邊越過台車隊伍，走到喧鬧的孩子們這邊來。他在現實世界中也是道場的學生，深冬不記得其他學生名字也知道他。領頭角色的少年，柔道也很強，步夢和崔都很喜歡他。深冬記得大家應該是叫他阿柿。頭髮很短，一臉不服輸的長相，袖子從腋下處裁斷的襯衫中，露出二頭肌微微鼓起的手臂。

「你們很吵喔。」

「大哥，因為這女的哭了啊。」

「啊？放著不管就好了，隨她去哭就好了啊。」

阿柿在這個世界似乎也是領頭角色，站在孩子們的中心，居高臨下盯著深冬。深冬不在乎會弄髒臉，用手拭淚後說：「我在找狐狸。」

「狐狸有沒有跑到這邊來？我看見牠往這邊逃跑。」

孩子們面面相覷。

「在這邊的動物？但那應該是銀獸的飼料吧？」

「那不是不妙了？」

孩子們慢慢往後退，越過台車邊緣後逃往前一台台車。深冬面前只留下阿柹，和戴著兩個不同顏色鏡片眼鏡的少年二人。

阿柹雙手環胸挺高胸膛，態度相當高傲，深冬明明大上三、四歲，兩人卻看起來對等。

「妳知道這裡是哪裡嗎？」

阿柹不悅地表示，深冬小心翼翼地環視四周。

「是哪裡……」

天空很晴朗，但四處冒出來的蒸氣模糊了周遭工廠的剪影。這裡非常寬敞，現實世界的電視節目常會用「幾個『東京巨蛋』」的表現來形容寬敞，但沒去過東京巨蛋的深冬無法如此比喻。勉強要說的話，就是會讓人覺得高中操場只有公園沙坑大小的寬敞。周圍一整片隨意堆滿黑色砂土，飄散著在地下聞到的相同氣味。

「是、農田嗎？」

聞到泥土帶著有機質的氣味，讓深冬想起灑肥料的農田。但阿柹「哈！」地一笑：

「猜錯了！正確答案是銀獸的糞便處理場。」

「……騙、騙人的吧？」

「我騙妳要幹嘛？如果妳也是從地底上來的應該看見了吧，銀獸飼育所。只要吃東西就會排泄，那些東西就是搬到這邊來處理。」

深冬忍不住嘔出湧上的酸意，又是吐口水又是把臉上、身體上沾染的東西拍掉。戴眼鏡的少年接著發出「啊——啊——」的同情聲。

「喂，這樣對她太可憐了啦。正確來說是代謝物。銀獸的內臟和器官很特殊，而且根本沒有肛門。」

「哈，你也太計較了吧。總之，妳不用覺得那麼噁心，這對人體無害。」

「別安慰人了！」

深冬一大叫，眼鏡少年立刻縮起脖子，變得跟烏龜一樣。

「好可怕喔——交棒。」

「好啦。是真的，銀獸的大便、代謝物沒有任何用處，只有奇怪的氣味，連肥料也當不成。既沒辦法和真正的泥土混合，也不溶於水，都不知該如何處理，只是不停增加。」

「……那為什麼要養那種生物？」

「因為牠會產巨金啊。」

巨金——故事中出現的礦石。看過囚車的引擎、警示燈和電梯後，深冬也察覺那個紫色火焰就是巨金的火焰。是這世界所有機械的動力源。縮起脖子的眼鏡少年「嗯哼」輕咳後，挺胸站上前。

「巨金就是銀獸的代謝物之一，就參雜在從鱗片間及身體上四散的代謝物中。」

「也就是說，地下室那些工人每天汗流浹背尋找藏在銀獸大便裡的巨金。但沒人要做這種工作，所以才會讓新人或北方奴隸或我們這些孤兒來做。」

「……你們也曾經在那邊嗎？」

「沒錯，我們是從那個作業場逃出來的，工廠的生活真的超惡劣。」

這次輪到深冬哼聲：

「好不容易逃走了還跑回來也太奇怪了，一個不小心可能會被抓到耶。」

「是啊，但我們也需要錢啊。」

就在阿柿如此回答之時，牽引車煞車，深冬所在的最後一輛台車也緩緩停下。眼前有座橫長的雙層樓，很像學校校舍的建築。在敞開的出入口門前，和孩子們一樣身穿航髒且奇怪打扮的大人們圍在一台機械旁。感覺很像小貨卡，上面有用途不明的齒輪和管線這點，還真有這世界的感覺，但沒有燃燒著巨金特殊紫色火焰的火爐，年輕男人滿身大汗地轉動方向盤。機械發出聲音運轉，小幅震動，右邊管線排出大量黑砂，從左邊管線掉出僅僅一顆閃耀紫色光芒的小石頭。從排氣口溢出的煙霧帶著煤炭，有深冬也熟悉的木炭氣味。

「真奇怪，竟然會覺得這種氣味令人懷念。」

原本只是自言自語，但在身邊的阿柿似乎聽見了，他也覺得奇怪地笑了：

「真有趣，妳覺得煤炭令人懷念？果然是從外地來的。妳真的不知道巨金嗎？」

「不知道，我第一次看到。這個機械是做什麼用的？」

「採收剩下的巨金殘渣。量沒有大到足以當燃料用，所以沒辦法賣給工廠或業者。但有珠寶的價值，可以賣給像妳這樣的外國人。」

孩子們早就在家裡或外面休息，阿柿告訴深冬這邊是他們的家。

「有大人有小孩，也有小嬰兒和老爺爺老奶奶。沒有血緣關係，逃跑後沒有地方去的大家住在一起，妳要不要也住在這邊？」

看著轉過頭來的阿柿，深冬「啊」了一聲。

耳朵。狐狸柔軟尖挺的耳朵，如兩個新生的竹筍般從阿柿的頭上冒出來。深冬慌慌張張摸自己的頭，指尖摸到柔軟的觸感，讓她無比沮喪。

振作點啊！深冬對自己說。故事擁有魔力。深冬已經完全被這個世界引起興趣，差點忘了當初的目的。得去救真白才行，等銀獸從麻醉中醒來後，真白就會被當成飼料。在那之前，得先找到狐狸，找到螢子，讓世界恢復原貌才行。

「欸，回到我剛剛說的，你真的不知道狐狸嗎？如果不快點找到，事情就糟糕了。」

「狐狸啊。」阿柿雙手環胸擺出思考姿勢，「或許被誰吃掉了吧。」

「吃掉？開玩笑的吧？」

「不是開玩笑。我們每個人都很餓，很需要食物。透過仲介從巨金買家那裡收到的酬勞不多，現狀是工廠裡知道這地方的人會偷偷拿冷掉的粥、馬鈴薯、快壞的魚之類的來給我們勉強果腹。所以偶爾有銀獸的飼料逃脫跑到這裡來，我們就會抓起來吃。這裡四處都有陷阱喔。」

深冬突然覺得看著他們的大人、小孩的表情相當冷淡、恐怖。特別是在長出狐狸耳朵、尾巴的現在，看起來就像真正的捕食者，雙眼發光，幾秒後就會撲向眼睛鎖定的獵物。

深冬轉頭狂奔，「啊，喂！」阿柿的聲音追上來，但深冬摀住耳朵繼續跑。過程中，深冬感覺自己的手腳變得如天鵝絨般滑順、柔韌，肌肉也變得更容易行動。

——身體正逐漸變成狐狸——

如果就這樣變成狐狸，會怎麼樣？但想要抓到狐狸小偷也沒有任何線索，銀獸代謝物處理場太大了，靠深冬一個人根本不可能找遍。搭牽引車來到這邊，蒸氣那頭的工廠又小、又遠。或許銀獸已經醒來，催促人類餵食了。

真白的臉閃過腦海。就在不久之前，她們還在《BLACK BOOK》的昏暗危險世界中，坐在咖啡廳前聊天而已啊。

誰會認輸。

漸漸地，深冬感覺與其用雙腳跑，連手也用上會更容易奔跑，隨風飄逸的長髮也似乎消失了，只要在尾骨附近用力，就能察覺神經的感受已經抵達剛剛還沒有感覺的尾巴尖端。深冬用著比先前快上好幾倍的速度，在黑色代謝物的荒野馳騁。

奔跑、奔跑、奔跑。呼吸、擺動手腳、沒有休息。耳朵深處可以聽見激烈心跳聲。前進，就算心臟因此破裂也要奔跑。

穿過濃霧，找到逃出來時連通同個地下室的通道，用四隻腳滑進去。用尾巴保持平衡高速往下衝，深冬回到銀獸的飼育場。

作業場的狀況與方才相差甚遠。工人們正逐漸變成狐狸，長出濃厚獸毛的耳朵和尾巴，或是操作牽引車，或是圍在一起看採收的巨金塊確認其亮度。

銀獸還在獸籠中沉睡。

深冬在心裡祈禱著，希望牠不是才剛剛進食完，接著看看岩壁又看看自己的手腳。爪子尖如冰鎬，體重也變得相當輕盈。

深冬急忙跑過獸籠旁，胡亂脫下鞋襪，雙手雙腳攀上岩壁。

「辦得到。」

深冬邊用尾巴保持平衡，攀上凹凸不平的岩壁。根本無暇思考可能有人看見她。快點、快點、快點。深冬無比焦急，不停移動手腳，一轉眼就越過獸籠，來到岩壁上很像

「無用建築」的鐵門附近。
生鏽的紅銅色鐵門緊閉，沒有門把。但上方有點縫隙，風就從那邊吹進來。深冬左手抓住岩壁，雙腳爪子也勾在岩壁上緊緊踏穩，右手爪子伸進縫隙中，試圖想要把門扇拉開。但無法順利打開。手好像戴著隔熱手套，雖然很適合攀爬岩壁，卻不適合做細微的工作。
深冬非常專注，連腳踩的地方出現裂縫也沒發現。就在不耐煩還是再次伸手用爪子勾門的瞬間，支撐身體的右腳打滑，一小塊岩壁崩落了。
「啊！」
身體失去平衡的深冬慌慌張張抓住鐵門縫隙，好不容易才沒掉下去。但恐怖的聲音立刻大聲響起，掉下去的岩塊打醒銀獸了。
深冬瞬間噴出冷汗，全身獸毛豎起，無法停止顫抖。後面傳來氣息，感受到低鳴聲與溫熱的風。深冬害怕地轉過頭，大如炒鍋的圓潤藍眼就在她身邊，她心臟都要停了。
大概是以銀獸起床為訊號吧，警報聲再度響起，警示燈開始轉動。深冬的注意力被近在眼前的銀獸大臉吸引，完全忘了門會打開。
「糟糕了。」
門打開的瞬間深冬失去平衡，直接頭下腳上往下掉。
空中迴廊出現，真白就在最前方。和上一次沒任何變化，真白仍然是大白狗的樣子，跟在穿紅色制服的人旁邊垂頭喪氣。

彷彿往下掉落是跟自己無關的事，深冬邊看著怪獸轉動長長的脖子往自己的方向靠過來，小聲喊了「真白」，這是非常小聲的呢喃，但真白動了動耳朵抬起頭。

至今發生的事情在短時間內如走馬燈在深冬腦袋中跑過，想救夜之黑貓的孩子而掉下去時，真白飛過來救她。我老是被真白所救啊。

這時，深冬看見真白身邊紅色制服人的臉了。

是螢子。

雖然已經幾乎變成狐狸，但還留著人臉的輪廓，是螢子沒錯。

「這是怎麼一回事？」

銀獸張大嘴巴追上來的氣息吹到臉上，感覺即將撞到地面的同時，深冬張大眼睛用力扭轉身體。擁有狐狸矯捷身手的深冬，根本看不出她在現實世界不擅長運動，邊轉身邊輕鬆躲過銀獸的獠牙，調整好姿勢。最後只有尾巴尖端被牙尖劃過讓她一陣痛，但她咬緊牙根忍耐。

深冬在銀獸身上落地，蹲低後腳用力彈起往上跳，跳上獸籠的柵欄後再度高高跳起。

感覺變成紙飛機了。變成朝天空射出去、劃過空氣往天際飛去的紙飛機。深冬的目標是空中迴廊。鼻子附近有點癢，她知道自己的鼻子長長變得和狐狸一樣了。但世界還沒結束，還來得及。

深冬覺得自己像紙飛機，但旁人看來她更像子彈吧。化作子彈的深冬，朝身穿紅色制服，幾乎已經變成狐狸的人撞上去。螢子狐狸往後倒，鎖鏈從她圓圓的手上掉落。

「真白！」

「汪！」

深冬拚命伸長手抱住真白脖子，毛茸茸鬆軟的腳，熟悉的氣味。掙脫鎖鏈獲得自由的真白，讓深冬坐在背上從空中迴廊跳上空中。銀獸非常生氣，發出震耳咆哮，失控暴動得幾乎要把獸籠弄壞。

「真白，螢子不是小偷。她明明跟我說『要偷書』，但她說謊。不對，或許是在螢子偷書前有其他人溜進御倉館，阻撓了螢子的計畫。不管怎樣，這次的小偷狐狸另有其人。」

真白回應般叫了聲「嗷嗚」，鑽過失控銀獸的雙腿間，逃出獸籠外。

奔馳的白犬滑過空中，背上緊攀著小麥色的狐狸，咻咻吹來的風讓她緊閉雙眼。獸籠中的怪獸——彷彿龍與狼合體模樣的銀獸，不甘心飼料逃跑而不停踱步，整個房間隨之大幅晃動。

「真白，在哪裡把我放下！快、快被風吹走了！」

「汪嗷！」

已經不是人形，而是完全變成狐狸的深冬大叫，白狗真白大聲吠吼回應。

照顧銀獸的工人們也全部變成狐狸，還是人類時都已經難以應付暴動的銀獸了，大家的身體縮小成十分之一左右之後，更加難以照顧銀獸。幾十隻狐狸聚起來抓住銀獸的鏈子，「嘿咻嘿咻」拚命拉，想牽制牠巨大的身體，但銀獸只是稍微擺頭，狐狸們便如同被強風吹拂的萬國旗般隨之搖晃。

真白一度著地後又用她的後腿用力一踢，再度飛上空中，左閃右躲越過狐狸們頭上。接著走過一開始進來的入口，抵達沒人的昏暗走廊後才終於緩下腳步，在牆壁往內凹的地方停止。電梯的燈光一閃一滅。

深冬把真白的長毛當韁繩抓著，重新看了自己完全變成小麥色柔順毛皮的身體後嚇一跳，擺動短短的腳試探下方。還是人類時腳尖立刻可以碰到地板，但現在不管如何努力伸長都只碰到空氣。沒辦法，深冬狠下心放開真白的毛——「啊呀！」大概是安心了，剛才的勇敢與矯捷身手彷彿夢一場，深冬發出怪聲落地。

「糟透了……完全變成狐狸了啦。」

低頭就能看見肚子上的厚重白毛。在她不滿地確認手臂、屁股和全身時，真白抖動身體，白毛如羽毛般飛舞，變回少女的樣子。

「……為什麼只有妳還能保持人形啊。」

也許因為深冬恨恨瞪著她，真白露出有點難過的表情。

「因為我……深冬，妳真的不記得了嗎？」

「啊？什麼意思啊？」

就在深冬的不耐煩達到最高點，態度惡劣地回問時，銀獸的房間傳來轟聲巨響，狐狸們全逃了出來。

「快逃、快逃！」

「已經不行了，銀獸把鎖鏈扯斷了！」

地面如心跳般震動。深冬和真白面面相覷，慌慌張張想要逃跑。但狐狸數量眾多，電梯一下就滿了，沒辦法搭上電梯的狐狸不是攀住電梯車廂，就是開始攀爬柱子。爭先恐後想要趕快上樓的樣子，彷彿成串黏在植物上的蚜蟲，完全沒有可以插隊的空隙。這段時間內也能聽見銀獸的咆哮，最後一隻邊喊著「牠弄壞獸籠了！」邊逃跑的狐狸，關上入口的鋼鐵門後卡上門閂。

「其他人呢？」

「從搬運口逃出去了！那傢伙朝這邊來了！」

腳步聲越來越大，震動也越強，銀獸確實朝這邊靠近。深冬沮喪地垂著頭。

「如果不是從這邊，是從另一邊出去就好了。」

「另一邊？」

「對，那邊是搬運口，非常寬敞，大家應該能更容易逃跑。」

沒想到銀獸竟會扯斷鎖鏈弄壞獸籠跑出來，再這樣下去，大家都會被銀獸吃掉吧。

鐵門伴隨著驚人聲響變得扭曲，狐狸們一起發出尖叫聲。銀獸正在用身體撞門。深冬也軟腳了。但從扭曲的門縫中看見銀獸鼻子時，她下定決心。

「真白，變身！」

真白照她的指示變身成狗。也只能賭一把試試看了。深冬爬上真白的背，對她咬耳朵。

「那傢伙闖進來後，妳就飛到牠面前，吸引牠的注意力把牠引開。」

真白還來不及回應，門先裂成兩半，與蝴蝶鉸鍊連結的岩壁也一起被扯下來。在不停崩落的岩石碎屑中，銀獸長長的脖子伸進來，水蒸氣從牠張大的紅嘴中洩出。

「就是現在！」

深冬號令一下，真白朝地面用力一蹬，跳到銀獸面前。銀獸藍眼跟著轉動，張大的嘴和豔紅的舌頭、喉嚨近在眼前。獨特的腥臭味刺激深冬變得敏銳的嗅覺，她忍不住低下頭。可能會被銀獸的尖牙貫穿而死。但深冬只是緊緊抱住真白的身體，只要在這裡就不會有事。

真白朝左朝右飛翔，趁銀獸牙齒咬合時鑽過去，引誘銀獸回到原本的洞窟中。誘餌作戰順利成功，銀獸忽視群聚在電梯的狐狸們，追著真白而去。

直直穿過洞窟狀的作業場，兩人邊聽後方傳來的銀獸腳步聲，朝另一頭前進。但穿過狹窄走廊，越過閘門爬上斜坡後，搬運口越變越狹窄。先行避難的工人們想要拉上鐵捲門把銀獸關在裡面。

「等等！」

但他們沒有聽見，鐵捲門無情地往下降。真白提高速度，如跳火圈的獅子般，奮力一跳鑽過日光幾乎消失、就要完全關閉的縫隙。

涼爽的風吹拂身體，深冬小心翼翼地抬起頭，已經平安逃到戶外了。

「好棒，真白好厲害！」

深冬手舞足蹈地表現喜悅，把真白背上的白毛揉得一團亂，真白害羞地紅了一張臉。

這裡是剛才的代謝物處理場。她們高高飛起後，先行逃離的狐狸們看起來都像是小豆子，一整片堆滿黑色砂土般代謝物的處理場，彷彿孤獨的香菇。這裡被外側的其他工廠孤立，與所有地方都不相連。四周被挖出深不見底的鴻溝，正張開那昏暗的大嘴。深冬心想，阿柿他們該不會就是因為這個鴻溝而無法逃離那個場所吧。

「……讀長町真的有辦法恢復原狀嗎？」

最後終於看見剛剛那個具備將代謝物與巨金再次分離的機械的兩層樓建築。小了一大圈的狐狸們聚集在家前面，抬頭看這邊揮手。

「那個，應該是阿柿他們吧。」

深冬一說完，真白邊減速邊轉過身降落地面。

「太厲害了，是飛天狗耶！」

小狐狸們圍繞在真白身邊歡聲雷動，但在真白解除變身變回少女後，露出明顯失落表情。

「真無趣。」

「什麼啊，會變成人啊。」

「大姊姊，妳剛剛是怎麼辦到的？」

小狐狸們嘰嘰喳喳團團包圍真白，深冬擠進他們之間：

「好了好了，先到此為止！你們也全部變成狐狸了呢。」

「什麼？狐狸？我們是人類耶。」

原來如此，沒有自覺啊。這麼說來，確實在長出耳朵和尾巴之後，大家也毫不驚訝。

「妳平安無事啊，我們聽說銀獸失控逃跑了耶。」

小狐狸中體格特別壯碩，唯一一個沒跟著喧鬧的狐狸開口問深冬。他身上還殘留著人類時的樣貌，是阿柿吧。

「沒錯，銀獸應該還在作業場內。前提是鐵捲門還沒被牠弄壞。」

即使如此，深冬似乎也逐漸看慣狐狸，開始可以分辨臉蛋些微的差距，以及舉止、身材的特徵了。

「……大概就像飼主可以從相同花色的貓咪中找出自己的貓一樣吧？」

「我聽不懂妳在說什麼啦，不過果然還是該去避難吧。」
「是啊，我覺得快點逃走比較好。電梯大廳的門也被牠輕而易舉弄壞了。」
「好，梅基、列達，你們去告訴大人，用『那東西』的時機到了。」
阿柹命令一下，其中兩隻小狐狸點點頭，雙腳一蹬朝建築物內跑去。剩下的小狐狸們在阿柹領頭下，列隊往別的方向去了。
「真白，怎麼辦？要跟阿柹他們一起去嗎？」
而且話說回來，小偷狐狸逃進這裡後，應該還沒有走遠。只要找到小偷和被偷走的書就能回到現實，銀獸什麼的根本無所謂。但應該很難立刻辦到吧。
「我看見被當成飼料前一刻逃跑的狐狸逃到這裡來了，但大家都變成狐狸了，該怎麼找啊？」
真白雙手環胸微微歪頭思考：
「……那個叫阿柹的小孩，大概是『沙夏』的角色吧。」
「誰？」
「幫助小說主角的好朋友，流浪兒童們的老大。」
「小說？啊啊，在講這世界的原著啊。確實有那東西啊，然後呢？」
「根據原著，主角馴服了銀獸。主角還有一台『可以將任何生物恢復正常模樣』的機器，可以揭穿怪獸的真面目——也就是說，只要見到主角就是一舉兩得。怪獸能因此冷靜下來，或許也能把小偷變回人類。」

「真假？那主角在哪啊？」

「只要跟著阿柿走或許就能見到吧。」

「妳早點說啊！得馬上追上去才行。」

兩人追上阿柿一行人後，他們來到半圓形的上掀式門前。綠色生鏽的門看起來相當沉重，五隻小狐狸一起拉把手，拉得上氣不接下氣也只能打開幾公分。

「讓我來。」

唯一一個維持人形的真白抓住把手，「嗯」的一聲邊吐氣邊跨出相撲蹲把門抬起來，上掀門伴隨著蝴蝶鉸鍊的嘎吱聲慢慢打開。深冬戰戰兢兢地靠近窺探裡面。深冬還以為裡面是像人孔那樣挖了很深的洞，往下爬就能通往避難所之類的地方，但不是。

「這是什麼？」

洞穴裡被一個用淡褐色布包起來的大東西塞滿，別說人類了，連一隻狐狸都躲不進去。看見深冬一臉訝異，戴雙色鏡片眼鏡的狐狸咧嘴一笑：

「這可不是通往地下的洞穴喔。」

「那是要做什麼用……？」

「大哥！眼鏡！已經把裝置搬到外面了！」

弄髒了尖耳、小肚子微凸的小狐狸來報告。看來他們是在挖掘上掀門外側，被代謝物掩埋的裝置。裝置和上掀門同為綠色，上面有方向盤和裝有紅球的拉把。

「全部人往後退！」

阿柿一聲令下，小狐狸們遠離上掀門，圍成圓圈，姿勢端正地敬禮。阿柿用他黑色的手轉動方向盤，不過看來就算是阿柿，變成狐狸後也沒什麼力氣，真白出手幫忙後，方向盤順利轉動。

深冬從未見過這樣的場景。洞穴對轉動的方向盤產生反應，閃耀出巨金的紫光，聽見「嘎哩嘎哩」的聲響後，淡褐色的圓形布包突然膨脹起來，彷彿加太多膨鬆劑的海綿蛋糕。

「這、這什麼。」

深冬不安地凝視，圓形海綿蛋糕在她面前越脹越大，逐漸變成一個巨大香菇，再從巨大香菇變成公園遊樂設施的尺寸，最後變成得要抬頭看、巨大的煤氣鼓尺寸。

深冬往後退，手擋在眼睛上方遮陽，布已經脹大到與銀獸差不多大，鼓脹繃緊，伴隨「轟咻」的聲音，慢慢飄浮起來。固定的繩索也越拉越長。

「這個……該不會是熱氣球吧？」

這比深冬所知的熱氣球還大。淡褐色的布現在已經被紫色的巨金色照亮，在繩索固定的狀態下隨風搖擺。

滿身大汗的阿柿和真白邊用力吐氣邊將拉把往側邊拉倒，地面下有什麼「吭」的一聲劇烈搖晃，噴出蒸氣。
「大家快離開！」
深冬慌慌張張跟著小狐狸們後面跑。他們剛剛所在的地方出現溝渠，有什麼東西從下面上來。
蒸氣散開後，熱氣球下方出現一個像船，有屋頂的吊掛車廂。那比普通的小船還大，深冬全班同學在這裡也能全部搭上去。船尾部分還有個巨大的螺旋槳。
「好厲害，好像動漫喔。」
深冬小心翼翼地靠近，碰觸鋼鐵吊車。車廂入口是綠色上掀門，是剛剛那個人孔蓋的蓋子吧。
「別在那發呆，看妳要閃開還是要進去啦。後面都塞車了耶！」
大批成人狐狸不知何時全聚集而來，深冬慌慌張張離開上掀門前，小狐狸們先搭上吊車，大人們跟在後面。深冬猶豫著該怎麼辦，最後無法戰勝好奇心，自己也搭上吊車。
內部有鐵的氣味，小狐狸們對這奇怪的交通工具興奮，聚集在圓窗戶前，或是在長椅和長椅間跑來跑去大肆喧嘩，即使如此，裡面寬敞得仍有許多空間。
但這似乎是短距離移動用的交通工具，除了長椅外沒其他設備，也沒有準備可以過夜的房間。後方有齒輪和活塞式的引擎。
深冬邊發出「哇、喔」等讚歎聲邊到處看時，聽見狐狸們驚聲尖叫。

「那、那個！」

從工廠的搬運口看見銀獸的臉。銀獸終於破壞鐵捲門，現身在廣闊的處理場。吊車的引擎啟動，邊噴出蒸氣邊浮上天空，幾乎同一時刻，銀獸也發現這邊的狀況。

螺旋槳轉動與引擎的推進力，以及氣球的浮力帶領鐵製吊車飛翔。深冬急忙趴到窗戶上查看外頭狀況。沒看見真白的身影，她沒有搭上車廂。

銀獸邊用美妙的聲音唱歌，粗壯的腿撼動大地。接著擺動牠長長的脖子，朝車廂直奔而來。

「快點，要不然會被追上！」

大人們和阿柿的聲音從駕駛室傳來，深冬臉頰貼在玻璃窗上扭曲臉孔小聲說：「真白在哪？」

吊車邊噴出蒸氣邊拚命逃跑，但銀獸的腳力更強，轉眼間追上吊車，藍色的眼睛就在窗戶附近。瞳孔又小又黑，彷彿猛禽類的眼睛。

銀獸再度歌唱，牠的聲音滑潤又有透明感，聽著聽著讓人腦袋變得迷糊。那和在飼育場中，小偷狐狸快要被吃掉時的歌相同。有人大喊「別聽牠唱歌，快把耳朵摀起來！」，但所有人已經變成銀獸歌聲的俘虜，眼神渙散，駕駛室裡的人們也東倒西歪，吊車的速度漸漸放慢。

此時，有隻大白狗飛過來，跑到吊車和銀獸之間。

「真白！」

真白如鳥般輕盈地劃過銀獸面前，又旋身迴轉，和剛才一樣要拿自己當誘餌，想要吸引銀獸注意讓牠遠離車廂。銀獸停止唱歌，銳利藍眼追著真白的舉動。

「趁現在，把舵轉到底！」

「等等，真白她！」

但沒人聽見深冬的叫聲，吊車速度提升，朝和真白對戰的銀獸反方向傾斜前進，距離越拉越開。深冬貼在玻璃窗上，只能祈禱真白平安無事。

吊車飛出工廠腹地上空，越過包圍在四周的黑色溝渠，真白也遠離銀獸，轉變方向想要追上吊車。大概是眼睛和意識都專注在吊車上吧，被溝渠絆住腳步的銀獸做出最後掙扎，用力伸長脖子張開大嘴。

那一瞬間，深冬連尖叫也發不出來。銀獸大嘴闔上，真白的身影消失了。只留下蒸氣的霧靄，處理場越來越遠。

「拜託你們折返！真白被吃掉了！」

深冬半發狂地抓住駕駛室裡的人，吊車因而劇烈搖晃。

「如果被吃掉那也已經太晚了，就算回去也沒用！」

深冬感覺全身血液倒流，就這樣搖搖晃晃蹲在地上。額頭埋在膝蓋中閉上眼睛，祈禱著夢快醒。這裡是故事的世界。登場人物雖然是鎮上的人，但一切都和現實不同，有獨自的規則。

「我得去救真白，真白沒有死，絕對沒有死……」

深冬不停重複說給自己聽，接著緊握拳頭。得去救真白才行。

但就在深冬下定決心站起來時，真白出現在眼前。

「呀，有鬼啊！」

深冬往後跳，腳步一滑，直接仰倒在地板上。從頭看到尾的其他狐狸們也騷動地交頭接耳。

「我不是鬼，妳看仔細。」

真白微笑，蹲在躺在地板上的深冬旁。她已經從狗變回人類少女模樣，身體似乎沒有受傷。

「……可是妳剛剛被吃掉了啊，咦？話說回來妳從哪進來的？我沒有感覺吊車的上掀門有被打開啊。」

在外面的人不開門就進到內側，瞬間移動？或者是……

「真白該不會有兩個吧？」

「怎麼可能，我只有一個人喔，深冬，真白只有一個。」

「我完全聽不懂妳在說什麼，因為銀獸嘴巴閉上之後，妳就消失了。不，我很高興妳還活著，但我腦袋一片混亂。」

「就像中了狐狸精的幻術？」

真白微微一笑後，視線移開深冬身上，朝窗外努努下巴。

「就快要降落了。」

吊車在鎮上的小山丘上降落，引擎最後用力噴出一口蒸氣後停止。上掀門打開，深冬跟在其他狐狸後面出去，炫目的太陽光讓她瞇起眼睛，她環視四周，歎了一口氣。深冬知道這裡，這是御倉館旁邊，神社的所在位置。

御倉館本身，正上方架著鐵道橋樑，淹沒在煤炭、煙霧與蒸氣中，狀況很糟，但這個小山丘周邊不可思議地寧靜，草木隨風搖曳，還保有綠意。仰望山丘頂，連紅色鳥居和神社都留著。

狐狸們背對神社走下山丘，聽說「柯尼利厄斯」就住在山腳，深冬歪頭想：「那是誰啊？」真白對她咬耳朵：

「就是主角，跟著阿柿走真是太好了對吧。」

故事《銀獸》的主角柯尼利厄斯和一個老人，一起住在一個細長，彷彿積木圓柱加上一個三角帽的三層樓建築。

一打開生鏽的門，蒸氣立刻模糊視線，深冬忍不住嗆了一下。空氣中充滿機油氣味，聽見齒輪轉動的聲音。和飼育銀獸的工廠，以及圍繞在四周的工廠規模不同，這房間非常狹小，但似乎是什麼作業場所。往裡頭前進，到處都是銅色管線，玻璃瓶中奇妙的黃綠色液體不停冒泡。

「唷，沙夏。」

正在檢修機械的矮個子且瘦小的狐狸轉過頭，把護目鏡往頭上推朝這邊揮手。立刻奔上前去的阿柿——扮演沙夏的他的背影。深冬戳戳真白問：

「那就是主角？」

「嗯，柯尼利厄斯。這邊照原著內容發展呢，沙夏接下來應該會要他去擊退銀獸。」

「柯尼利厄斯，大事不妙了！銀獸從工廠逃出來了！再這樣下去大家都會被吃掉！」

「妳看吧。」

看到事情照自己所說的發展，真白有點得意地笑了。

深冬和真白一起在工廠角落的螺旋梯上並排坐下，看著狐狸們——分別飾演故事登場人物的狐狸們。

「……柯尼利厄斯是誰扮演的啊，大家全變成狐狸完全認不出來。」

「肯定是年輕人。」

「太籠統了，讀長町居民裡年輕人有三千人吧，大概啦。」

深冬誇張地用力歎氣，手肘抵在膝蓋上撐下巴。

雖然只讀過原著開頭部分，但聽起來，柯尼利厄斯似乎是個發明天才，似乎發明了如真白所說的「可以把所有生物變回正常模樣」的機械。阿柿提議，如果有那種機械，應該就能讓銀獸冷靜下來吧，但柯尼利厄斯不怎麼積極。

「那個還在試做階段，如果故障而發生奇怪的事該怎麼辦？」

他如此回答讓阿柿傻眼無奈。越來越不耐煩的深冬站起身，踩響腳步毫不客氣走到兩人身邊，態度高傲地說：

「欸，你們吵夠了沒？會不會故障不試試看也不知道吧。我可是沒有時間了，如果你不想做就教我怎麼操作，我來做！」

柯尼利厄斯目瞪口呆。

「妳是誰？」

「我是誰不重要，至少比你有行動力。」

深冬態度更高傲，高挺毛茸茸狐狸毛的胸膛後，阿柿也替她助陣。

「這傢伙說得對，不快點去做，這地區也會被那隻怪獸襲擊。」

「我、我知道，我知道了啦。但如果發生事故可別怪到我身上喔。」

大尾巴無力下垂，柯尼利厄斯心不甘情不願地打開通往研究室的地下室門。

「那傢伙是怎樣啊，說些不像主角會說的話。」

昏暗樓梯間只有吊燈微弱的光線照明，三隻狐狸和一個人的影子隨之延伸。邊跟在兩人後面下樓梯，深冬忍不住不悅嘟囔。

「哎呀……因為深冬沒有出現在原著裡嘛。原本應該是柯尼列厄斯煩惱一晚，晚上做了一個不可思議的夢之後才下定決心的。」
「這樣喔，反正我也不看書，只要能抓到小偷就好了。」
真白從後方往前覆蓋般地窺探深冬的臉，人類的大身體剪影落在小狐狸的身體上。
「別這樣，現在只有妳一個人的體型很大耶。」
「深冬，妳還是很討厭書啊。」
「沒有辦法啊。原本就不喜歡，還被捲進這種奇怪的事情裡，妳要我怎麼喜歡上書啊。想像力這種東西貧乏點比較好。平凡地在家裡看電視，平凡地玩手機，平凡地去上學。這是最保險且安全的生活方法。」
「……這樣啊。」
真白的聲音很失落，深冬從下方直直瞪著她看：
「妳別這麼沮喪啦。我又沒有瞧不起喜歡書的人，只是我不適合而已。想看書的人就去看，不想看書的人就不需要看，對吧？」
「……嗯。」
看見研究室就在幾階階梯下時，深冬突然問真白：
「欸，我之前一直想要問。寫這個原著的人是誰啊？這次、上次、上上次也是，書上都沒寫作者的名字。《繁茂村的兄弟》也沒寫在藏書目錄上。」
書籍魔咒發動時出現的書，每一本都沒有寫上作者的名字。一問完，真白有點驚訝地睜大眼睛。
「深冬，妳對作者有興趣啊。」
「別瞧不起我啦。與其說有興趣，倒不如說我只是想看看寫出這種奇怪小說的人長什麼樣子啦。」
「……妳看過唷。」
「咦？」
「我說妳看過唷，作者的臉。」
跳下最後一階階梯，深冬皺眉。
「妳這話是什麼意思？」
「喂，妳們兩個，過來這邊，機器要初次亮相了。」
在阿柿呼喚下，深冬看看真白又看看阿柿，但真白似乎不打算說更多。「走吧。」真白輕戳深冬的背，先行往前走。
「可以把任何生物恢復正常樣貌」的機器，比深冬想像的還小。就連狐狸尺寸也能用雙手抱起來，整體是圓形，像個圓盤。四處有小提把和操作拉把，中央發出紫色光芒。
「這裡面也裝了叫巨金的東西啊，要怎麼操作？」
柯尼列厄斯食指輕輕滑過圓盤表面回答：「仔細聽機械的聲音。只要它心情好，巨金就會閃閃發亮。」深冬發出「啊？」的聲音，拚命忍下想要鄙視他的衝動。

「這、這樣啊，還真厲害呢，然後咧？」
「然後，將拉把往右拉後按下藍色按鈕。」
「什麼啊。」
說完後，柯尼列厄斯惡狠狠地瞪了深冬一眼。
「聽起來好像很簡單，但其實很困難。這傢伙動不動就鬧彆扭，像現在這樣在它不高興時操作就會失敗。舉例來說，會想要把不屬於這城市的人趕出去之類的。」
看在深冬眼中，覺得圓盤就像是聖誕節裝飾品般一閃一閃的。
「它現在不就閃閃發亮嗎？」
「算是啦。但現在果然還是不行，會失敗。」
「啊，囉哩叭唆煩死人了！」
對仍不乾不脆的柯尼列厄斯失去耐心的深冬，從他手中搶過圓盤，迅速將把手往右拉，按下藍色按鈕。柯尼列厄斯、真白和阿柿完全來不及阻止。
圓盤震了一下，紫色光芒迅速消失。接著如切斷電源般一陣安靜後，一口氣爆發光芒。刺眼的光芒讓深冬丟開圓盤，但巨金製的圓盤毫髮無傷。噴出紫色蒸氣，深冬猛烈咳嗽。
「對、對不起啦，我錯了啦……！」
在狂咳的同時，也感覺身體出現變化。手變得光滑，天鵝絨般的皮毛消失。臉上的毛也消失，手摸到塑膠般觸感的頭髮，耳朵也長在臉頰旁。而且身上還穿著來這個世界時的衣服。

「我變回人類了！」

深冬身邊櫃子上的玻璃門倒映出自己的臉，確認的確恢復原貌之後歡欣鼓舞。「太棒了，成功了！」——但隨著蒸氣逐漸散去，深冬眉間的皺紋也越來越深。

「為什麼只有我？」

柯尼列厄斯和阿柿都還是狐狸，慌慌張張確認圓盤有沒有壞掉，也沒有發現深冬變回人類了。此時，上方傳來乒乒乓乓，相當慌亂的聲音。那個腳步聲很大，感覺不是輕盈的小狐狸會有的聲音。

——舉例來說，會想要把不屬於這城市的人趕出去之類的。

「該不會是這個意思吧？」

深冬咋舌，抓住稍微歪頭呆站在一旁的真白肩膀，用強陣風般的速度衝上樓梯。人類的腳能輕輕鬆鬆跨上階梯，轉眼間就走到一樓。用力打開門，小狐狸們全瞪大眼睛一起看過來。

「明明沒有人，門自己打開了！」

「剛剛大門也自己打開！到底怎麼回事啊！」

小狐狸們嘰嘰喳喳尖聲吵鬧。被趕出去了。也就是說他們看不到深冬。深冬邊喊

「讓開、讓開！」，邊慎重地放下腳步避免踩到小狐狸，好不容易才走到大門。確實如小狐狸所說，原本關上的玄關大門現在大開。

「真白，變成狗帶我飛上天！」

「咦？」

「快點！」

真白聽從命令再度變成狗，飛上天後轉了一圈，輕輕抬起深冬的腳讓她坐到自己背上。漸漸聽不見小狐狸的聲音，兩人已經飛得高高的，遠離柯尼列厄斯的家。

跨坐在真白背上的深冬，認真地俯視因霧靄模糊的城市。

「找人類，小偷狐狸應該也變回人類了。」

變成狗無法回答的真白，稍微瞄了深冬一眼「咕嗚」一叫，深冬摸摸她的肩胛骨要她放心。

「我說真的。剛剛那個圓盤果然心情很不好，剛剛主角也說了『把不屬於這城市的人趕出去之類的』對吧。如果真如他所說，不屬於這城市的只有我和小偷——因為我和小偷都是從現實世界來的人啊。如果我恢復原狀，那傢伙也相同吧。」

如此說明後，真白用稍微恢復精神的聲音「汪」了一聲，飛過充滿蒸氣的城市。

「在柯尼列厄斯住家附近找。」

「嗚？」

「剛剛那個小偷，逃到處理場之後就躲在附近，趁著大家都變成狐狸後混在其中。然後在銀獸襲擊時一起搭上吊車，但剛剛突然只有自己變回人類，他才會慌慌張張逃走。」

從一樓傳來的巨大腳步聲，就是小偷變回人類後逃跑的聲音。

「嗚汪！」

真白理解地用力一吠，穿過三角屋頂的圓柱狀房子旁，在大馬路、小路、蒸汽火車的鐵橋上到處飛，尋找人影。

「……沒有，是跑進哪戶人家或是商店裡了嗎？」

路上行走的全部都是狐狸，抱著紙袋走出商店的也是狐狸，從蒸汽火車座位窗戶看見的乘客也是狐狸，坐在公園長椅上恩恩愛愛的也是狐狸。

「那麼，真白，去御倉館。在這種狀況下，小偷能夠安心的只有毫無變化的御倉館而已。」

深冬拍拍真白側腹，真白轉個方向與蒸汽火車並列飛行，發現飛天犬的小狐狸們發出驚呼，從車窗探出身體揮手。

「……他們看得見真白啊。」

深冬輕聲呢喃，再度看真白。白色毛茸茸的後腦勺。剛剛真白確實被銀獸吃掉了，而且真白也不是「不屬於這世界的人」，那也就是說、也就是說——但深冬還沒有想明白。

在街景和地形看起來完全不同的讀長町中，只有御倉館和神社維持深冬熟悉的樣子。就如同周遭一切不停走在時代尖端，獨自被時代拋下品嘗孤獨的老人一般，靜靜佇立在那裡。

兩人在御倉館前降落，急忙穿過庭院打開大門。玄關前有一雙鞋子。那是陌生的男性白色運動鞋，和螢子穿的奇怪設計的鞋子果然不同。大概是慌張脫掉，一隻鞋子倒向一邊。

「深冬，小心一點。」

變回人類的真白手滑進深冬的手中，兩人手牽手。小心不發出腳步聲輕輕踏上玄關，長廊深處，從日光室照過來的光線，看見有人橫越過去。是晝寢終於起床了嗎？還是小偷呢？深冬感覺心臟劇烈跳動，用力握緊真白的手，背緊緊貼在走廊牆壁上，小心翼翼地窺探日光室。

晝寢仍躺著發出鼾聲，沙發前，一位青年站在那裡。

「妳好。」

鴻喜菇青年。膚色白皙、瘦長身形，和香菇圓圓傘頂一樣的髮型，戴著眼鏡。白色襯衫和藍色牛仔褲，明明認識他卻突然想不起名字來。

「你是書店的……」

「是的，我是春田，妳好。」

他是父親步夢常光顧的書店，若葉堂的店員。深冬今天早上，才在這個店員的結帳下購買父親拜託的書而已。深冬直到剛剛為止都以為小偷是螢子，大概因為完全沒有其他想法，小偷的真面目太出乎她意料之外，一時之間無法闔上嘴。

春田很尷尬地看著地板走到兩人身邊，把一本書遞給深冬。那是本古色古香植物模樣裝幀的《業餘神偷萊佛士》。

「對不起，真的很不好意思。我只有偷這一本書而已。」

「這是從我們家書庫偷的嗎？為什麼……？」

深冬看看春田和書，又看看身邊的真白。只要深冬接下書，抓住春田的手腕，周遭就會回到現實，真白也會消失。至此都是在小偷變成狐狸的狀況下抓住，根本不知道真面目，但這次不同。獨自一人面對這種狀況對深冬來說負擔太大。

春田先暫時放下書，小聲含糊地說：

「我們，很想要知道系統。」

「什麼，我們？系統？」

「是的，我們很想要知道御倉館的防盜系統到底是怎樣。一開始覺得只是個都市傳說，只是無憑無據的謠言。但螢子小姐實際嘗試之後，說發生了很不得了的事情。聽見她如此興奮表示，大家——」

「請等一下，大家？你剛剛也說了『我們』對吧，所以你還有其他同伴？」

深冬單手撫額試圖讓自己混亂的腦袋冷靜下來，努力想要整理狀況。這段時間內真白眼神兇狠地瞪著春田，如同小狗威嚇人一般，繞著他和深冬緩步走著。

「深冬，快抓住這傢伙吧。他根本不覺得偷書是壞事。」

感覺真白隨時會變成狗露出獠牙撲上前咬他，春田慌慌張張辯解：

「我很明白！我知道是壞事，知道不可以做這種事。我所說的我們——沒錯，就是讀長町書店聯盟的幾個人。我們想盡辦法想要逮到每天出現的偷書賊。螢子小姐和我都是其中一人。」

「什麼，螢子小姐是我們鎮上的人嗎？」

要是見過留平頭且身著時尚打扮的螢子，應該不會忘記，但春田表示「並非如此」。

「螢子小姐不是這個小鎮的居民，但她個人經營一個結合畫廊的小古書店。最近才和我們認識。」

「原來如此？但你們的理由是『偷書賊』又是什麼意思？」

深冬雙手環胸擺出高傲態度後，春田重重嘆一口氣開始說明：

「……書店深受偷竊煩惱的程度超乎世人想像，因為幾乎每天都遭竊，古書街的岩飛古書店因而倒閉，就連裝設最新型監視錄影器的大型書店也撤店了。來到讀長町的訪客中，有的不是為了要買書，而是為了偷書而來。

我們每天、每天都在討論該怎樣才能抓到偷書賊，也試著實踐。但不管我們怎樣絞盡腦汁，還是想不出絕對有效的方法。就在此時，BOOKS Mystery的老闆，提到御倉館的事情。」

平常就和BOOKS Mystery的老闆處不來的深冬，在內心咋舌。

「……老闆說，御倉館有個不可思議的警報裝置，說上一代的珠樹夫人裝了那個不得了的東西，所以只有御倉館能平安無事。」

深冬聽到這有點生氣，逼近春田：

「我們家也不是平安無事，被偷過好幾次，而且還遭遇了一次超大型的竊盜，一直以來都相當為此所苦耶！就因為這樣，御倉館只有我們家的人可以進入，管理工作也很麻煩，老實說我超級傷腦筋。如果不想遭竊，就想辦法努力啊。」

說出這些話後，看見春田露出態度低微的笑容後，深冬摀住自己的嘴，因為她理解了，為什麼他們想要知道防盜系統的運作機制。

「就是因為這樣。我們覺得御倉館真是太狡猾了，因為我們沒有辦法做到相同的事情啊。御倉館可以限制入館的人來保護藏書，但書店每天都會有人進出。誰都可以進來，每本書都可以拿起來看。我們靠著進貨賣書來生活。書店不是紀念館，沒有辦法限制顧客進出。」

雖然春田很壓抑自己的語調，但可以隱約察覺其中的不耐。

「……對不起，說的也是。我說的好像你們不努力一樣……」

深冬態度一放軟，真白嚴厲警告她：

「深冬不可以道歉，偷書的是這個人，他的所作所為就跟偷書賊一樣。和目的、心情都無關，偷書就是偷書！他果然沒有反省！」

真白發出鼓動喉嚨的聲音來威嚇，春田嚇到往後退，腳跟絆到地毯跌坐在沙發上。

「對、對不起，妳說的對……請讓我重新道歉。偷了這裡的書真的非常不好意思，找木乃伊的人反而變成木乃伊，真的是本末倒置，我深深反省。再也不會做了。」

晝寢正好在此時發出巨大鼾聲，大家全被嚇了一跳。因而放鬆注意力的真白生氣地抿唇往後退，緊張感稍微緩和，春田好不容易可以站起身。

「我們也曾經詢問步夢先生和晝寢小姐，想知道是引入了怎樣的系統。但他們都裝作不知道。BOOKS Mystery老闆就說，御倉館的防盜系統充滿謎團，既然他們不肯告訴我們，那我們就自己試試看。但想要進入館內相當困難，要怎麼試？事情起因於步夢先生住院。步夢先生跌落河堤時，上前幫忙他的就是書店聯盟的其中一人。找到從他口袋掉出來的鑰匙……然後，想著柔道家的步夢先生不在，只剩晝寢小姐的話，沒錯，就是一時鬼迷心竅。我們只想要稍微借一下書，只要知道是怎樣的系統就會立刻歸還。」

「想找藉口哪怕找不到。」

真白一句話冷淡地拒絕春田的說辭，春田把偷來的《業餘神偷萊佛士》放在桌上，靜靜凝視：

「妳說的對，我們為了保護自己不受偷書賊侵害而變成小偷，但也真的很抗拒過。

第一次和第二次的小偷是螢子小姐，她說她不是這裡的居民也比較沒有罪惡感……為了確認御倉館裡是不是只有晝寢小姐一個人，說謊打電話抱怨警報聲的也是螢子小姐。」

深冬回想起前幾天崔曾提過，接到抱怨警報聲的電話，但他自己沒有聽見警報聲的事情。

「實際體驗防盜系統的螢子小姐相當興奮，忘我地說出到底發生什麼事情，但大家都不相信，覺得太愚蠢了，最後放棄向御倉館學習。螢子小姐不肯放棄，隱瞞偷書的事情直接找上晝寢小姐，希望她可以出席書店聯盟的會議，不過當然是被拒絕了。最後，螢子小姐邀我一起，對今天因為雜誌採訪提早下班的我說，她會引開妳的注意，接下來實際試一次。」

「……螢子小姐對我坦白真面目，還對我說她接下來要到御倉館偷書。所以我還以為小偷就是螢子小姐，但不是。」

「是的……她讓我偷書，說想要知道待在外側的人會變成怎樣。想知道是不是真的只有小偷和妳會帶著現實世界的意識進入那個不可思議的世界中。或者是如果她也在場，她是否也會擁有現實世界的意識。也就是說，想要調查共犯會變成怎樣。」

深冬在銀獸飼育場中，看見完全飾演故事中角色的螢子。也就是說，除了實際犯罪的人以外，就算是共犯，只要旁觀就會被書籍魔咒視為與其他人相同的無罪。系統應該還有改良的餘地吧……深冬雖然這樣想，但總之先整理思緒。

「總之，真的非常不好意思。我自己體驗這個系統後知道，這我們完全做不到。每次出現偷書賊就要冒險一次根本辦不到。我會對大家說明，只能腳踏實地做好防盜措施了。偷了這裡的書真的很對不起，再也不會犯了。」

春田再次鞠躬，用相當有禮貌的語氣道歉。深冬邊搔頭，看了看仍挑高眉毛的真白和仍然在睡覺的晝寢，歎了一口氣。

「雖然我很想說我原諒你，但我得問過父親意見才行。很不湊巧，我還未成年也不是負責人。正如真白所說，偷竊就是偷竊。我可以請父親決定該怎麼處理嗎？」

「這是當然。到時候我會把書店聯盟與這件事相關的人全部帶去。」

「好，真白，妳也可以接受吧？」

「……如果深冬這樣決定的話。」

看見真白表情還很不滿，但心不甘情不願地點頭後，深冬拿起桌上的《業餘神偷萊佛士》。

「好，那麼春田先生，把手伸出來。」

春田順從地伸出雙手。

「抓到小偷了。」

深冬輕輕抓住春田手腕後，腳邊立刻扭曲變形，意識反轉。彷彿陷入沉睡的感覺讓深冬閉上眼。

再次醒來時，深冬沒有特別驚訝地靜靜起身。晝寢還在睡覺，聽見時鐘滴滴答答刻劃時間的聲音。不見真白也不見春田，肯定是先一步醒來，離開御倉館了吧。

「……總之，先去跟爸爸報告吧。」

深冬搔搔頭，在玄關穿上鞋子，打開大門走出屋外。在這之後立刻發現異狀。

天空晴朗，白色雲朵緩慢地在天空移動，溫和的風吹來，樹梢隨之沙沙搖擺。午後陽光曬得背後暖呼呼，暖得都要冒汗了。深冬邊打開庭院鐵門邊忍下哈欠，突然抬頭看御倉館前的道路。

車子靜止。不是停在路邊，而是停在路中央。而且還不是一台，後面、再後面也是，靜止的車子排成一整排。對向車道也是相同狀態，即使轉綠燈了，也沒有任何一台車移動。不僅如此，甚至沒有聽見抱怨聲。

「到、到底是怎麼了……？」

周遭一片寂靜。深冬慢慢靠近車子，從車窗朝裡面窺探。空無一人。駕駛座和副駕駛座都沒有人，也沒有人喝放在座位飲料架上的罐裝咖啡。後座的孩童座椅上只有粉色的搖鈴玩具。

深冬全身發寒，小跑步去看後面的車——鋪著水藍坐墊的座位上，果然也是空無一人。下一輛、再下一輛車也沒有人，空無一人的車輛中只留下曾有人在這裡的痕跡。

被太陽溫熱的後背，現在冷得幾乎凍僵，深冬雙腳開始顫抖。

「冷、冷靜點……每輛車的車門都稍微有點打開，所以大家都是自己下車的。」

即使這樣告訴自己，身體也無法停止顫抖。回過神時，深冬已經拔腿狂奔了。得見到隨便一個人才行，問他到底發生什麼事情了。

但不管到哪都空無一人。人行道、古書店街、大馬路，任何一個地方都沒有人。燈火明亮，鐵捲門也開著，販售的商品也好好擺設陳列。但就是空無一人。只有人類消失了。似乎是誰喝完的寶特瓶被風吹得在人行道的柏油路上滾動，掉進路邊水溝中。

居民從讀長町消失了。

第四話

遭遺留於寂寥城市中

深冬揉了好幾次眼睛，又閉上眼。深呼吸後，肚子邊用力邊睜開眼睛，環視四周。以前，她做了被有魚頭、手拿魚叉的魚怪人追趕的夢時，就是這樣從夢中逃出來的。但這次沒任何效果。

馬路上仍是一排無人的車列隊，只聽見風聲。無人車之中，大概是急踩煞車吧，還有車子突出在對向車道上。

「喂真的假的……到底是怎麼一回事啦？」

不管是誰都好，她想要找到人來告訴她發生了什麼事。

每個地方都同樣無人。沒和任何人錯身而過，也沒見到任何人的背影。每輛車都停下來，但紅綠燈還是正常運作，以一定的規律從綠轉黃、黃轉紅，接著再變成綠燈，默默地不停發光。

即使如此，深冬還是規矩地停在斑馬線前，等待燈號變成綠燈，才走進對向的超市中。自動門打開的同時，聽見背景音樂和「歡迎光臨」的機械聲，深冬稍微安心，但那份安心也瞬間煙消雲散。前方的生鮮商品賣場、商品並排的貨架之間也沒有任何人。深冬繞了一圈再回到入口時，心臟激烈跳動得幾乎要撕裂胸膛，也開始呼吸困難。

雙腳發顫，手放上蔬果賣場的貨架時一顆蘋果掉落，碰到地面處凹了一個洞。但沒有任何店員衝上來。

「有人在嗎？」

就算大聲叫，超市的樓層只有背景音樂與冰箱運轉聲回應她。

已經無法冷靜了。

深冬走出超市，沿途按下每棟房子的電鈴。手機沒有訊號，跑到派出所拿起電話，但不知為何話筒沒有任何聲音，按下按鍵也毫無反應。明明有電，電話卻不通。粗暴拉開書店拉門，深冬意識到空無一人後，又快如子彈衝出門到下一家店去。

父親的柔道場也空無一人。平常孩子們都從週六的這個時間開始練習，就算人在道館外，都能聽見練習受身技巧時拍打榻榻米的聲音，以及崔大聲指導學生的聲音，但現在安靜得教人恐懼。拉開厚重拉門，往裡頭探看。如她所料，鋪設榻榻米的道場空蕩蕩。

溫熱感逐漸在深冬眼中累積，視線變得模糊。

「冷靜點、冷靜點。肯定只是書籍魔咒出了什麼問題而已，沒事的。」

拿袖口拭淚，慢慢吐一口氣。

離開道館的深冬，已經失去找人的動力，垂頭喪氣地朝商店街慢慢走去。

「這裡是現實，我確實按照規則，抓住小偷把被偷走的書拿回來了。書籍魔咒已經解開。那麼，我應該可以離開鎮上。」

想要確認電車狀況如何，還有住院中的父親怎樣了呢？

商店街中各種食物的氣味混雜飄盪，和平常相同。店頭擺放的古早味零食等待小學生，鮮魚店裡青背魚和比目魚泡在冰水中，雞肉專賣店傳來烤雞串醬汁烤得焦香的美味香氣，誘人食慾。蔬果店的綠色菜籃中，紅透的番茄堆成山。只不過，沒有賣家也沒有買家。

深冬在雞肉專賣店前停下腳步，稍微墊腳從充滿油汙的窗戶往裡面看。平常都會看見高大的老闆彎曲身體烤雞肉的身影，但只有壞掉的換氣窗發出嘎啦嘎啦的噪音。雞肉沒有翻面，在鐵架上烤焦了，深冬看不下去從窗戶伸手進去，腋下幾乎要抽筋地伸長手把烤雞串移到旁邊的盤子上。

舔拭沾上甜膩醬汁的手指時，在商店街裡深受大家喜愛的貓咪跑過來磨蹭她。柔軟的尾巴碰上她的小腿肚。

「……貓咪還在啊……」

深冬蹲下身，撫摸喉嚨呼嚕呼嚕響的貓咪。當她從貓咪耳後摸到下巴時，地面閃過小小身影，一對麻雀跑到麵包店前吃麵包屑。「汪」的一聲讓深冬回頭，有隻灰色貴賓犬拖著紅色繩子朝這邊跑過來。

「該不會是主人在散步途中消失了吧。」

深冬只能先抓住繩子，綁在旁邊的交通標誌柱子上，方便之後飼主找狗。人類以外的生物還在——光這樣就讓她稍微鬆口氣。

也就表示，現在是只有人類消失的狀態。有種超細微線索出現在昏暗狀況中的感覺，比起只能因為恐懼裹足不前，快被混亂吞沒好上幾百倍。

「好——得快點找到大家才行。」

走出商店街，在朝車站前進的坡道階梯上狂奔。站前也空無一人，透過避免人車進入而圍在鐵路旁的鐵絲網朝裡面看，車站也沒有任何一台電車停著。即使如此，深冬還是抱著一縷希望，在售票機買了到下一站的車票，通過自動收票口。機械一如往常運作，輕易放深冬進入站內。當深冬要跨上前往月台的短階梯時，電話響了。

深冬嚇了一跳環視四周。明明剛剛想打電話卻毫無動靜啊。但確實傳來電話聲，聲音似乎是從車站辦公室傳來的。

深冬心中某處祈禱著希望有站務員跑過來接電話，但不出她所料，沒有人來接電話，電話聲響了一段時間後終於停止。

深冬坐在空蕩月台的塑膠長椅上，等待電車抵達。她也試著用自己的手機撥號給父親的手機，但果然無法發話。掛在柱子上的時鐘秒針確實在動，雲朵也在天空中緩慢移動，所以並非時間停止。等等應該會有電車來才對。

接著，「叭」的警示聲響起，深冬回過神看鐵道那一端，正如她所想，電車準備要進入月台。深冬壓抑激動的情緒站起身。只要離開讀長町到下一個車站，肯定可以見到其他人，可以去找大人，順利點或許能找警察商量。

但電車完全沒緩下速度，彷彿這個車站不存在般，藍色車體從深冬面前疾駛而去。看著迅速通過面前的車窗，深冬知道車上有乘客。但沒有任何人抬起頭，甚至沒發現正經過一個車站。

「喂……等等啊！這裡可是連急行都會停的車站耶！」

深冬的叫聲被轟聲掩蓋，電車就這樣通過月台，朝鐵道另一端消失。留下的風捲起樹葉，當作禮物掉落在深冬腳邊。只聽見麻雀的叫聲。

深冬呆站在回歸平靜的月台上，聽見鈴聲回過神來，車站辦公室的電話又響了。

雖然猶豫，深冬的手還是伸向車站辦公室的門把，慢慢轉開。原本以為有上鎖，但他們粗心地沒有上鎖。深冬戰戰兢兢打開門，走進有點亂、讓人聯想起教職員辦公室的小房間。

電話就在堆滿文件的桌上作響，深冬狠下心拿起話筒說「喂」。

『——啦。提早三分鐘到。』

『不清楚，我記得是車站。』

「那個，有聽到嗎？」

確實聽見有人嘟囔的聲音，但有點小聲，深冬把話筒用力貼緊耳朵。

「不好意思，那個，可以幫幫忙嗎？發生奇怪的事情了。」

只要有人可以一起為這種狀況想辦法，不管是誰都好。但話筒那端的人似乎沒有聽見深冬的聲音，自顧自地繼續說話。

『為什麼沒有停？』

『但是，沒有該停的車站——』

這是對話。聲音不同的兩個人正在交談，彷彿深冬正在竊聽另外兩個人的通話。但那仍是與車站相關的對話，或許會有什麼線索，深冬決定繼續聽下去。聲音很小，深冬按下電話的音量鍵，但幾乎沒變。

『——誤會？』

『沒錯，根本沒有一個叫讀長的車站，請你看路線圖——』

『我這邊的路線圖上有……不對，不好意思，真的沒有。』

深冬渾身毛骨悚然地把話筒放回去，掛斷電話。

「沒有一個叫讀長的車站？」

無法置信，不想相信。但儘管這是急行停車站，電車仍直接開過去，雖然電話有通卻只能聽見對方的聲音，試著整理這種狀況後，果然還是「小鎮已經被封鎖了」的想法最合理。

腦海浮現真白的臉。如果真白在這一定能幫上忙吧，但真白只存在於書籍魔咒的世界中。

走出車站辦公室，把車票放進自動收票口後，閘口「砰」的一聲關上，出現錯誤了。因為她沒有從搭車車站移動又要從同一個車站離開才會出現這個錯誤，平常都得去找站務員幫忙，但現在空無一人。深冬說著「這也是沒有辦法的啊」，直接跨過收票口。

車站位於高台上，走出收票口之後就能俯視整個讀長町。太陽開始西移，黃光變深的強烈午後日照照亮每戶人家屋頂。

周遭寧靜得幾乎可說是噁心。第一次知道習慣日常的喧囂後，悄然無聲竟然讓人感到如此恐懼。帶著傍晚清新空氣的風吹撫長髮，一撮黏上深冬汗濕的額頭。

站在走下商店街的階梯前，深冬稍微煩惱後腳朝右邊轉，沒走下樓梯直接邁出腳步。去醫院吧，很在意父親步夢的狀況。

但醫院自動門打開的瞬間，深冬畏縮了。和播放背景音樂的超市、動物們還在的商店街、有電車聲的車站不同，無人醫院的寧靜讓人全身發寒。白色牆壁、走廊，無人櫃台和會客室的淡色沙發。失去使用者的枴杖倒在地板上。結帳的叫號燈上顯示的數字沒有改變。消毒水氣味加深這份不安，以前在電視上看過的醫院鬼故事閃過腦海，慌慌張張搖頭。深冬雙手抱住自己的身體，在冰冷的醫院裡前進。

移動用病床孤獨地被拋在電梯前，肯定是護理師正在用移動床運送病患吧，床上只留下有人躺過的凹陷痕跡，現在空無一人。

深冬被病床吸引，視線看著病床按下電梯按鍵。因為這樣，深冬沒有發現，電梯其實在她按下按鍵前已經動起來了。

「叮」聲響起，銀色電梯門打開。那一個瞬間，深冬倒抽一口氣——有人！

「呀！」

「嗚哇！」

雙方都發出丟臉的尖叫聲。深冬往後跳，電梯裡的青年直接軟腳跌坐在地。深冬手貼在胸口，急促呼吸安撫瘋狂跳動的心臟，仔細看青年。

「啊……你是春田先生？」

在若葉堂工作的鴻喜菇青年，觸發剛剛那場書籍魔咒的偷書賊。

「妳是御倉深冬小姐。沒想到妳竟然也在……」

說著說著，眼看電梯又要關上門，深冬慌慌張張按下按鍵，春田在這段時間內起身，拖著纖細的雙腳走出電梯。

「哎呀哎呀，讓妳看到這麼丟臉的一面。」

「無所謂，我也嚇一大跳……話說回來，為什麼你會在這裡？為什麼沒有跟其他人一樣消失？」

「這我也想問，我還以為只剩下我一個人了。」

兩人同時歎氣，彼此互視。越來越覺得好笑，深冬「噗」的一聲噴笑，抱著肚子格格大笑起來。春田也跟著一起笑。悄然無聲更顯冰冷的醫院內，兩人輕快的大笑聲響亮。

大笑一陣滿足過後，兩人開始交換資訊。

「我在車站遇到怪事，電車直接過去沒有停。然後車站辦公室的電話響了，我聽到誰和誰的對話聲。但對方聽不見我的聲音，好像我在偷聽別人講電話一樣。」

「也就是說，讀長町以外一如往常有人對吧。」

「嗯，電車開過去的時候我看見車上有人。大概就跟書籍魔咒啟動後一樣，我們被困在這個城市裡了。」

春田低喃「原來如此」後，手撐下巴開始思考：

「……那你呢？為什麼來醫院？」

「咦？啊啊……我是想要來見妳父親。覺得要向他道歉偷書的事情。」

春田表示，他早深冬一步從書籍魔咒的世界中回到御倉館。

「我沒有看見妳，但妳的鞋子還在，我想妳應該還沒有回來。」

接著他走出御倉館後直接前往醫院，他滿腦子都是犯下竊案與前一刻才經歷的奇妙世界體驗，完全沒發現鎮上出現異狀。直到走進醫院後他才終於發現人類消失了。

「我一開始還以為發生罷工還是其他事情，但連患者也沒有就太奇怪了。我超慌張……跑出醫院後，這才發現站前和商店街也空無一人。我陷入混亂，沒有想到要搭電車，試著要步行渡河。」

「啊，過橋啊，結果呢？」

「要是過橋就不會在這裡了。橋消失了，明明就在那，但不管怎麼走都無法抵達橋邊。我自認一如往常朝橋的方向走，但當我意識到時就會轉過街道轉角，完全無法走到河邊。」

讀長町被兩條河包夾，彷彿河中沙洲一般。如果不渡河就沒有辦法離開鎮上。

「我也試著用電話，但沒有訊號，當然也連不上網路。我上班的書店無線網路也不能用。實在沒辦法只好回醫院，接著就碰到妳了。」

「……原來如此。」

「但真的很擔心，我也沒辦法聯絡上我妹。」

「你有妹妹啊？」

春田接著眨眨眼看深冬：

「咦？妳不知道嗎？和妳念同一間高中，文藝社的。她說她和妳說話之後被妳拒絕了。」

「難以置信，你們是兄妹啊？」

肯定是下電車時邀她進文藝社的那個女學生。這麼說來，除了戴眼鏡的共同點，他們的長相也有點像。深冬很是討厭地皺起臉後，春田垂下雙眉。

「請妳別擺出這種表情啦，那孩子也是用自己的方法，想要和御倉家建立關係。」

「如果這樣就更該讓我拒絕，請告訴她一輩子都辦不到。啊啊，結果大家還是滿嘴御倉、御倉。但也無所謂啦，我都知道。」

深冬無力地歎氣後，舉起虛軟指尖按電梯按鍵。電梯門立刻打開，明亮的乳白色燈光迎接深冬。

「妳要去哪裡？」
「我爸那裡，原本就打算要過去了。」
「啊，那我也一起去。」
「……你別跟來。」
深冬狠瞪之下，春田一瞬間畏縮，但他輕咳之後邊說「拜託啦」邊走進電梯。
「現在只剩下我們兩個人了……就連步夢先生，果然也是……」
「消失了？」
春田點頭代替回答。深冬沒辦法繼續說下去，她沒把春田趕出去，粗魯地按下三樓按鍵。
抵達步夢位於三樓的病房前，兩人保持沉默。
四人房中，隔開每張病床的泛黃布簾隨風輕輕擺動，窗戶開著沒有關。深冬逞強地抬高下巴，大步橫越病房，用力拉開父親病床旁的布簾，正如春田所說，沒有看見父親的身影，只有床上留下凹痕。
「……真的，到底是去哪裡了啊。」
床邊桌上擺著父親的手機和深冬才剛買來的書。今天發生太多事情，現在很難相信買這本書還只是上午的事情而已。
深冬繞過病床想把窗戶關上，嘎啦嘎拉滑過窗框並上鎖。此時，她發現枕頭邊有個陌生的東西。

「這是什麼啊。」

那是本包著褐色皮革書衣的記事本，父親有這種東西嗎？深冬走近拿起仔細端詳。皮革書衣老舊起皺紋，四處因為手指的油脂而變色。

深冬偷偷看了春田一眼——春田如同不想打擾家人團聚的貼心探病者一般，站在離病床稍遠處，看著深冬的手邊。他似乎也很在意。

深冬狠下決心打開記事本，總之想先確認這到底是什麼，是行事曆還是日記本，但在她快速翻閱時，眉間的紋路也越來越深。

「這什麼啊，寫滿滿的。」

記事本的細窄橫紋格線裡，毫無空隙寫滿原子筆筆跡。下一頁、十數頁後、五十頁之後也是。而且就她快速瀏覽過，這既不是行事曆也不是日記，是小說。確實是父親的筆跡。不僅如此，登場人物的名字深冬相當熟悉。嘉市、珠樹、步夢。

「……我爸竟然在寫小說耶。」

「咦？」

春田快步走來，從深冬手中接下記事本，和她同樣翻閱。

「真的耶，似乎是拿自己的家為原型的家庭小說。」

「真討厭，我爸原來是想要當作家嗎？」

只要到位於御倉館後方，祭祀書籍之神的神社去參拜時，看見想當作家的人在繪馬上激昂寫著「今年一定要拿到新人獎」，深冬都在內心有點瞧不起。春田聽到後有點不悅地說：

「有什麼關係，我以前也曾寫小說或是實際投稿，也去神社祈願過。但我寫得很爛，通過第一關審查就已經費盡千辛萬苦了，但有個想當小說家的夢想也沒有關係吧。」

「是沒有關係。」

「是的，沒有關係。而且步夢先生是御倉家的人，身為圍繞在小說中生活的家族成員，理所當然會想要寫故事，不是嗎？」

此時，深冬腦海中部分記憶如煙火般瞬間閃過，接著，鮮明地回想起把素描本攤在地板上，整個人趴在上面專心寫些什麼的自己的小手。

素描本上，有個用蠟筆笨拙畫出的女孩子。大眼、及肩頭髮，頭上有兩個三角耳朵。女孩的大嘴揚起微笑。

「怎麼了嗎？心不在焉的。」

「……咦？啊，沒有，沒什麼。只是稍微發一下呆。」

「請振作一點，比起那個，妳看這邊。」

春田翻開步夢記事本的某一頁遞給深冬。頁面和頁面之間夾著橘色的毛髮。用指尖捻起，雙指搓揉確認觸感，深冬的眼睛越睜越大。

「這是……」

明顯是動物的毛，春田對錯愕的深冬點點頭：

「這是狐狸毛，絕對沒有錯。」

出醫院前，兩人仔細觀察地板和階梯的角落，四處尋找狐狸毛。接著，在這之前完全沒有留意，但令人驚訝地到處都有橙色的獸毛。玻璃窗上甚至留下用爪子扒抓的痕跡。

兩人一臉疲憊、搖搖晃晃地離開醫院，接著在被夕陽染紅的鎮上尋找狐狸的蹤跡。獸毛似乎全都被風吹走，但他們找到許多被枝葉勾住的毛，商店街的洗衣店前也留下滿是泥土的足跡。

從商店街走到書店並排的街上時，春田在長椅上坐下，深冬也保持一點距離後坐下。往後靠上椅背時，碰到放在肩背包裡的父親記事本的堅硬觸感。

「……這是怎麼一回事啊。」

「不，妳應該也已經明白了吧，大家都變成狐狸了。」

「等等，那是書籍魔咒裡的事情吧。」

在方才結束的書籍魔咒《銀獸》中，所有居民確實都變成狐狸了。只有深冬和春田，受到在故事世界中找到的機械的影響變回原本人類的模樣，但其他居民仍是狐狸。

「到目前為止，只要解開詛咒世界肯定會恢復原狀。珍珠雨也停了，變成奇怪雨男的崔哥，變成愛耍帥偵探的山椒，也和城市一起變回原狀了。」

「但是現在，四處都有狐狸留下的痕跡啊，還有其他解釋嗎？」

「是沒有啦。但是，那大家應該會維持狐狸的樣子留在店裡或是醫院裡吧？假設因為混亂而躲到哪裡去，有哪個人留下來也不奇怪，但為什麼一個人也不留？大家上哪去了？」

「這……請不要繼續增加疑問。」

春田也被問倒，沮喪低下頭。

烏鴉邊叫邊飛過紅色天空，深冬曾經在電視上看過，聽說烏鴉很聰明，靠叫聲就能和同伴們溝通。牠想必是邊飛過夕陽天空邊說「回家吧」。

深冬餓了也渴了，今天從一大早就動個不停，而且書籍魔咒的世界和現實世界時間流動速度不同，體感時間輕而易舉超過二十四小時。

「……我想要稍微休息，肚子餓了，也好睏……我今天一直動個不停，可是連續經歷兩場書籍魔咒耶。都是你和那個螢子小姐的錯。」

聲音超乎想像沒有力氣，而且說出口後讓深冬一口氣感到疲憊。好想回家。

「我明白了，也要晚上了，明天再思考吧。我也累了。在那之前，可以拜託妳一件事嗎？」

「什麼？」

「剛剛那本步夢先生的記事本，今天可以借我一晚嗎？」

春田的請託出乎深冬意料之外，她用力皺起臉來。

「呃？為什麼？」

「我只是想要讀讀看，絕對不會偷走。」

就算他這麼說，他是剛剛才從家族重要的書庫偷書的人，真的可以隨隨便便把父親的記事本交給他嗎？深冬毫不掩飾自己的懷疑上下打量春田，但也沒有其他方法。

深冬有預感，父親的記事本中隱藏著什麼重要的事情。但深冬很不擅長讀小說，最重要的是讀自己父親寫的文章感覺很害臊。

「……明天絕對要還我。」

「絕對，我保證。」

深冬不開心地打開包包拉鍊，拿出記事本交給春田。

「你要是做出什麼事，我絕對不會放過你妹妹。」

「威脅我嗎？沒問題，我明白了。」

但就算想互相聯絡，沒有訊號的情況下，交換電話號碼或郵件地址都沒有意義。

「約明天早上十點在御倉館前見面如何？」

同意春田的提議後，兩人就此分開。

回家路上，看見貴賓犬仍在商店街的麵包店前，深冬解開綁在交通標誌柱上的繩子，確認項圈上的地址，就在附近。深冬帶著貴賓犬讓牠進去庭院後關上柵欄。果然沒有人在家。

回到自家公寓，公寓沒有一個房間有亮光，建築物被籠罩在夕陽深紅色黑暗中，看起來像發黑。打開門鎖進屋前，抱著淡淡的期待，心想父親會不會在屋裡對自己說「歡迎回家」，但果然空無一人。

「而且說起來他現在在住院啊。」

深冬自言自語，邊歎氣邊拉掉綁馬尾的髮圈，解開長髮。打開冰箱，倒了麥茶一口氣喝光，又再倒了一杯，沒有換氣立刻喝光。接著拿出袋裝的魚肉香腸撕開塑膠套，大口大口把粉紅色的魚漿製品塞進嘴裡。

明明很餓卻沒什麼食慾。雖然有蛋也有杯麵，但就連開火煮東西或是煮水都讓她提不起勁。

吃光四條魚肉香腸的深冬，把塑膠套丟進洗碗槽中的廚餘桶，又再喝了一杯麥茶後直接朝寢室走去，衣服也沒換直接趴在床上。從頭蓋住棉被，臉埋在沾滿自己氣味的枕頭中。接著，淚水突然湧出。

溫熱的淚水湧出後滴落、湧出後又滴落，沾濕枕頭。自己充滿困惑，當情緒終於追趕上時，她開始放聲大哭。

「要、要是一直這樣的話該怎麼辦啊。」

說出口後讓她更加難過，但如果不這樣做，她的胸口就快要爆炸了。

「爸爸。大家。到、到底去哪裡了啦？好恐怖，我好害怕……」

孤單一人在棉被中縮成一團，彷彿重回孩提時代嚎啕大哭。但沒有任何人來安慰她，只聽見自己吸鼻水的聲音。漸漸地，呼吸逐漸平穩下來，深冬哭到睡著了。

——深冬，妳可是御倉家的孩子。

突然驚醒，四周一片昏暗，彷彿染上薄墨的天花板，隱約看見圓形的燈。深冬邊呻吟邊轉過頭，看枕邊的鬧鐘。七點五分，她大概只睡了兩小時。

感覺做了討厭的夢。醒過來後，連稍微殘存的殘渣都消失得無影無蹤，即使如此，仍無法揮去討厭的感覺。大概是夢到祖母了吧。

深冬邊用手胡亂梳開亂成一團的頭髮邊起床，從窗戶往外看。仍然沒有其他人的氣息，四處傳來飼主消失後餓肚子的犬隻吠叫。當深冬意識到時，她的手緊緊抓住窗簾，接著用力拉上窗簾。

大家會消失肯定是因為御倉館的書籍魔咒，而設定書籍魔咒的就是祖母珠樹。看她到底做了什麼好事。深冬感到怒不可抑的憤怒，到盥洗台洗臉。揉揉哭腫的眼瞼，回瞪鏡中的自己。

剛剛做的夢幾乎全忘光了，只有那句話還在耳邊迴盪。

——深冬，妳可是御倉家的孩子。

「一直煩一直煩吵死人了。」

深冬緊咬嘴唇關燈，轉身而去。

突然想起，自行車還放在醫院。深冬走在只有電燈亮著，空無一人的昏暗道路上。不知是因為大哭一場，還是因為被祖母責罵，心變得如背負甲殼的螃蟹般堅硬。沒有不安也沒有寂寞，反而想要拿大螯爪去挑戰書籍魔咒。

深冬抵達御倉館，看了一眼螢子那台仍被丟在圍牆外的白色登山車後走進庭院。在關上鐵門前，聽見樹叢傳出枝葉搖晃的聲音，她心想應該是貓，走在碎石子上。此時，伴隨著「哇」的低沉聲音，人臉突然從黑暗中冒出來。

「呀啊啊啊啊啊啊！」

「啊……對不起，是我。」

深冬絆倒跌坐在地，拿手電筒的春田慌慌張張從庭院黑漆漆的樹叢中跑出來。深冬狠瞪朝她伸出手的春田後自行起身，彷彿表示她氣到極限般用力拍打屁股上的土。

「你在別人家的地裡面幹什麼啊？」

「……不好意思，因為我真的很在意，想說能不能找到什麼線索。」

「我不在你也進不去吧……啊啊，你是小偷嘛。」

「只有螢子小姐有備份鑰匙，等她回來之後會立刻歸還。我只是想，光從外面看狀況是不是也能稍微冷靜下來才來的。」

「這樣喔。」

深冬原本想要直接把春田趕走，但她換了個想法打開門鎖。立刻聞到古書的，一如往常的御倉館氣味。

兩人脫鞋走上玄關，朝日光室前進。仍可從熄燈昏暗的日光室聽見晝寢的鼾聲，打開電燈，晝寢一如往常躺在沙發上，仍然睡得香甜。

這幅模樣對深冬來說太尋常，完全沒感到不對勁，但春田指出：

「我很好奇，為什麼晝寢小姐還在這裡啊？」

「咦？」

「明明大家都消失了，不覺得很不可思議嗎？」

深冬小聲喊「啊」，看著持續沉睡的姑姑。年齡不詳，看起來既年輕又老成的睡臉。這個姑姑總是讓深冬無法理解，但只有這次，產生了不能用一句「因為她是晝寢姑姑啊」來帶過的預感。

「姑姑，晝寢姑姑，快起床。」

深冬試著抓住晝寢的肩膀搖晃，但晝寢完全沒有醒來的跡象，只有鼾聲變得更大。

「到底睡得有多沉啊。」

「深冬小姐，晝寢小姐平常在書籍魔咒發動時都是怎樣？」

「怎樣……就像現在這樣一直在睡覺。」

「……原來如此。」

春田走到深冬身邊，彎下腰把手放到晝寢鼻子上方，輕輕拍打她的臉頰。知道果然無法叫醒她後，從背在肩上的托特包中，拿出步夢的記事本還給深冬。

「我讀完了。」

「什麼，這麼快？」

「因為很短，有一小時就夠了。」

明明不是自己寫的東西，深冬把記事本抱在胸前緊張地問：「如、如何呢？很無聊嗎？」一問完，春田嘴角露出笑容。

「不，非常有趣。這是以他自己、他的家人為原型寫的小說。屬於私小說的類型。但令人驚訝地非常扎實，彷彿真正的小說家執筆寫作一般。」

深冬鬆了一口氣，放鬆緊握記事本的手。但春田的表情越來越僵硬。

「問題不在小說的完成度，而是裡面記述的內容。深冬小姐，請問妳曾聽說過這件事嗎？晝寢小姐和步夢先生並不是真正的兄妹。」

「……什麼？」

「我曾聽說過。很早以前就住在這裡的居民們說過，珠樹女士某天突然抱了一個小嬰兒回來。因為在那之前珠樹女士的肚子不曾變大過，大家都覺得很不可思議。而這個小嬰兒被取名為晝寢，當成步夢先生的妹妹養大。」

「那種謊言，肯定是BOOKS Mystery的老頭說的對吧？那傢伙很討厭我們一家人……」

「要老闆確實也這樣說過，但這麼說的不只他一人。而且步夢先生的記事本上也有寫，晝寢小姐不是步夢先生的妹妹。不僅如此，她甚至不是人。」

深冬的手失去力氣，記事本滑落。掉在鋪上地毯的地板上，也因此打開內頁。那是見過無數次的父親字跡──和監護者面談簽名相同的字跡就寫在上面。

「甚至不是人？」

深冬腦袋一片混亂，感覺快昏過去了，但也有種終於理解了的感覺。晝寢很不可思議，不知道她在想什麼，總是感覺像不食人間煙火，如果沒有步夢和深冬照顧她，連飯也不好好吃。

這個不可思議的存在感，可說和真白有點相似。深冬知道這和書籍魔咒也有關係。每當書籍遭竊，晝寢手中就會留下那個符紙，深冬念完上面內容後真白就會出現。

深冬慢慢屈膝彎腰撿起記事本，我得要讀這個才行，碰觸寫滿父親字跡的輕薄紙張，緊緊閉上眼。接著緩緩闔上記事本，收進肩背包中。

「現在先不看。」

「什麼？」

春田被深冬的決定嚇得睜大眼，但深冬已經下定決心，提起幹勁說：

「不管怎樣，根本不可能叫醒晝寢姑姑，對你來說或許只需要一小時，但對閱讀速度很慢的我來說，要讀完這個記事本得花上明天一整天。比起這個，更重要的是要找鎮上的大家才行。」

深冬突然想起傍晚在車站聽到的電話對話內容。

「對了，打到車站來的電話。那應該是因為不明原因，能夠聽見小鎮外的站務員和誰通話的內容。但那也不是插播……」

「原來如此，因為電車還是會通過，車站或許是書籍魔咒影響最薄弱的地方。」

「嗯，或許如此。然後啊，聽他們的對話，似乎是這個車站本身整個消失了。一個人問為什麼沒有在讀長車站停車，另一個人回答『根本沒有叫讀長的車站，你看看路線圖』，然後啊，另外一個人也接著說『咦？路線圖上沒有耶』。」

雖然不想思考，但如果預想正確，這情況相當危險。

「也就是說，有人知道讀長町，也有人不知道，原本存在路線圖上，但再看一次時已經消失了。這該不會是隨著時間流逝，存在本身也會變得『淡薄』啊？從路線圖上消失，最後連存在也消失。」

說出口後更覺得毛骨悚然。氣溫明明不低，深冬卻全身發寒，雙手不停搓著肩膀。

「得趕快找到大家才行，或許到了明天，讀長就真的完全消失了。」

不只是居民消失，要是連小鎮的存在都被忘掉——光想像就讓人感到恐懼。深冬不禁想像，沒辦法渡河也沒辦法搭電車，自己被遺留在空蕩蕩的鎮上，過著只有豐富書籍的空虛人生。

「……我明白了，那我們就以今晚為目標尋找吧。但話說回來，要怎麼找？」

春田一問，深冬默默地朝牆壁大步走去。牆壁上有個嵌入式的巨大書架。

「深冬小姐？」

沒有回答歪頭不解的春田，深冬抽出一本書走回來，接著把書遞給訝異的春田。

「給你。」

「啊？」

老舊且厚重的書。雖然深冬沒有讀過，上面寫著《不值得說再見》。

「快點，拿這本書去外面。」

「什麼？」

「要你偷書。如果不這樣就沒辦法進入書籍魔咒世界中。你自己也說了吧，大家都變成狐狸了。現實和書籍魔咒的世界應該不相同，但肯定發生了什麼事。如果想要解決，那就只能去那邊。」

「……也就是說，又要我再當一次小偷。」

深冬每把書往前推一步，春田就後退一步，深冬越來越不耐煩。

「還有其他方法嗎？如果你不做，那就由我來做！」

憤慨的深冬拿著書想直直朝玄關走去。

「哇，等等，妳等等！」

春田強硬阻止不顧一切往前衝的深冬。

「我知道了，我知道了啦。」

春田邊把下滑的眼鏡往上推，站在氣到鼻子隨時都會冒出蒸氣的深冬面前。

「我來當小偷，偷一次和偷兩次沒什麼不同。而且妳是御倉家的孩子，就算把自己家的藏書拿出去，或許也不會被認定為小偷。而且即使不是那樣，我也不能讓未成年的孩子背負小偷的烙印。」

春田說完從深冬手上接過書，終於冷靜下來的深冬緊緊皺起眉頭道歉：

「對不起。是我不好，我可能有點太過激動了。」

「沒有關係啦。」

春田仔細端詳《不值得說再見》，突然小聲歎氣後，說著「真是過意不去」把書放進肩上的托特包中。

「那麼，我出去了，我會待在院子裡喔。」

「……嗯。」

深冬留在日光室，看著春田往走廊前進後轉過身去。因為她想，如果目送他離開，或許就不會被視為偷竊。她側耳傾聽，不想放過春田換上鞋子走出大門時的聲音。

「啪噹」，聽見門關上的聲音。事情到底會變成怎樣，接下來會發生什麼事情，深冬完全不敢想像。搓揉著因為緊張而冰冷的雙手，把身體轉回來時，深冬瞪大眼睛。

晝寢起床了。頭髮糾成一團坐在沙發上，挺直腰桿，臉直直面對正前方。但她的眼睛似乎看著不在這裡的東西。

「晝、晝寢姑姑？」

深冬戰戰兢兢靠近，伸手碰晝寢的肩膀。指尖碰觸到她瘦小的肩膀，接著掌心貼上去。晝寢沒對深冬做出反應，但她稍微張嘴，用沙啞的聲音如此低語：

「『竊取本書者，將會遭遺留於寂寥城市中』。」

下一個瞬間，御倉館劇烈晃動。

「什、什麼？」

深冬反射性抓住身邊的書架，但也只晃動了一次。她邊鬆了一口氣邊抬起頭——晝寢又趴在桌子上繼續睡覺。

窗外，燈光照射下模糊現身的大銀杏樹，固定在枝葉隨風搖擺的狀態中。看來似乎已經完全認定春田是小偷了。

晝寢手中，握著那不知從何處而來的白色符紙，深冬吞吞口水，從姑姑手中抽出符紙，接著念出聲：

「『竊取本書者——將會遭遺留於寂寥城市中』。」

和晝寢剛剛小聲說的話一模一樣，下一個瞬間，感覺有人在她背後。深冬放下心中大石轉過頭去，她確信真白肯定知道鎮上出現異狀的原因，知道居民們到底上哪去了。

「真——」

「深冬。」

低沉沙啞的聲音讓深冬全身緊繃，她的身體如遭冰凍般動彈不得。在眼前的人不是真白。

「妳剛剛做了什麼好事。」

嬌小的老婦人。白髮與黑髮參雜成灰髮的頭髮高高綁起，用玳瑁髮簪固定。黃綠色和服，白色腰帶和鮮紅色的腰帶飾品。她的臉小又白，眼神卻十分銳利，有光靠視線就能拘禁對方的兇狠。

「珠……珠樹奶奶。」

老婦人是深冬的祖母，御倉珠樹。穿二趾襪的腳在地毯上滑動，一步、又一步朝深冬靠近。深冬感覺冷汗瞬間爆出，搖頭要她別過來，邊轉頭看邊倒退。

「騙人，奶奶應該早就過世了，明明過世了為什麼會出現？」

深冬很清楚記得珠樹過世那天的事情，小學三年級的她為了出席喪禮而不能去遠足。父親拿白色菊花要她「把這朵花放到奶奶身邊」，深冬怕到緊握菊花，把莖都握斷了。躺在棺材中的珠樹，臉色和菊花一樣白，彷彿用蠟固定住，讓人知道她的生命確實殞落了。

但珠樹現在就在眼前。

「深冬，妳剛剛做了什麼，可是逃不過奶奶的眼睛。我在這邊監視著。妳又讓不認識的人、奶奶不允許的人進入館內了吧，而且還讓對方偷書。」

深冬表情緊繃不停往後退，最後腳撞上矮桌，倒頭栽摔在地上。

「奶、奶奶……沒有辦法啊，想要救大家就只有這個方法了。」

「找藉口也太難看了，我那時應該說過沒有下次了吧。」

珠樹舉起一隻手，纖細的指尖朝深冬伸出，張開嘴巴。深冬無法從她虛空般漆黑的嘴巴移開視線。

就在此時，不知何處吹來一陣風，珠樹的黃綠色袖子被掀起，纏在她的手臂上。是白色的風。白色風轉為旋風在深冬身邊停下來，變成長著狗耳的白髮少女。

「真白！」

「深冬，過來這邊。」

珠樹臉色大變，嘴巴和眼睛都裂開往上揚。

「真白，妳要阻礙我嗎！」

但真白完全不理會珠樹斥責，用力拉起深冬的手，往地板一蹬高高跳躍，飛上階梯後朝二樓跑去。穿過走廊，打開巨大書庫的門。裡面早已點亮燈火，真白把深冬推進書庫中急忙關上門，鎖上門栓。感覺珠樹邊發出恐怖的刺耳尖叫邊一步一步上樓。明明那麼嬌小，卻可以感受地面傳來的震動。

「快點到裡面去！」

「但、但是……」

「別廢話了，快一點。珠樹夫人只能待在這個煉獄中，只要到那邊去就沒事了。」

深冬只能聽從真白的話，在書架與書架間的陰暗狹小道路中前進。抵達最裡面的牆壁後，真白分開自己毛茸茸的尾巴，拿出一本書交給深冬。白色裝幀，用簡單字體寫著書名：《厭人城市》。

「讀這本書，趕快。」

傳來門被拍打、指甲在外側扒抓的聲音。深冬拚命地翻開頁面。

◆◆◆◆

結束長達兩個月的繁忙日子，好久沒有休假的我，開著愛車出門旅行。沒有決定目的地，只是隨興踩著油門轉動方向盤，隨心所欲前進的單身旅行。後座的東口袋背包中只有兩件內衣和兩雙襪子、餅乾和少許金錢。不夠的東西到當地再買就好。

在海鷗嘎嘎鳴叫悠然飛舞下，我暢快地在沿海道路上奔馳。天空彷彿用吸飽水的水彩筆沾顏料著色，溫暖又柔軟。打開車窗，舒服的海風吹撫，有點太長的劉海搔得額頭有點癢。我單手放開方向盤撩起頭髮。

不知是否因為初春還不是季節，抑或是這附近是不為人知的秘境，路上沒車，連對向來車都能用一隻手數完。海浪打上岸掀起浪花，從白色變成淡綠色再變成深藍色的美麗海洋上，只星星點點地看見等待海浪的衝浪者的小小身影。沿路稀稀落落散布著長年受海風吹拂而褪色的房子，有賣玩水用品的小店也有飯店，但幾乎都沒有營業。

海岸線的尾端，要進入隧道之前才好不容易找到可以稍微休息的店家。

這家店也無可倖免地，牆上油漆受風雨和海風侵蝕而剝落，建築物給人相當窮酸的印象。在旁邊的停車場停了車，想要瞧瞧狀況而走近一看，沒想到門上窗戶流瀉出的燈光很溫暖，玻璃窗也擦拭得很乾淨，可以感受到老闆想要盡可能維持清潔的意志。轉開掛著「OPEN」牌子的門把走進店裡，立刻聞到咖啡香。

「歡迎光臨。」

氣氛沉穩的微暗店內，戴著黑色領結、身穿紅色格紋背心，有點年紀的老闆從吧檯後露臉。沒有其他顧客，我走到內側的位置坐下。天花板、地板和桌椅都是木頭製，每處都擦拭得很乾淨，木紋閃耀光澤。圓桌正中央擺著閃耀著火光的小提燈，銅製的提燈基座古色古香，有調整火力的旋鈕但沒有電源。大概是酒精燈吧。

還以為是窮鄉僻壤，看來我似乎找到一家很棒的店。點了特調咖啡等送餐時，從上衣口袋中拿出地圖，邊攤平綹摺邊拿紅筆作記號。從我家到這裡距離超過兩百公里，我開了相當長的距離呢。

「請問您是從哪裡來的呢？」

老闆邊把特調咖啡擺到我面前邊問。

「從北邊都市來的，好久沒休假了，就想著天涯海角都去啦。所以漫無目的地開車，現在開到這邊來。」

「原來如此。」

老闆微笑，他捻起那相當適合稱作「Moustache」，豐碩且末端尖尖翹起的鬍子，露出思索的表情。

「但你差不多該折返比較好，因為接下來什麼也沒有。」

「是指過了隧道之後嗎？老闆，我無所謂啦，反而想要去什麼也沒有的地方，暫時想避開人潮。」

拿起裝飾著深藍線條的白瓷咖啡杯，喝了一口琥珀色液體。接著感受咖啡豆烘焙後濃郁的香氣竄過鼻腔的感覺──不對，完全沒有這種感覺。

我忍不住皺起臉，又再喝了一口。太奇怪了，咖啡無味無臭。我看了杯中搖晃的深色液體，用手搧搧熱氣來聞，但別說香氣，甚至一點也不熱。一看之下，液體顏色越變越深，變得非常黑，表面沒倒映任何東西，甚至連天花板電燈的光圈也沒有。彷彿吞噬一切的黑洞般黑暗。

「老闆，這到底是什麼？看起來似乎不是咖啡。」

抬起頭時，老闆突然消失蹤影。什麼時候不見的？不，不僅如此，發出溫暖光線的提燈消失，四周變得昏暗，甚至讓人感到寒冷，我忍不住搓揉雙臂。狀況不太對勁，抬頭一看，原本有美麗光澤的天花板破破爛爛，木板上還破了個像老鼠咬出的大洞。剛剛明明還亮著的天花板的燈甚至沒有燈泡，結滿蜘蛛網，塵埃掉落。

我嚇得站起身，椅子因而倒下。大概是太破舊，椅子撞到地板的同時碎裂。整家店彷彿瞬間前進了幾十年歲月，桌子也布滿蟲蛀痕跡，酒精燈的毛玻璃也破了。

只有變成灰色的老舊桌子上那白色咖啡杯，證明老闆曾經在此。但杯中空無一物，連無味無臭的咖啡也消失，杯盤旁爬滿蛆。

「嚇！」

噁心的蛆讓我背脊發涼，忍不住往後退。此時，我感覺嘴裡怪怪的。有什麼──薄薄的異物在我舌頭上。我慢慢伸出舌頭，指尖顫抖著捻起異物。那是一張紙條。

「如果你被這個城市拒絕，那就去找烏鴉所在之地吧。」

烏鴉？到底是誰留下這種噁心的字條？而且為什麼這種東西會跑到我嘴巴裡？咖啡杯「喀噹」一聲倒下，如搖籃般在杯盤上搖晃。不用說，我因為恐懼全身寒毛直豎，急忙狂奔逃出店外。

外面下著傾盆大雨，剛剛那般平靜的晴天彷彿夢一場。我拉起襯衫衣領蓋住頭，在滿是泥濘的空地上奔跑，衝進愛車裡。完全搞不清楚到底發生什麼事。心臟仍瘋狂跳動，腦袋也很混亂，但我踩下油門想要盡早離開這裡。

雨勢驚人，不管雨刷多辛勤工作，視線仍模糊不清，只能看到一點點前方距離。雨滴打在車頂的聲音彷彿機關槍掃射聲，即使如此，我起碼有辦法折返來時路吧——明明這樣想，我卻在不知何時開進隧道內，在昏暗的道路前進。

沒有迴轉的理由只有一個。那就是後方仍傳來猛烈雨聲，但隧道的前方，漫長黑暗的出口，可以看見放晴的天空。我幾乎是靠著本能踩油門。突如其來的暴雨，以及時間流逝太詭異的奇怪店家讓我感到更加異常。

真正的「來時路」是這邊，我肯定只是因為在發呆，早就已經過隧道了。只要過了隧道，肯定可以抵達那個美麗的沿海道路。

實際上，隧道前可以看見一片海洋。打在白色沙灘上的海浪，稍微掀起浪花的海面，從淡綠色逐漸轉深藍色的漸層。但是很奇怪。道路在出了隧道後立刻中斷，取而代之的是往前延伸的鐵道。

知道自己犯錯的我，把車靠邊停後下車，站在中斷的柏油路末端。突然出現的鐵道——鋪滿路面的小石頭上等距離鋪設枕木，鐵道就在上方直直延伸。

果然不應該進隧道。我心胸閃過後悔。轉頭看來時路，已經連隧道都消失了。只有寧靜海洋與淡色天空，以及因日光反白的短短道路。感覺出隧道後沒有開那麼遠啊，是我的錯覺嗎？沒辦法，反正我本來就打算來一趟漫無目標的旅行。

前方左手邊是大海，右手邊是高聳堤防，沒辦法開車前進。我拿出後座的束口袋背上肩，開始沿著鐵道走。只有兩條軌道的單向鐵道，電車只會從前方來，有車來時朝海邊方向逃跑就好。

但不管怎麼走都沒看見電車出現，除了風聲、鳥聲外沒任何聲音。

我汗流浹背，開始怨恨起晴天。原本舒適的海風刺激肌膚，頭髮濕黏，好幾次想要折返，但腳和心情相反，不停往前走。

此時，右手邊的堤防突然中斷，出現朝下走的階梯。太棒了！我立刻衝下階梯，心裡邊想暫時不想走在沿海道路上了。

階梯前方有個商店街。和進隧道前看見的，專賣給玩水遊客的小店不同，迎接我的是有規模的商店群。

理髮店、雜貨店、肉品店、蔬果店、居酒屋、中華料理店、菸酒行、花店。三個大人並排就能占滿的狹窄道路，兩旁開設了各式各樣的店家。這是很傳統的商店街。

但這地方果然也很奇怪，沒有人聲。明明店頭擺滿了各項商品，但既沒有購買鮮紅番茄的人，也沒有享用散發誘人香氣的燉煮料理的顧客。

「有人在嗎？」

我使盡肚子力量大喊。

「都沒有人嗎？」

這些櫛比鱗次的建築物，不管是裡面還是外面，總之祈禱應該某處的人能聽見我的聲音，我竭盡所能發出最大音量。但沒有回應。能聽見的，只有烏鴉叫聲。

仰頭一看，烏鴉停在電線上。我突然想起剛剛在口中發現的那張詭異紙條。

深冬深呼吸後闔上書，雖然故事才看到一半，但已經夠了。打開書閱讀第一行之後，周遭的聲音立刻消失，祖母指甲扒抓書庫門的聲音也聽不見了。身邊只有真白一個人。

「讀了嗎？」

「……嗯。」

深冬表情陰沉看著手中的書，到目前為止，每次閱讀真白給她的書，她都覺得「每本都是奇怪的世界」，像是降下珍珠雨的男人、生存在暴力之夜世界中的孤高偵探、產出神奇物質的怪獸和蒸汽火車之類的。在感到有趣之前，更覺得太超現實而完全跟不上。只是為了找小偷，無可奈何才讀的。

但這一次，不只是狀況，連閱讀時與主角互相交疊的情緒，都和先前不同。書名《厭人城市》這本書主角的遭遇，深冬非常能夠理解。發生了現實中不可能發生的事情，在不知所措、混亂中逃出來後，又遇到了更加奇怪的現象。而且，在空無一人的城市中的恐怖，正是深冬現下經驗的事情。

「真白，妳為什麼會選這本書？」
「什麼？」
「這本書，和我現在的狀況非常相似。之前，是我闖入書中異世界的感覺，但《厭人城市》，彷彿是書來接近我一樣。」
真白有點傷腦筋地皺起眉頭，輕輕歪頭。
「那應該是妳『被現在該讀的書呼喚了』吧，只是剛好。」
但深冬用力搖頭否定：
「不是，這不是剛好。」
「但是……」
「真白，妳平常是怎麼選書的？」
「什麼怎麼選？」
深冬進一步逼問，真白的表情越來越困惑，長在頭上的白狗耳朵也越來越低垂。
「……這不是我選的。當小偷偷書之後，晝寢就會起床召喚我。當我意識到時，我就會站在要給深冬讀的書面前。」
「但是平常真白都已經讀過書了啊，不是嗎？」
「那當然，因為我一直都待在這個御倉館裡啊。只是妳看不見而已。又無法出去，閒來無事只是把書架上所有書都讀過而已。」

這次輪到深冬困惑。

「一直都待在御倉館裡？妳嗎？」

「嗯，一種待在模糊不清的薄膜中的感覺。只有書架明顯存在，你們的身影就像是透過厚重的毛玻璃看一樣，相當模糊。所以我也不清楚外面發生了什麼事情，就算對你們說話，你們也聽不到。但當偷書賊出現時，我可以走到厚重毛玻璃和現實世界之間的空間去──也就是把書交給妳的狀態。」

「是這樣啊。」

「那個空間，被我稱為前不著村後不著店的『煉獄』。」

「煉獄？」

「這是基督教教會的用語，死後去天堂前，靈魂還不乾淨的人接受清潔的地方。也就是，既非天堂也非地獄的地方。」

深冬問不出口「那麼，真白是鬼嗎？」。在《銀獸》的世界中，被銀獸吃掉之後，她之所以能一臉泰然連門也不開就跑到吊車裡，是因為她原本就是鬼嗎？深冬也沒有勇氣問。

不，就算是鬼也無所謂，更糟糕的是自己太遲鈍了。

雖然對真白平常待在哪裡有過疑問，聽到她人就在御倉館裡時，深冬的心狠狠抽痛。雖然很模糊，但真白可以看見深冬，深冬卻連她的存在也沒有察覺。

──真白平常吃什麼？父母呢？孤單一個人嗎？是從什麼時候在這裡的？一直是孤單

一人，被書本包圍著生活嗎？

深冬很想問，但就在她猶豫不決時，真白抓住她的手腕，催促她走出書庫。

「那麼我們先出去吧，得去抓小偷才行！」

看著精神飽滿前進的真白，深冬「啊」地叫了一聲。對了，都忘了春田了。

「真白等等，沒有小偷。」

走出書庫前，深冬向真白說明。從《銀獸》的世界回來後，讀長町的所有人消失身影。原本該停車的電車也過站不停，或許讀長町本身正逐漸被遺忘。現在在讀長町內的人類只有深冬和春田兩個人，因為無計可施，只能再次進入書本的世界中。

「……所以，我就讓春田先生再次偷書了，因為不知道其他來這個世界的方法。沒想到奶奶會活過來對我生氣。」

說明的時候，真白的狗耳直直豎起，表情認真地凝視深冬，這讓深冬更不得不別開視線，因為感覺現在還能聽見珠樹的聲音。

「我小時候曾帶附近的大姊姊進御倉館，然後被奶奶狠狠罵一頓。奶奶肯定因為那樣又出現。」

「別擔心，珠樹夫人已經不在了，她只能出現在『煉獄』中。明明平常連人也見不到，這次會出現是因為這個理由啊。」

真白說完後緊緊握住深冬的手，打開書庫門。正如她所說，珠樹已經不見了。

走出庭院，春田就坐在大門前等待。大大的耳朵和尖尖的鼻子，被鬆軟的毛皮覆蓋的嬌小身軀。已經完全變成狐狸，似乎無法說話，當深冬喊「春田先生」後，他搖尾巴回應。

「春田先生對不起，變成小偷狐狸後果然無法說話啊。我在《銀獸》中變成狐狸時可以說人話耶，這是為什麼呢？」

即使如此，可以順利再見面讓深冬鬆了一口氣，與之相反，真白大概還很在意在《銀獸》中發生的事情，不悅地繃起臉拉開距離。

「深冬，如果妳還想留在這個世界中就不可以碰那隻狐狸，要不然就抓到小偷了。書在哪？」

問完後，春田跑到繡球花樹叢中，叼起托特包的背帶拖著跑回來。靈巧地用黑鼻和牙齒打開魔鬼氈，讓深冬看裡面。那是深冬要春田偷的《不值得說再見》。

「該怎麼辦呢，總之先放回架上吧，要是弄丟就糟了。」

深冬拿起書回御倉館內。

把偷走的書歸位時，彷彿等待此刻已久，書滑溜地收在書與書的縫隙間，整齊地排列。深冬抬頭看曾祖父和祖母做出來的家族書架，歎了一口氣。

「為什麼啊，奶奶，為什麼不可以把書借給別人呢？」

雖然打破家族規矩的人是深冬，但祖母用幾乎要斷絕家人關係的激烈態度逼近深冬，怎樣都讓她覺得太過頭。

「討厭看書的我來說這種話有點怪，但書就是要讓人讀的吧。有人讀才有意義吧。為什麼要那麼生氣啊。」

「那是因為被偷了很多次。」

「嗯，我從奶奶本人口中聽過也知道，但像春田先生，其他書店的人，就算因為書被偷而絕望，還是繼續營業啊。」

「那有經營或收入的問題……」

「是這樣說沒錯啦！」

真白的回答讓深冬用力搔頭，原地踱步。很想要說些什麼，但沒有辦法好好表達。

「啊啊，算了啦。因為無法信任他人就做出嚴格規則的詛咒，做出這種事的奶奶更加無法信任。」

接著，先前早已萌芽的疑問具體成形。

「……大家消失之後我一直覺得很奇怪。該不會，讀長町的人們會消失，不是書籍魔咒失控，或是出現錯誤之類的，而是原本就會這樣發展呢？不，除此之外沒其他可能性了。」

深冬之前以為是書籍魔咒發生了缺陷或是錯誤，才會把讀長町的居民捲入其中，讓所有人消失蹤影。但如果這是必然呢？

「我一直覺得很奇怪。小偷變成狐狸還可以理解，雖然不知道為什麼是狐狸，但變成和人類不同的模樣我也容易找到，小偷本人也難以逃跑。但是為什麼隨著時間流逝，無罪的其他人也會變成狐狸呢？之前都在大家變成狐狸之前抓到小偷，但在《銀獸》中完全變成狐狸了。

這該不會就是書籍魔咒的規則吧？明明沒犯任何錯，只是因為在詛咒中變成狐狸，所以在現實中也會消失嗎？那就是奶奶創造出的『嚴厲規則』嗎？」

深冬狠狠瞪了書架，踩響腳步聲大步朝玄關前進，真白和春田慌慌張張追上去。

祖母肯定在這個御倉館的某處，正如真白說的那樣，她大概正透過毛玻璃觀察孫女的行動吧。穿上脫在玄關前沒收好的鞋子，深冬轉過頭朝書庫並排的走廊大喊：

「我不知道妳是鬼還是什麼啦，奶奶，如果鎮上居民們消失的原因就在我們家，那我絕對不會原諒妳。」

說完後，御倉館裡頭傳來「叩咚」聲，真白和春田都和深冬在一起，而晝寢應該還在睡覺。深冬吞了吞口水，趁祖母再次現身前，打開御倉館的門衝出去。

深冬心中有著「進入書本世界中就能再次見到讀長町的人們」的期待，但街上還是空無一人。只不過，他們的確進入《厭人城市》的世界中了。

夜晚消失變成一望無際的藍天，可以看見大海。馬路上並排的無人車完全消失，取而代之是不曾見過的鐵路朝某處延伸。

明明看見大海卻沒聽見海濤聲，彷彿時間停止的寧靜讓深冬快要耳鳴。無人的黑夜很恐怖，而在明亮的白天卻感覺不到任何人的氣息，又讓人感到非常詭異。深冬忍不住握住身邊真白的手，真白的手一如往常，但深冬的手微微冒汗且冰冷。

「深冬，妳很害怕嗎？」

「這怎麼可能不害怕？為什麼有大海卻沒有海浪聲啊。」

深冬用力深呼吸後說：「好！」大喊出聲提振自己的精神後往前邁進。

「妳要去哪裡？」

「咖啡廳。」

「什麼？」

沒有回答困惑的真白，深冬直直往前進。她感覺如果不動就會連自己也跟著僵硬，為了揮去恐懼，大步在道路上前進。狐狸模樣的春田就跟在手牽手的兩人身後。

那家咖啡廳，就位於道場和商店街之間，比書店街再前面一點的寧靜小路裡。旁邊有賣菸的小店和酒吧，每家店都飄散著古色古香的氛圍。

這棟建築物遠在深冬出生前，從昭和時代起就存在，粗糙外牆的白色油漆處處斑駁，還有藤蔓攀爬。鑲嵌木格窗的玻璃門中總是很昏暗，是深冬完全沒興趣的店。但父親步夢似乎很常來。

明明應該沒有人，屋簷下的提燈亮著橘色燈光，照亮「亞爐麻咖啡店」的招牌。深冬感覺情緒有點激動，這裡肯定是正確答案，但即使如此，她還是沒辦法鼓起勇氣。在深冬看著金屬製的老舊門把猶豫不決時，真白一臉不可思議地問：

「深冬，妳為什麼要來這裡？」

「……因為《厭人城市》啦，裡面不是有出現咖啡廳嗎。」

「是隧道前那家不可思議的咖啡廳吧。」

「沒錯，其實啊，我對裡面的老闆有印象。這家咖啡廳的老闆，總是戴著領結，穿紅色格紋背心。而且還有『Moustache』。」

說到這裡，深冬突然驚覺，叫這家店老闆「Moustache」就是父親。

在深冬茫然自失時下方傳來爪子抓東西的聲音，狐狸春田前腳抓門表示快開門。

「嗯，我們進去吧。」

轉開門把，門伴隨「哐啷哐啷」的風鈴聲打開。沒什麼窗戶，昏暗的店內充滿咖啡香，就像前一刻還有人在這裡泡咖啡，但這裡果然也是空無一人。電燈熄滅，只有一個擺在圓桌上的提燈燦爛地閃耀著。

「跟書裡一樣。」

深冬輕聲靠近圓桌，真白和春田也跟在後面。桌上的提燈由圓筒狀玻璃和裝有液體的半透明基座組成，是酒精燈。小時候和父親一起來這裡時，也記得看過這種提燈。從父親的杯子喝了一口的咖啡又苦又難喝，連忙拿自己的柳橙汁換口味。

邊想起這件事情，邊看了提燈旁，不知何時一杯咖啡擺在那邊。裝滿褐色液體，彷彿在等誰喝下它。深冬看了真白一眼，吞了口口水。如果要照《厭人城市》發展，她就得喝。

「我要喝了。」

深冬迅速抓住杯子把手，屏息一口氣喝光杯中物。她也不知道有沒有味道，但至少在喝完後重新呼吸時沒有咖啡香氣。

「……如何？」

真白湊過來看她的臉，邊看著真白交雜認真與不安的眼睛，深冬在口中滑動自己的舌頭。什麼也沒有。用舌尖探索門牙後方和臼齒後方，也沒任何東西。就在她伸出手想要再看一次杯子怎麼樣時，頓時停下動作。

不舒服的觸感。有個硬硬的小東西在嘴巴裡，就在左邊臼齒後方。當她用舌尖確認時，東西越變越大，深冬因恐懼睜大眼張開嘴。嘴巴裡面有一張紙條。

大概因為沒讀過《厭人城市》吧，最為驚訝的是春田。發出不知道是「吱」還是「嗚」的聲音跌坐在地。

深冬伸出舌頭，用指尖慢慢捻起紙張攤開來，是很常見的便條紙。

「深冬，上面寫什麼？」

「……『如果你遭城市拒絕，就去尋求神明所在之處』。」

用簽字筆胡亂寫下的字，深冬見過這個字跡。

「……爸爸。」

如此一來終於確定了，深冬緊握紙條，直接塞進牛仔褲口袋裡。

「我知道了，《厭人城市》的作者就是我爸。將咖啡廳老闆稱作『Moustache』的人是他，這也是我爸的字跡沒錯。不對，不只《厭人城市》。」

父親的記事本，寫在上面的是關於家人的私小說。雖然不曾想過父親有寫小說的才華，但現在可以相信了。

「啟動書籍魔咒的書，肯定都是我爸寫的。所以才沒有寫上作者名字，也沒在市面上販售。《繁茂村的兄弟》、《BLACK BOOK》、《銀獸》也全都是我爸寫的。為了御倉館——為了我奶奶寫。」

深冬也不懂其中機制。為什麼這張紙會用父親的字跡書寫？是父親以前來這邊時先行設計好的嗎？還是因為他是這世界的「作者」才能辦到？

「爸爸為什麼有辦法準備這張紙？是設計好要放進我嘴裡的嗎？」

「……故事的作者是故事世界的神，到處都是作者的指紋。」

「原來如此。」

作者的指紋。但深冬覺得不只如此。感覺這本書是配合深冬現在的狀況準備的。一種故事作者和讀者間的厚重高牆變得薄如薄膜的感覺。父親是否已經預料到深冬將在未來某天，會來到這空無一人的都市呢？

「果然本來就『預定會變成這樣』。」

「怎麼一回事？」

「也就是他早就知道要準備《厭人城市》，或許這張紙條上的『神』是指作者，也就是我父親。」

深冬說完後從肩背包中拿出父親的記事本。然後只見跌坐在地後直接坐在地上的春田，不知為何開始又跳又叫。

「怎麼了啊？」

「有跳蚤跑上小偷狐狸身上了吧。」

真白冷淡說完後春田更加激動大叫，用後腳站立指著深冬的手。

「我的手怎麼了嗎？」

春田不耐煩地搖搖頭，靠近咖啡廳的牆壁，開始用他的尖爪抓牆壁，但完全不知道他想幹嘛。

「哼，那隻小偷狐狸跟貓一樣開始磨爪子了耶。」

「……真白，妳是那種愛記恨的人吧。」

「小偷就是小偷！」

「是這樣說沒錯啦，啊，妳看，他在寫字。小偷變成狐狸後果然無法開口說話，為什麼呢？」

狐狸千辛萬苦用爪子摳完後，上面有一串文字，寫著「請把記事本借我一下」。

「記事本？啊啊，這個啊。」

把父親的記事本交給春田，他開始專注地翻動頁面。翻到某一頁後停下手，把筆記本推給深冬。深冬接下後從頭開始閱讀橫書的文字，左邊頁面幾乎填滿，但右邊空白。最後一行字這麼寫著：

「——『只有晝寢知道這本記事本的存在。』」

到底是怎麼一回事？翻過下一頁之後，後面全部空白，看來這一行字就是最後。深冬看看記事本又看看真白和春田。

「也就是說，奶奶不知道這本記事本的存在囉？但那又代表什麼意思？」

春田比手畫腳想要回答深冬的喃喃自語，但似乎沒效果。就算想要安慰沮喪低頭的春田，拍他的背也可能會被認定「抓到小偷了」，深冬只能說「那個，嗯，我再稍微思考一下吧」安慰他，但春田的背駝得更深。

沒有辦法，讀讀筆記本吧。深冬翻回記事本最前面，接著嚇一大跳。開頭寫著一份列表，而且還是標題為「書籍魔咒規則」的列表。但這到剛剛為止都不存在才對啊。

「真、真的假的，剛剛有這種東西嗎！」

是因為進入書籍魔咒後才出現的嗎？不管怎樣，深冬專注地，顫抖指尖邊劃過每行文字邊念出聲：

「禁。與御倉家無關係者，不得將任何藏書帶出御倉館。萬一打破此一禁忌，咒術，書籍魔咒將立即啟動。

其一。盜賊，其身體將變為狐狸。因禁託言，故封其口舌。

其一。盜賊出現後，除御倉館與神社外變化，世界將以定本為基礎。

……這什麼啊，一半以上都看不懂，特別是一開始的託言是什麼？」

一連串文言生硬的字詞讓深冬腦袋當機，真白在此出手相救。

「也就是說，把書帶出御倉館的小偷會被變成狐狸，託言，也就是為了不讓他找藉口或求情，所以讓他不能說話。」

所以變成狐狸的春田才沒有辦法說話啊。確實，深冬也是從《銀獸》回來之後，接受了春田的部分說辭，所以現在才和他一起行動。

「原來如此，繼續看下去吧。

其一。定本由步夢書寫，由晝寢選定。

其一。當步夢與晝寢生命終結時，託付孫女深冬與真白。

什麼？」

深冬不知該如何是好地只能原地踱步，胡亂搔頭。因為她太過煩躁，讓春田都跳上椅子避難。

「幹嘛隨隨便便把人家牽扯進去啦，不對，我已經被牽扯進來了，我知道啦。」

「深冬，冷靜一點。」

「我很冷靜！要是不冷靜，我早就把這邊的椅子和桌子全部弄壞了。」

幾乎用吼的回話後，深冬開始走來走去。

「話說回來，這個『定本由步夢書寫，由晝寢選定』，那時候的晝寢姑姑果然……」

剛剛要春田把書拿出御倉館後，原本在睡覺的晝寢突然醒來，說出「竊取本書者將會」後又再度沉睡。雖然還不清楚晝寢是怎樣的存在，但如果照這上面寫的規則，晝寢正是「選用」書籍魔咒世界基礎的書的人。接著真白出現，把書交給深冬，世界出現變化。

「第一次見到真白時，妳說『是被那個人叫來的』就是指這個吧？」

「什麼？」

真白被喊名字顯得相當開心，深冬無奈地繼續讀下去。太多需要知道及需要整理的事情了。

「總之全部處理完之後，就要把御倉館賣掉。」

「深、深冬！」

「因為只有這個方法了啊，這麻煩至極的圖書館。奶奶的鬼魂就交給妳處理。比起這個，還有一行字沒念。」

深冬清清喉嚨後，念出最後一段文字：

「以上咒術皆在神社，讀長神社祭祀的神明，本讀之尊的守護下執行……什麼？」

記事本差點掉落，千鈞一髮之際重新拿好又看了好幾遍。原本以為是自己看錯還是書籍魔咒的惡作劇，但不管正著看還是反著看，文字都沒改變。

讀長神社在御倉館後方，對整個讀長町來說也是大家相當熟悉的地方。深冬急忙把收進口袋的紙條拿出來攤開，「遭城市拒絕」應該是指現在的狀態，問題在於「神明所在之處」。

「我以為這是指故事的神，也就是作者，但該不會是指真正的神明吧？」

回想起來，確實在《銀獸》變得完全不同的城市裡，不知為何，神社也和御倉館相同保持原本的樣子。而且讀長神社的歷史並不長，據說開始祭祀書籍之神也是近代之後的事情。深冬的曾祖父嘉市出生於一九〇〇年。

深冬突然想到。小時候在神社院內玩耍時，身穿和服撐陽傘的祖母到神社參拜。把小石頭擺在盆栽上玩「開店扮家家酒」時，玩鬼抓人時，雨中把傘當成帳篷在裡面玩耍時，都曾見到祖母。她總是沒看深冬一眼直接朝主殿走去。

「對了，奶奶很常去參拜。」

神社祭祀本讀之尊的本堂前，祭祀著某動物的石像。

「稻荷神，是狐狸。」

深冬這句低語讓春田的橙色毛皮一顫。

兩人與狐狸走出咖啡廳後，一語不發地奔跑。不知何時已經入夜，深冬覺得該不會是「有誰」聽見他們的對話了吧。

彷彿塗黑一切的漆黑中，燈泡如珍珠首飾般連綿，照亮通往御倉館的道路。春末夜風還很寒冷，越跑肺部也越疼痛。但胸口疼痛是因為那份彷彿綁緊身體的強烈緊張感。

「為什麼是狐狸？」深冬一直覺得很不可思議。不是狗不是貓也不是熊，不是這世界不存在的架空生物，也不是非生物。把小偷變成不會動的書或石頭，要找要抓都容易多了，為什麼要變成又跑又跳四處逃亡的狐狸。

而且祖母為什麼有辦法使用可以把整個小鎮變成書本世界的魔法呢？普通人類的力量根本不可能實行書籍魔咒。讀長神社有這種力量嗎？深冬邊喘氣邊搖頭，無法置信。

但是，還能有其他說明嗎？深冬認為神社可以說明現實中出現在眼前的這個奇妙世界，是最後一片拼圖。

忽視明明無人卻一如往常依序變色的紅綠燈，三個小小的身影橫越道路。在冰冷發亮的燈光下經過御倉館朝讀長神社前進。

和《銀獸》時相同，山丘、鳥居和神社都維持原貌。平常在日光下看見的神社，長滿茂盛綠葉的樟樹，給人溫暖且平穩的印象。但現在化身為比夜空更深的黑影，彷彿巨大怪物張開雙手靜候。

強風吹拂，樟樹擺動枝葉，重重交疊的樹葉摩擦聲沙沙作響，從院內的鳥居往下吹拂。每登上一階石梯，風也變得更強，彷彿試圖用空氣壓力推倒般阻礙兩人一狐前進。風已成為守護神社的巨大盾牌、高牆。不僅如此，吹落的樹葉化為刀刃襲擊他們。

石階傾斜角度越變越大，只能手腳並用爬行。樹木與風的嘈雜聲彷彿非此世間者的抗議聲，聽覺靈敏的真白好幾次放開手想摀住耳朵就滾下樓梯。身體小且無力的春田，只能拚命抓住深冬的肩背包。

轟轟作響的聲音，讓人完全看不見前方的強風，深冬忍不住大喊：

「我……我是御倉深冬！代替奶奶到這裡來！讓我過去！」

但風完全沒有停止跡象，深冬緊咬下唇，在支撐身體的手臂上用力。

「吵死人了，閉嘴！奶奶和爸爸都不在的現在，我就是御倉之主！」

此時，深冬從旁被揍了一拳。正確來說，是風變成巨大拳頭從旁用力吹過來，深冬感覺身體被狠狠揍了一拳。

遭受攻擊的深冬往旁邊倒下差點撞到頭，真白迅速變成狗當她的墊背。但肩背包在此時從深冬肩膀滑落。

「春田先生！」

深冬在最後一刻抓住背帶，但春田抓住包包的手已經放開，橙色的小小身體被強風往鳥居另一端吹去。真白邊低鳴邊用後腳蹬樓梯，飛翔追上去。

深冬只看到這邊。真白飛出去救春田的瞬間，一陣讓人以為世界毀滅的猛烈強風從正面揍過來，深冬直接被吹往後方。想起崔過去教她的，採取收緊下巴避免撞到頭的受身姿勢已經耗費所有力氣。

整個身體在馬路上著地，因疼痛扭曲表情抬頭看神社。風已靜止，剛剛的狂風彷彿一場夢。肩背包在深冬手中，但不見春田也不見真白。

深冬無法出聲。

壓著疼痛的肩膀與腰，搖搖晃晃起身後，右手竄過的劇痛讓她呻吟。即使如此還是爬上階梯，傾斜角度恢復正常，回到原本和緩的階梯。

終於爬完階梯，登上最頂端。鳥居、樟樹都很正常，剛剛那場騷動彷彿不曾存在過。但深冬當場僵直。

院內——從鳥居到主殿之間的腹地，毫無空隙地擺滿無數小石像。暗夜中的烏雲隨風流動，月亮露臉。一整群只有二十公分左右的小石像，在月光照射下現身。全部都是有著尖耳與大尾巴的狐狸模樣。全部都面對相同方向，面對主殿的方向，彷彿像在等待什麼人物出現。

沒看見應該乘著風朝鳥居另一端飛去的春田。但有看見真白。正確來說，她就在大量小狐狸像隊伍的最前頭，靜靜坐在主殿前方。

「……真白。」

但她沒有回應，也聽不見聲音。那般騷動的樟樹葉也無聲無息，只有深冬的聲音響起又消失。

真白沒有動。遠遠看也知道，真白和其他狐狸像一樣，也變成石頭了。

第五話

被迫得知真相

時間彷彿靜止了。

沒有風，連聲音也消失，神社院內所有東西全停止動作。巨大樟樹樹梢動也不動，也沒有小石頭滾動的聲音。

明明前一刻才被強烈暴風猛烈吹拂，暴風從神社裡頭吹來，在深冬面前擄走真白和春田後大概滿足了吧，隨之安靜下來。

只剩深冬孤單一人，呆然站在鳥居下。鳥居到神社主殿之間，狐狸形狀的白色小石像，在黑夜中冰冷現身，排滿一地，連步行的空間也沒有。深冬的眼睛注視著更前方，淹沒腳邊空間、毫無動靜的狐群的最前方。坐在主殿前方的白狗石像。體型大上一圈，不僅如此，更像是這個詭異石像集團的隊長。

深冬相當清楚這個白狗石像的真面目——是帶領深冬前往故事世界的人，是忠誠的白髮少女，是長了一對狗耳的好朋友。

「……真白！」

喊她也沒得到回應，想要靠近也被擠滿院內的狐狸石像阻礙。焦急的深冬不管會不會推倒石像，就算踢飛石像也想前進到真白身邊去。但當她抬起單腳時，卻躊躇，接著放棄了。狐狸石像幾乎全背對她，直直面向主殿，但只有前方這一個石像轉過來看她。和它上弦月般的細眼對上，深冬不知所措。明明是沒有生命的石像，卻感覺到其中帶著責難的意志與呼吸。

深冬蹲下來面對著狐狸石像，突出的鼻尖有點濕潤，嘴巴也微微張開可以看見牙齒。

「你有話想說嗎？……你該不會是商店街的哪個人吧？」

不管是試著和它說話還是戳戳它的鼻尖都沒有回應，深冬做好覺悟，試著拿起和冬末開始出現在市場上的小竹筍差不多大的石像。

「啊哇哇。」

石像比想像的還重，手指不好好用力就會摔掉，所以先暫時放到腿上。

石狐狸並非裸體，還雕刻了衣物。這身奇怪的打扮深冬有印象，仔細觀察還看見耳朵掛著耳環。

「這個……該不會是螢子小姐吧？」

之前把深冬耍得團團轉的女性，把春田帶進御倉館的人。深冬對應該是螢子的狐狸石像說話，還又摸又拍，但毫無動靜。剛剛感覺有呼吸是錯覺嗎？

沒辦法，只好放回原本位置，深冬也去看了其他石像。腰上圍著半身圍裙，手中抱著魚的應該是鮮魚店的老闆，駝背的那個或許是BOOKS Mystery的老頭子。雙手在身前拿著烤雞串的是雞肉專賣店的老闆，還有戴著站務員帽子的狐狸。

肯定沒錯。這裡所有的狐狸，就是從讀長町消失的人們。數百、數千的大量石像，無法想像是哪位雕刻家特別製作的，深冬想，這大概也是書籍魔咒的影響吧。

「原來大家都在這裡啊。」

搭話也依舊沒人回應，狐狸石像靜靜佇立著。深冬站起身，總之先找真白。暫時把石像移開，如果無法抵達最裡頭的主殿，就沒辦法碰到真白。

但想要空出一條路，只能把石像擺到鳥居外的階梯上，結果深冬只能重複移動一個再回來，又移動一個再回來的動作。石像大小都不同，但每一個軀體都很粗，又有重量，只要稍微鬆懈就快要掉下去，所以得特別小心。萬一破掉或是缺一角，可能會讓鎮上的人死掉，一想到這就讓深冬狂冒汗。

好不容易抵達主殿，走到坐在主殿前的真白石像身邊時，深冬已經快要累癱了。即使如此，她還是拍拍自己疲憊的腰靠近真白，輕輕撫摸白色石頭的肌膚。

石像，就是真白變身成狗的樣子。狗耳朵，長鼻子，前腳和後腳規矩地擺好坐著，尾巴粗壯漂亮。眼瞼微微張開，可以看見眼珠。深冬把手擺在真白眼前慢慢晃動，期待她的眼睛會不會跟著動，但什麼也沒發生。

「真白，妳聽得到嗎？為什麼會變成石頭啊？欸，其他人也全變成石頭了，能動的只剩我一個人。」

溫柔撫摸沒有回應的真白的臉頰和頭，石頭肌膚不可思議地溫暖，感覺就像有生命。這果然是真白本人，讓深冬更加鼻酸，視線也漸漸變得模糊。

深冬原本以為，就算讀長町的人全部消失，只要真白還在就沒問題。

在書本世界中遇到無數次危險，在冷硬派世界中差點被槍擊，閃過、躲過張開大嘴的銀獸，還被銀獸追趕。而且真白就算被吃掉還是會回來，所以深冬心想這次也沒問題，但沒想到……

「我接下來該怎麼辦？連妳都變成石頭了，我真的不知道怎麼辦了。」

深冬吸了吸鼻子，拉起POLO衫的袖口擦拭眼角，淚水不停地滑落。

「……妳這奇怪的傢伙，總是一直幫助我。當我快要掉下去的時候，也是第一個就飛過來，剛剛也是先保護我。」

深冬用濃厚的鼻音說話，撫摸真白一對尖耳的中間。

「因為是狗的關係嗎？小狗對飼主很忠實嘛。但我根本不記得自己是妳的飼主啊。」

深冬心想，真白的飼主該不會是祖母珠樹吧。如果是這樣，就能推測是祖母命令狗來保護孫女。但在御倉館中被珠樹追趕時，真白不是幫珠樹而是幫深冬。

深冬一直有種自己認識真白的感覺。只要和真白說話，就有種自己已經忘記對方的臉孔和名字，對方卻在人群中找到自己，並且因為再次相會而無比喜悅的感覺。

真白認識我，但我不認識真白。

但真的是這樣嗎？

在空蕩蕩的醫院中，和春田談論父親寫在記事本上的小說時，深冬腦中閃過一個畫面。握住蠟筆，整個人趴在素描本上畫的，是個頭上長著兩個三角耳朵的女孩。大大的眼睛，笑彎的嘴。

想起一個畫面後，如同拉起一串粽子般，深冬也想起其他記憶片段。那不是深冬第一次，也不是最後一次畫長著狗耳的女孩，她很喜歡這個角色，重複畫了好幾次、好幾次，甚至還對來看她畫畫的父親和姑姑說：「這個是我朋友。」深冬還想起她為女孩取的名字。

「真白」。

沒錯。那是取自小時候父親念給她聽的繪本中白兔的名字。她記得一開始還把字寫錯，祖母看到後傻眼表示「連平假名都還沒辦法好好寫出來啊」。

為什麼會忘了呢？

「畫出妳的人原來是我啊。」

真白有時會用很悲傷的眼神看著深冬，很想說些什麼，但沒說出口，或許她是在等深冬自己想起來吧。終於想起來了，現在終於可以告訴她了，但深冬不認為變成石像的真白能聽見自己說的話，這讓深冬哭得更急。就和母親過世時相同，就算站在墓碑前對母親說話，母親也聽不見了。明明後悔著應該要早一點，在母親還活著時說出口才對。

「對不起，我忘了妳，對不起喔……」

彷彿緊緊拴上的蓋子彈飛般，無法用言語形容的感情滿溢而出，深冬抱住變成石像的真白脖子。風再度吹起，劃過深冬變熱的臉頰和身體。樟樹沙沙擺動樹梢，夜空中的薄雲流動，月亮露出臉來。是白色上弦月。和真白尾巴相同的白色流線，和她在空中飛翔時很像。

到底是從什麼時候開始不畫「真白」了呢？是因為害怕祖母冰冷的視線嗎？還是到了不和想像中的朋友玩耍的年齡後，自然而然從心中消失了呢？

而且話說回來，為什麼深冬畫出的少女，會伴隨著實體，成為書籍魔咒的領航員現身呢？

深冬停止哭泣，慢慢離開真白的石像。

把手伸向肩背包，摸索其中找到目標後輕輕拿出來。四處沾染油脂痕跡與皺紋的皮革記事本。至今一直在女兒面前隱藏起來，為什麼時至此刻，父親會把它擺在病床枕邊那麼顯眼的地方呢？或許是寫到一半身體變成狐狸，來不及藏起來吧。總之，深冬感覺這是父親要她「讀這個」的訊息，父親是御倉館秘密的當事人，知道深冬會遭遇這種事情，也預想到結局了。

風越變越強。樹葉吹落在狐狸石像上。藍白月光照亮記事本，深冬用力吸一口氣後翻開頁面。

御倉步夢的手札

被書圍繞活著的人，會成為受書籍所愛的人嗎？

至少我認為祖父嘉市就是如此。祖父在我六歲時過世，所以我對祖父的印象，是把深植記憶角落的模糊容貌，以及從母親和鄰居口中聽見的事情拼湊出來的東西。即使如此也足以讓我知道，他是個愛書，也受書所愛的人。

當時，造訪御倉館的人第一件做的事，就是從巨大書架的狹小縫隙中，找到如枯柳般纖細，背脊彎曲的祖父。祖父什麼都讀。從祖母端出來當茶點的羊羹說明書，到自來水費帳單，貼在肩上的痠痛藥布的注意事項，黏在古早零食盒子上「從這裡打開」的橘色貼紙，只要是文字，他什麼都讀。生日時會去參加水無月祭典，仔細閱讀每個人寫的繪馬。不管是英文字母、西里爾字母、簡體字、韓文字或阿拉伯文字，只要是書寫下什麼的文字，他全部都會看一次。透過大大的眼鏡仔細凝視，下一個瞬間拿過辭典，嘴巴一張一闔碎碎念著，開始查詢字詞的意思。我很清楚記得祖父這個身影。

無庸置疑，祖父對書本及文字是真愛。但書呢，它們愛著祖父嗎？

要是寫下了「書也有自我意志」應該會被嘲笑吧，但我知道這是真的。因為只要是祖父說出想要讀的書，不管多稀有，價值有多高，都會輕而易舉在剛好路過的古書店中找到，或彷彿被磁鐵吸引般，直接寄到家裡或是御倉館來。這個現象，就像是書本自己想要到祖父身邊來一樣。

祖父愛書，書也同樣愛祖父。不僅如此，祖父希望能有更多人與書本建立相親相愛的關係，一直向大眾開放御倉館的書架。對年幼的我來說，御倉館跟公共圖書館一樣，根本沒想過那竟是我們家的私有財產，總是有許多人在此讀書，討論書。

母親肯定從那時起就感到相當痛苦。

從對書的強烈愛情這點來看，母親更勝祖父一籌。母親珠樹會把自己的書鎖進書櫃裡，絕對不讓其他人碰。就連祖母，就是母親的母親也不被允許靠近珠樹的書庫，只有嘉市可以閱覽。當然身為兒子的我，也在沒見過母親藏書的情況下長大。收納母親藏書的分館，已經化作擁有土藏外貌的牢籠，這可說是母親潔癖的象徵吧。

根據她的理論，書是神聖之物，和讀者間的關係是不可侵犯的聖地，那不是可以和他人分享的東西。讀完故事後的體驗，只要存在個人的心中就好，她認為交換意見是再愚蠢不過的行為。不僅如此，還認為只有自己對書本的解釋是正確的，所以珠樹沒有透過閱讀認識的朋友，和她結婚的丈夫也是個對書完全沒有興趣的人。丈夫在妻子懷上兒子後，就和情婦一起生活，完全放棄身為父親的職責。所以我不知道父親的臉，也不知道他姓什麼。母親也認為只要有人能繼承御倉館就好，完全不在乎父親。

出生在這種家庭，自然會接受英才教育。擁有吸引全國書物蒐藏家及閱讀家前來的藏書量，生在這樣的家庭，這是我的宿命。

我無路可逃。如果不是我升小學前還在世的祖母，堅持要讓我去學柔道，我應該會過著更加封閉的生活吧。或許會想，如果我討厭書的話該怎麼辦，但不知道是幸還是不幸，我也是愛書之人。

不，正確來說，應該說我喜歡寫書吧。

從我有記憶開始，我就會在圖畫紙或是大人給我的紙張上寫故事。閱讀家和作家無法畫上等號，祖父和母親都讀了那樣大量的書，但似乎從來不曾有過自己動手寫故事的想法。但我不同，在文字邀約下走上故事的道路後，發現了通往不同故事的大門。年幼的我，打開那一扇又一扇的門，憑著衝動不停寫下新的故事。

祖父相當歡欣，母親卻很困惑。當我拿著寫在圖畫紙上微不足道的故事給母親看時，她如能面般面無表情地搶走圖畫紙，那個畫面在我久遠的記憶中，鮮明地留下。也許對母親來說，故事是已經寫好付梓成書的東西，而不是在面前編織的東西吧。而且，母親一直到死之前都對我說——你所寫的東西，並非創作，僅是既存故事的模仿品。

但在祖父過世二十年後，母親利用了我所寫的故事。

永遠失去祖父的御倉館，也一併失去了讀書樂趣這個光輝。那時還遵照祖父的遺言借書給外人，但變成僅限一人一本那樣極端的少等等，規矩相當嚴苛。整個御倉館，就像是原本快活歡笑的人，變成一個陰沉、嚴苛且絲毫沒有任何感情的人，氣氛變得沉重且拘謹（我想，「那個」的芽就是從此刻開始萌芽的吧）。

那年六月發生了某個事件。因為母親傷到腰，所以有一段時間，學校放假時是由我來負責管理御倉館。那是梅雨季節，我十二歲，並不是可以抬頭挺胸說我能理解責任有多重大的年齡。

坐在御倉館的櫃檯時，我會讀自己喜歡的書，朋友來找我就和他們聊天，確認有誰進出的工作做得相當隨便。

那天，御倉館後面的神社舉辦水無月祭典，我也比平常更心浮氣躁吧。我聽說當時喜歡的女生晚上會去參加祭典。終於過了閉館時間的傍晚五點後，我巡視書庫要把民眾請出去。這時我才終於發現有兩百本左右的書，一口氣從祖父的藏書架上消失了。我記得相當清楚，當時日本暮蟬的叫聲特別響亮。

不用說，我被發狂的母親狠狠教訓一頓。我的屁股現在還留著被竹鞭鞭打的痕跡。但母親很清楚，責備我也沒有意義。雖然報警了，但她隔天怒氣沖沖喊著「警察根本不可靠」，接著使盡了各種手段，去敲打讀長町的每戶人家，抓住每個出來應門的居民衣領質問，甚至還有人因此報警。

母親是股狂吹的暴風，連同情我們家書遭竊的人也傷害，無人能夠阻止的暴風。如果不是祖父的好友，讀長神社的神主，和我一起走過大街小巷對每一個人道歉，別說想抓到小偷了，說不定御倉家得被迫從讀長町搬走吧。

以為會無止境延續下去的暴風，在事件發生兩個月後左右開始逐漸轉小。

專注閱讀父親記事本的深冬，突然回過神來。因為剛剛周遭還一片昏暗，只靠著院內燈泡昏暗的燈光勉強閱讀，突然變得和大白天一樣明亮。

抬起頭來才發現，不是「變得和大白天一樣」，而是夜晚消失，真的變成白天了。太陽高掛天空閃耀，白雲在高空緩緩流動。但更令人驚訝的是，擺在院內的大量狐狸石像消失得一乾二淨，不僅如此，應該在身邊的真白石像也不見了。

深冬邊不停朝四周張望邊站起身，空蕩蕩的院內碎石子路上，沙沙落下紅色落葉。巨大樟樹的葉子染紅，不知何時季節已從初夏變為秋天。不僅如此，神社的注連繩和香油錢箱看起來都像新的。

此時，聽見有人走上階梯的聲音。深冬慌慌張張地想要躲起來，但來不及了。

一位女性從鳥居下，石階的最上緣慢慢現身。依序看見她一絲不苟往後梳的黑髮，嚴肅的表情，穿著黃綠色和服的身體，最後穿著白色二趾襪和黑色木屐的腳朝院內跨出一步。

深冬無法動彈。這位女性沒有白髮，臉上的皺紋也幾乎全部消失，相當光滑，但她就是祖母珠樹，絕對沒錯。

「奶、奶奶。」

腦海中的自己大叫「快逃」，但腳像被釘在地上動彈不得，視線也無法移開。回想起在御倉館的「煉獄」中被追趕的恐懼，深冬背脊發寒。

但珠樹絲毫不理會深冬，經過她面前時也完全不看一眼。擺動著硬挺和服的衣襬，直直地穿過院內朝主殿前進。她要做什麼呢？

深冬的身體終於能動，跟著珠樹追過去。但就算站在她身邊，伸手在她面前揮動也沒有反應，珠樹大概看不見深冬。

珠樹投零錢進香油錢箱後，抓住繩子粗魯地搖響鈴鐺後拍手。雙眼睜得大大的，從喉嚨深處擠出聲音來低語。

「……神明啊，祢應該都看見了吧。從這個高台可以清楚看見我家的御倉館。祢知道偷書的人是誰吧。還是說，祢喝太多御神酒喝醉了啊。」

「偷？」

深冬腦海中閃過，那個造成御倉館閉館的竊書事件。

「奶奶還年輕，神社也好像新的一樣……我現在該不會回到『過去』了吧？……痛！」

突然有什麼東西打上她的後腦勺，深冬邊揉痛處邊回頭，接著瞪大眼睛。那裡有如字面所示的「文字」飄浮在空中。

「啊？這什麼啊？」

五平方公分的文字組成的文章，沒有支柱也沒有鋼索，就飄浮在半空中。字體和常見的小說文字類似，白色字體。

〈母親珠樹某天，沒說要去哪就外出了。我是很久之後才知道，她那天去了位於御倉館後方，從很久以前就在那邊的神社。〉

「……原、原來如此？」

深冬讀完後，文章煙消霧散，接著出現不同文章。

〈母親從來不曾相信過神，既沒參加過祭典也不曾在新年參拜，也有點輕視和祖父友好的神主，她竟然會去神社，大概是被逼進絕境了吧。母親逼問神主，問他發生竊案的那天，有沒有見到可疑的人物。但那根本沒用。〉

「我知道了，我不是穿越時空，而是進入父親的記事本中了。」

但明明剛剛才進入《厭人城市》的世界中，沒想到又進到其他書的世界中。深冬絞盡腦汁思考，但完全搞不懂。而且話說回來，父親的記事本是什麼時候啟動書籍魔咒了呢？深冬什麼也沒偷耶。

就在深冬歪頭思考之時，主殿後方傳來開門聲。禿頭的老神主從社務辦公室腳步悠閒地走出來。

再來就如浮在半空中的文章所示，珠樹跑去逼問神主，長達數分鐘只是單方面在生氣。但那果然只是徒勞無功，神主如教訓孩子的父親般狠狠斥責珠樹一頓後，走下階梯。珠樹朝著他的背影怒罵。

空中的文章再度消失，又出現新的文字。

〈神主什麼也沒看見。這也是當然的，那天是水無月祭典，從白天起神社內就擺了許多攤販，遊客眾多相當熱鬧。小偷大概也是利用了祭典的混亂來搬運大量書籍吧。只要偽裝成食材或瓦斯爐等需要搬運的東西，放上推車，一次就能搬走兩百本書。特別是這天從後方的道路到山丘上的院內全擺滿攤販，從高台上的視線也會被阻礙。對小偷來說，這是絕佳的時機吧。〉

祖母不耐煩地咬著指甲，在香油錢箱前來來回回走著。深冬邊看著她邊想：

「推車啊……嗯，確實只要趁御倉館的書庫沒人的時候，把書裝進紙箱，就可以不被發現輕鬆搬走。而且爸爸心不在焉的話就更加容易了。」

深冬悄步離開主殿，走到圍繞在院內四周的灌木及樹木旁，伸長脖子往下看。確實能清楚看見御倉館。如果沒有祭典，神主、參拜民眾或巫女的哪個人站在這邊，或許會發現可疑的人吧。但那也要「偶然」願意幫忙，深冬再次覺得，祖母果然是個不講道理的人。

「痛！」

又出現的文章撞到深冬頭頂，她氣得嘟起嘴來讀。

〈母親和神社的關係要是在此結束就好了。但並非如此。住在神社中的不明之物——我無法稱其為神明，不知真面目的不明之物，把力量借給母親了。〉

「……啊？」

突然一陣風吹來，下個瞬間，周遭變得一片昏暗。這不是夜晚，彷彿被關在沒有窗戶也沒有電燈，完全密閉的房間中的黑暗。深冬還以為又被丟到其他世界中，但下一段文章出現，深冬理解她還在繼續看。

〈「那東西」是怎麼和母親接觸，母親到死都不曾鬆口。我不知道「那東西」用怎樣的外貌、怎樣的聲音來誘惑母親對書籍下詛咒。〉

「也就是說，會變成一片黑暗代表這是書寫者的父親也不知道的場面囉？」

說出口後，文字旁邊出現泛黃的黑白底片，發出嘎答嘎答的聲音開始運轉。最上方還寫著〈活動照片〉的簡短說明。

〈只不過，有件事情我知道。〉

「接著要用影片來解說啊，謝謝你的周到。」

影片開始播放古老的時代——瓦片屋頂的小房子，拉車馬拉貨車，身穿和服便裝戴西洋風費多拉帽的男性，把頭髮上盤的女性，以及扛著大箱子的行商人來來去去。道路旁有小山丘，立著一個用毛筆寫的旗幟。上面寫著「讀長稻荷神社」。場面切換，聚焦在神社的繪馬上。上面寫著祈求健康，或是祈求姻緣等各種願望，但沒有與書相關的願望。

〈現在的讀長神社，是書香小鎮象徵性的存在，許多帶著與書、故事有關的煩惱的人前來造訪。但是，以前並非如此，不過只是一間常見的稻荷神社。我讀了鄉土資料館裡堆滿灰塵的古老紀錄後才知道，開始標榜「書籍之神」是祖父和神主的點子。〉

影片中「稻荷」的旗幟消失，轉而出現新的「本讀之尊」的旗幟。

「……這個，也就是說書籍之神是之後才創造出來，為了活絡小鎮的東西囉？」

〈仔細想想，書籍之神根本不可能從古老以前就存在。因為印刷機發明，書籍開始在庶民間普及是近代之後的事情。但祖父和神主天真的點子廣為流傳，神社獲得歡迎，彷彿古老以前就是如此鎮守小鎮。我想，這正是「那個」的因子吧。〉

「雖然有點搞不太清楚，但原因似乎在曾祖父和神主身上。」

接著，黑暗的前方出現小光點，深冬有點困惑還是朝光點方向走去。這段期間，新文章如路標般出現在深冬左右。

〈不管怎樣，深夜回到家的母親，已經變得相當冷靜。〉

〈甚至讓我誤以為是不是已經知道誰是小偷，母親的表情顯得神清氣爽。〉

〈但其實並非如此。要是我早一點發現，在那時阻止母親，就不會將我的家人捲進奇怪的事情中了。〉

〈當時，我們住在還沒賣掉、一開始的御倉家中。那是老舊寬敞的日式家屋，在空無一人的家中獨自等母親回家讓我相當害怕。母親絕對不是位待在身邊會讓人感到平靜的人，即使如此，還是希望她在身邊。立鐘的聲音為什麼會讓人如此不安呢。〉

〈我醒著等遲遲沒回家的母親。聽見玄關厚重拉門打開的聲音時，我立刻起身跑出去迎接她。但我沒有把「歡迎回家」說完，因為母親帶了一個小孩回家，不知道有沒有滿周歲的孩子，就在她懷中沉睡。〉

〈母親對我說：「從今天起，她就是你的妹妹。」然後露出微笑。我只見過母親的笑容幾次，這就是其中一次。母親腳步不穩走上台階，直直走進自己的寢室後拉上拉門，整整兩天沒有出來。〉

〈這段期間，不對，是從那個瞬間開始，一直由我照顧這個女嬰。但她完全不睡覺。〉

「什麼？姑姑不睡覺？」

深冬嚇了一跳想要撫摸文字，那瞬間變形出現下一段文章。

〈說起小嬰兒，睡覺就是他們的工作，要是一直這樣不睡覺可能會死掉。所以我才替她取名「晝寢」，希望她可以好好睡覺。她用著大眼看我，在那之後，晝寢就變成我的妹妹了。〉

對和現在完全不同的姑姑感到驚訝，深冬繼續看父親下一段文章。

〈晝寢不是我真正的妹妹。那孩子是母親和「那東西」締結約定之後誕生的，也就是字據一般的存在，同時也是觸發器。〉

光點在面前迸發，刺眼得讓深冬用雙手摀住眼睛。接著自己不知何時出現在御倉館中了。

御倉館比深冬現在所知的狀態還要像圖書館，日光室裡擺放許多閱讀用的桌椅，晝寢常睡在上面的長椅蓋上防塵布，也打掃得很乾淨。

青年樣貌的父親在日光室中，黑色制服隨意擺在桌上，頭綁三角巾，身上穿著圍裙。很年輕，說是深冬的同班同學或學長也沒人會懷疑。

和珠樹相同，記事本中的登場人物似乎看不見深冬，深冬體會了一陣子透明人的感覺後在椅子上坐下，凝視著和自己年齡相近的父親。深冬重新體認到理智中應該早就明白的事：「父母也有他們自己的人生」。

父親拿抹布擦完地板後，朝樓上大喊：

「晝寢！妳在那邊對吧？」

接著聽到不知是「嗯」還是「唔」的回應，深冬好奇起身走上聲音來源的二樓。在靠牆排列的一整排書架前，五歲左右的小孩專注看書。不是繪本，而是厚重、寫給大人看的書。

「不對，就算是大人也覺得這本書很難吧。」

自從知道不是人類後，深冬就猶豫著可不可以喊她晝寢姑姑，但這已經是超越驚訝的傻眼了。晝寢果然是晝寢。

「從這麼小就開始看書，當然會把我們家本館和分館的藏書全部看完啦。」

深冬心想反正看不到，就蹲在晝寢身邊。晝寢雙眼不停轉動，快速追著文字跑。深冬也試著一起讀，但還沒看完幾行，晝寢已經翻下一頁了。

深冬重重歎一口氣後抬起頭，文章又浮現在半空中。

〈晝寢不停吸收書。書架上這頭到那頭的每一本書，彷彿連同書頁一起吃掉，成為她血肉的一部分。〉

「晝寢！要去買晚餐材料囉！」

樓下傳來步夢的聲音，深冬還以為晝寢會不為所動，但晝寢立刻闔上書，小心翼翼把書放回書架，跑下樓去找步夢。

〈晝寢不是生物——有哪種生物可以完全不睡啊。但她有人類的外貌，有人類的言行，靈魂形狀也與人類相同。不看書的時候很常和我聊天，我們感情很好，很合得來。甚至超越母親。〉

青年步夢牽著小晝寢的手走出外頭。

〈這樣回顧後才發現，我肯定是想要一個同伴。在祖父蒐集的書籍包圍下，在母親的英才教育下，最後，我發現自己具有無法與其他朋友共享的孤獨。朋友不知道我知道的事情，我不知道朋友知道的事情。我能讀懂歐洲的書，卻唱不出電視上的流行歌。漸漸地，我被當成一個有點奇怪、話不投機的人。這孤獨對孩子來說太沉重，而晝寢成為可以和我分享這份孤寂的存在。〉

下一個瞬間，日光室再度變了樣。讓人聯想到圖書室的桌椅消失，長椅上的防塵布撤除，長到國中生年紀的晝寢悠閒放鬆地坐在上面看書。

〈御倉館從那起大量竊書事件後再也不曾開放，持續對外封鎖。已經完全成為御倉家專屬的藏書庫了，但實際上，母親肯定從很早很早以前就期待著這樣的狀況。照顧御倉館和晝寢是我的工作，那在我大學畢業後，取得柔道師範資格後也沒有改變。〉

走廊上有人，已經完全變成大人的成年步夢現身。比現在還年輕，但也沒有太年輕，有種生活充實的感覺。肩上背著束口袋，看了一眼晝寢後，站在電熱水瓶前。步夢拿起兩個散發咖啡香氣的馬克杯，一個放在晝寢身邊的矮桌上，另一個直接拿著上二樓。深冬跟在父親後面。

走廊擺著現在已經消失的桌椅，步夢從牛仔褲口袋中拿出鑰匙，打開桌子下方的抽屜，那裡藏著一台打字機。

步夢重重坐在椅子上，打開打字機電源，手指輕巧地開始敲鍵盤。被「嘎答嘎答」響不停的聲音吸引，深冬靠近父親。

打字機旁擺著筆記本，橫線空間中布滿手寫文字。父親似乎正邊看邊打字，從旁邊偷看筆記本的深冬「啊」地叫了一聲。

看見瑞奇・麥克洛伊這個名字，這是《BLACK BOOK》。

〈我以維護御倉館為藉口，其實在偷偷寫小說。在家裡會被母親看見，而且我覺得在御倉館裡可以吸收其他書本的養分寫出好故事。即使如此，似乎沒有辦法蒙混過母親老鷹般的利眼。〉

「步夢！」

尖銳聲音響起，深冬繃緊身體。珠樹來了。步夢慌慌張張地把打字機藏進抽屜裡。

「媽，幹嘛？」

「快點下來，畫寢，妳也暫時先別看了，那已經是最後了吧？」

最後？深冬感到怪怪的，急忙追在父親後面。回到日光室，晝寢遵從命令把讀到一半的書放在矮桌上，端正姿勢，彷彿等待接下來發生的事情。

珠樹看看表情訝異的兒子，又看看一臉值得被稱讚的女兒後突然揚起嘴角一笑。

「你們兩個，一路以來真是辛苦你們了。」

看見母親突然展露溫柔舉止，步夢相當困惑，但晝寢只是專注地看著一個點，一動也不動。

「哎呀呀，你一臉不知發生什麼事的表情呢，步夢。你也是御倉家的一人，應該會感到很開心啊……晝寢啊，終於把所有藏書都看完了。這就是最後一本。」

深冬看見原本緊張的步夢放鬆肩膀力量，但知道現在狀態的深冬無法抑止胸中騷動，文章再度出現。

〈我一開始還想「什麼啊，只是這種事啊」，晝寢日夜不睡不停看書，總有一天會把所有書看完，母親會因為這種事情開心嗎？結果根本不是這種意思。〉

珠樹嘴角拉出笑容，用會凍傷人的冰冷視線看兒子。

「你還不懂嗎？是啊，晝寢應該沒有告訴你吧——晝寢看完這邊所有的書之後，也就表示所有的書籍都會被施加『詛咒』。這孩子是我和那個可疑神明訂下約定的字據，也是

『詛咒的護符』，在西洋被稱為『書籍魔咒』的東西。」
「妳說什麼？媽，妳有點不太對勁耶。」
「不對勁？哪有不對勁。你連這孩子的真面目是什麼也不知道啊，這孩子可是你自己寫出來的人耶。」
「……媽？」
「你不記得了嗎？哎呀，你還小，不記得也沒辦法。你啊，趁著我不注意的時候，在我的記事本角落寫了這孩子的故事。一個不睡覺光看書的女孩子的故事。」
深冬緊握拳頭。即使指甲已經深陷柔軟的肉中讓她感到疼痛，她仍緊緊握拳。
「所以晝寢才會那麼黏你，而我就放任她那樣。因為這樣，你也能更努力寫小說吧。」
「……我完全聽不懂妳在說什麼。」
「我就慢慢告訴你吧。書籍魔咒透過晝寢施加。但詛咒本身需要另外製作，步夢，這就是你的任務。會寫故事的你的任務。
只要有小偷偷書，走出御倉館一步後，就會發動詛咒——讀長町會變成你創作的故事的世界。小偷會被關進故事的牢籠中。
這個魔力由神明的力量行使。但是有點麻煩，祂也不是平白無故提供魔力啊。哎呀，畢竟做生意的嘛，這也是理所當然，也就是需要付出代價。如果沒辦法抓到小偷，也就是超出時間後，就得把鎮上的人和小偷一起獻給神明，就是這樣。」

〈神明的餌食。〉

空中才出現這一行字，周遭再度變暗，不僅如此，地面還傾斜一邊。地板彷彿變成失去一邊支撐崩壞的巨大溜滑梯，深冬邊害怕地繃緊臉孔邊大叫滑下去。

〈母親到底是做了多恐怖的事情啊？〉

御倉館的所有東西都一起滑落。沙發、桌子、書架、書本，所有東西都掉進黑暗深淵中。深冬驚聲尖叫，手腳掙扎地想要抓住什麼東西，但手指只碰到空氣。

〈一開始，我以為母親終於瘋了，開始講一些空穴來風的謊言。但並非如此。母親在隔天，帶來和我們認識很久的古書店老闆妻子，要她拿一本書走。聲音非常溫柔——我祈禱著反正不可能發生任何事，祈禱母親發現神明、書籍魔咒什麼的全都是妄想，所以沒有阻止。當我想著果然什麼也沒發生，過著一如往常的生活時，晝寢突然跑過來拿了一本書給我。那是我自己寫的故事。〉

在黑暗中急速下墜的深冬伸長手想要抓住浮在半空中的文章，但就在要抓到時，文字變形，讓她撲了個空。

〈當我讀了故事後，讀長町的景象立刻改變，每位居民開始飾演我所書寫的故事，混亂的我揮開想要引導我的畫寢在街上狂奔，接著找到變成狐狸的她。此時我終於知道母親沒有說謊，而是真的下詛咒了。〉

地板傾斜角度越來越大，幾乎變成垂直狀態。深冬感覺身體往上飄浮，慌慌張張調整姿勢。下一個瞬間，從上面掉下來好幾本書差點打到她的頭，她千鈞一髮之際避開了。

「危險耶！」

接著深冬嚇得瞪大眼。那根本不是幾本書造成的騷動，現在有大量書本擺動白色書頁雪崩式掉落。

再這樣下去會被牽連！深冬反射性屈膝，腳掌往斜面一踢，在黑暗中一躍而起。在她彎曲身體時，空中正好出現新的文章。

〈可憐的古書店老闆之妻，回到現實後還沒過一週就離開讀長町了。她對很多人說她在御倉館裡遇到什麼事情，希望獲得大家理解，但當然沒有人相信她。〉

深冬像隻攀在紗窗上的貓咪，把手指插在文字與文字間緊緊攀住。下一秒雪崩的書大量湧來，直接撞上深冬剛剛還在的地方，邊散落了無數的紙張邊往深淵下墜。

「真的饒了我啦……嗚哇。」

當成救命繩索抓住的文章也在下一刻消失，深冬差點就要往下掉，但新的文章立刻出現，深冬在千鈞一髮之際抓住了。

〈母親無關緊要地裝傻說：「要先生他妻子是怎麼了啊？」我也聽從母親的命令，絕對不能把這件事說出去。被獨留在鎮上的老闆懷疑我們，憎恨起我們。這也是無法避免的事。〉

吊掛在〈然〉字下方，深冬大喊：

「原來如此，所以BOOKS Mystery的那個臭老頭才會討厭我……現在不是說這種話的時候啦！爸到底知不知道他女兒現在正遇到這種事啊！啊。」

文章再次消失，深冬就要直接掉下去，但運氣很好，新的文章出現在正下方成為她的降落地。被文章上上下下無法預測的動作耍得團團轉，深冬已經氣喘吁吁。

〈我和晝寢都無法離開御倉館了。不管母親下了什麼詛咒，只要不發生竊書案就好了。所以我留在御倉館，監視著不讓任何人入侵。即使如此，還是遇到小偷來偷書好幾次，我和畫寢得去抓小偷。有時，也讓我有自己變成漫畫或電影主角的感覺，產生自己是懲奸除惡的英雄的錯覺。在我得意忘形之時，警告我的人就是畫寢。

在此時，我戀愛了。雖然受到想盡可能減少和御倉館有關的人的母親反對，但我想，正因為如此，我才選擇結婚。〉

站在文章上方的深冬，走過來走過去偶爾抬起單腳讀腳下的文章後不解歪頭。

「結婚，表示認識了媽媽的意思吧。」

深冬如此低語時，文章再度消失，深冬失去平衡往下墜。肯定馬上會有新的文章出現——但完全沒有出現文字的跡象。深冬頭下腳上往下掉，但也看見深淵底部閃爍光芒。光芒以爆炸般的氣勢迅速擴散開，染白了黑暗，深冬緊緊閉上眼。

明明是從極高處往下墜，卻沒有衝擊。感覺眼瞼那頭的刺眼感消失後，戰戰兢兢睜開眼，深冬不知何時已經站在房間裡了。簡單公寓的一間房間，是深冬很熟悉的和室。

這裡是我們家。但和平常不太一樣。深冬邊感受足底榻榻米的柔軟，邊四處看，衣櫃沒有靠牆擺放的，電腦桌沒有亂成一團，全新的房間整理得很清爽。

陽光從小窗戶照進室內，穿著尿布、屁股鼓成一團的小嬰兒坐在榻榻米上，一臉不可思議地看著閃閃發亮的灰塵。

不需要囉嗦的文章跑出來說明也知道，那是我——深冬呆傻地凝視嬰兒。

「深冬，妳在幹嘛啊？」

深冬嚇了一跳轉過頭，一位年輕女性站在和室門口。鵝蛋臉，米色家居服搭配開襟衫，長髮綁在一側自然垂下，遮掩她纖細的鎖骨。

「媽、媽媽。」

那是深冬小二時過世的母親。她擔心地皺起眉頭走過來——經過深受衝擊而僵住的深冬面前，抱起坐在榻榻米上的嬰兒深冬。

「好乖好乖，妳在看太陽公公嗎？」

深冬呆呆張開嘴，無法把視線從已經過世的母親，與在母親懷中的自己身上離開。

這是真的嗎？我現在是回到過去了嗎？還是說，我果然還是在父親創作的故事當中呢？但浮現在腦海中的疑問如泡泡般一個接一個消失。母親，不可能再見面的人就在眼前。

眼頭發熱，淚水凝聚滑過臉頰。對正值繽紛十五歲少女時代的深冬來說，八年的歲月漫長得讓人想昏倒，但像這樣看見活動著的母親，一起生活的日子感覺彷如昨日。

深冬邊吸鼻子，邊一步一步靜靜靠近母親，伸手想要碰觸母親的背。指尖沒有任何阻礙地穿過母親的開襟衫。

此時有什麼東西撞到她的頭，又是文章。

〈我跟和音結婚，離開御倉家。雖然這樣說，因為母親也很想賣了房子，也讓我們住在最後留下的不動產的公寓一室，只能算從主屋搬到別屋。我開設道場開始獨立生活，但最終無法放下照顧御倉館和晝寢的工作。晝寢看完所有書，書籍魔咒啟動之後，彷彿要把過去的分睡回來一樣，睡得很誇張。〉

「……爸這個笨蛋。」

深冬抬起肩膀用衣服擦拭淚濕的臉頰和鼻水後，雙手包住臉頰用力拍：

「我要振作點啊，這就跟家庭錄影帶一樣。我只是在看以前的影片而已。」

深冬這麼告訴自己。如果不這樣做，一瞬間萎縮的心就會被壓碎，不知被吹往何方了。

「沒事，爸，我就陪你回憶往事。」

接著，彷彿就在等待深冬的回答，新文章隨之出現。

〈我讓和音和深冬吃了很多苦，真的很對不起。〉

「……爸爸？」

〈和音無法理解御倉館和書籍魔咒，更重要的是她和母親完全處不來，好幾次想要離開這個家，阻止她離開的人是我。她年紀輕輕就罹癌過世，理智上知道這是無可避免的事情，但我現在仍後悔，要是當時放她離開，她是不是就不會走上這樣的命運了。〉

母親抱著年幼深冬的身影，如水滴上水彩畫般暈開，越變越淡最終消失。接著白色風景中開始出現影子，御倉館慢慢浮現，父母就在深冬面前爭執。母親手上拉著行李箱，父親拚命阻止她離開。

深冬感到視線抬頭看，年幼的自己和祖母珠樹站在日光室窗邊。和祖母對上眼的瞬間，眼前景色室內外交換，深冬意識到時自己已在御倉館內，站在四、五歲左右身穿背心裙的年幼自己，與枯木般削瘦年老的祖母身邊。

珠樹從玻璃窗那頭兒子與媳婦的爭執上別開眼，彎下身拿起從年幼深冬手中掉落的塗鴉本。紙上用蠟筆畫著大大的真白。

「……我不會放妳去任何地方，因為妳……」

深冬記得這句話，是剛剛小睡時做夢的痕跡。

如同呼應深冬的思緒，那句話出現在面前。

〈「妳是御倉家的孩子。」〉

〈母親珠樹，對我和女兒深冬下了言語詛咒。〉

對啊，這是祖母對年幼深冬說過無數次的話。

祖母會準備好幾本繪本擺在年幼的深冬身邊，深冬看書看得很開心，但當她想要出去玩或是想要畫畫時就會被阻止，然後塞給她更多書。書在眼前越堆越高——嚎啕大哭的小深冬被書掩埋，連身子都看不見了。

回過神時，深冬已經一拳打在文字上。〈「妳是御倉家的孩子。」〉的文字隨之粉碎。

「……我想起來了，我小時候還挺喜歡看書的耶。但因為妳變得討厭看書了，奶奶。」

即使待在房間裡，故事也能帶領深冬前往未知的世界。被關在高塔中的公主、在怪獸囂張跋扈的道路上勇往前行的勇者、送郵件給城市所有人的小熊，以及被魔女與冬天控制的故事。從隱藏在心底深處的洞穴中，曾經喜愛的故事一個一個復甦。

在真白帶領下奔馳於故事世界中時，深冬感受到和過去相同興奮，愛情點點湧出的感覺。想要繼續看下去，很開心。

但那不是因為是「御倉家的深冬」才能體會到的喜悅。就算不是御倉家的人也能享受故事，珠樹卻非常執著「御倉」之名。或許是她認為只要關閉原本允許任何人進入的御倉館，將其變成御倉家族專屬的場所，就能讓深冬，甚至是下一個世代的孩子也變成書籍的天之驕子吧。但花朵沒了空氣也無法成長。

深冬握起另一個拳頭，用力朝〈言語詛咒〉這幾個字揍過去，文字如乾燥的骨頭般脆弱，變成碎片崩落。

「很好！」

深冬氣勢更加高漲地大喊：

「詛咒什麼的去吃大便吧！」

說完瞬間一道強風吹來，強烈風勢把嚎啕大哭的小深冬、圍在她身邊的書、祖母、父親和母親全部吹跑，最後連御倉館都解體乘著風消失在彼方。

被獨自留下的深冬用手保護臉，踩穩雙腳，但被更強的風吹得腳步踉蹌時，身體被風擄走。她揮動雙手想抓住什麼東西，但只是不停揮空，父親的文章沒有再出現在空中。取而代之，皮革記事本不知從何處掉下來，深冬慌張抓住。

「這表示爸爸在記事本上寫的內容已經結束了？哇啊！」

風不停往上吹，深冬覺得自己的身體不斷往上升。視線突然明亮起來，深冬嚇得環視四周，風景已經恢復原貌。眼下一整片住宅，屋頂被夕陽照得發亮，遠方可以看見河川。這裡是讀長町上空。

與出現時一樣，強風突然消失，張開雙手頭下腳上的深冬，如同失去推進力的飛機般往下墜，她閉上雙眼。

這次真的要撞上地面了！──當她快要因為死亡恐懼昏過去時，前方有一團雲朵迅速飄過來，柔柔地接住深冬的身體，然後慢慢下降。

「得、得救了……」

深冬歪頭仔細觀察雲朵。手感有點粗粗的，與其說雲朵，倒不如說是巨大棉花。這也是父親記事本的產物嗎？深冬歪頭戳戳棉花又拉拉棉花，聽見下方傳來呻吟。

「什麼？你說了什麼嗎？」

但因為聲音很模糊，加上風聲影響聽不清楚，深冬趴下來，耳朵貼在棉花上。

「……起。」

「咦、什麼？」

「對不……」

「那個，我就說我聽不清楚啦。」

「睡……久，睡太久……聲音、沙啞。」

深冬瞪大眼睛坐起身子。

「該不會是晝寢姑姑吧？」

棉花隨之伸展收縮了一下，深冬當成是她在回應後，頭痛地摸摸額頭。仔細一聽確實是有印象的聲音，姑姑變成一團飛天棉花來救她，而且似乎因為這陣子睡過頭，聲音發不太出來。

就算已經遭遇了一連串的奇異事情，還是無法習慣，深冬皺起臉想要理解狀況時，晝寢再度呻吟：

「嚇……跳嗎？嚇一跳……」

「啊啊，是被嚇到了。一般來說，都不會有人想過以為是姑姑的人會變成一團棉花來救我吧。但我已經讀完爸爸的記事本，大致上掌握狀況了。」

晝寢與父親，對深冬來說，和她與真白的關係類似。深冬心想，如果這團棉花是真白，她一定會這樣做，接著輕輕撫摸棉花：

「姑姑，辛苦妳了。我一直覺得妳是個老是在白天睡覺的奇怪姑姑，但妳一直遵守著奶奶的命令吧？肯定很辛苦。」

「不……睡覺是因為……很睏……」

「什麼啊。」

深冬愣了一下歎口氣，晝寢果然就是晝寢，但姑姑接下來說出令人在意的話：

「但是……詛咒需要……用很多力……」

深冬皺起臉來。

「妳的意思是，妳為了書籍魔咒而必須睡覺嗎？」

「……對，把妳捲……對不起。」

「把我捲進來對不起？啊啊是啦是沒錯，真的給我造成超大麻煩，真的要好好賠償我啊。」

深冬在變成棉花的姑姑身上盤坐，擺出了不起的樣子頻頻點頭。

「話說回來為什麼是我？只是爸爸不在的這段時間而已吧？」

「那也是……原因，但遲早有一天會是妳……珠樹很看重妳。」

「所以要我來繼承？別開玩笑了，我可是打算把御倉館賣掉。」

毫不猶豫脫口而出後，棉花突然開始抖個不停。

「怎、怎麼可以。」

「誰管妳可以不可以，我絕對不會讓奶奶稱心如意！」

姑姑沒繼續回應，突然提升速度急速下降。深冬慌慌張張抓住棉花，下腹用力撐住不讓自己被甩掉。忍受風壓微微睜開單眼，看見了小山丘、鳥居和神社院內。

「是神社。」

棉花彈跳在地面著地，把驚聲尖叫的深冬拋出去後消失。雖然突然被彈飛，但總算是被灌樹叢勾住的深冬，撥開身上的小枝葉，腳步踉蹌地起身。在朝陽照射下，狐狸和真白的石像仍舊擺在院內。

「姑姑，妳在哪？消失了嗎？」

棉花不見了。但一看見有人橫倒在鳥居旁邊，深冬急急忙忙跑過去。果然是恢復人形的晝寢。深冬抱起晝寢，讓她靠在鳥居的柱子上。

「姑姑妳還好嗎？振作點！」

搖晃她纖細的雙肩後，晝寢微微睜開雙眼。

「沒事……只是很睏……」

晝寢如此呢喃後又想要再度入睡，但深冬拚命搖醒她。

「不可以，醒過來！妳不可以睡著啦！我接下來要怎麼辦才好？爸爸留給我的線索已經結束了，也沒有下一個提示耶！該怎樣才能讓大家恢復原狀？我得做些什麼才行對吧？妳是這個書籍魔咒的符咒對吧？那妳就告訴我啊！」

「……提示？」

晝寢呆然迷濛的雙眼稍微恢復一點光芒。

「……和平常一樣，深冬，和平常一樣，去逮到他。」

「逮到他？誰？這次偷書的春田先生已經變成石像了耶！」

「……不是他。第一個傢伙。機會只有一次，不可以弄錯。」

但深冬沒時間回問，晝寢已經發出鼾聲，陷入深層睡眠中了。不管多大聲喊她，拍打她的臉都沒用。

深冬心想，這種時候要是真白在身邊就好了。但她已經變成石頭。只剩下自己能幫助自己。

深冬放棄起身，用力吐一口氣後，再用力吸飽一口氣。她身心和腦袋都已經筋疲力盡，也想要乾脆就這樣和晝寢一起睡覺好了，但一聞到夏天早晨帶著青草氣味的清新空氣後，感覺腦袋也跟著動起來。

水無月祭典。書本遭竊當天舉辦的祭典。現在也正好是水無月祭典要開始的時期，小鎮正忙於準備祭典。造就書籍魔咒出現的那個事件，就在祭典舉辦中發生。

「第一個傢伙，也就是指當時的小偷囉。」

但沒有目擊者。祭典非常熱鬧，應該也有大批外地遊客造訪小鎮。連當時的警方也查不出來的事件，一個沒有太多線索的高中生有辦法解開嗎？

深冬靜靜環視四周。狐狸石像──鎮上的人全部都在這裡。彷彿所有人都是小偷，大家正在接受處罰當中。

「……奶奶啊，這就是妳真正的目的吧？其實妳想要讓大家變成石頭動彈不得，然後讓大家自白吧？或者是妳懷疑所有人，所以這是連帶責任。鎮上的人全部同罪。真的是個討厭的老太婆。」

深冬口出惡言，一個一個端詳排在院內的狐狸石像。不知何時，連她之前移開的石像都像守護神社一樣回到原本位置。從衣服、特徵來看，大概可以認出熟悉的人。商店街的人們、代理師傅崔、春田和春田的妹妹、體育老師山椒。

深冬仔細地一個一個調查，在某個石像前停下來。

彎曲的腰，嘴唇那看似頑固的曲線。

「BOOKS Mystery的臭老頭……這麼說來，就是這個人教唆春田先生他們來偷書的吧。」

這個老闆，要老先生之所以怨恨御倉家，是因為他的妻子被珠樹拿來當試驗品。珠樹為什麼選擇他的妻子呢？

「感情很好？還是只是很好選？不過『很好選』又是什麼啊？」

深冬試著思考各種可能性。如果是很親近自己也可以交心的對象，是比較容易拜託對方幫忙什麼，但會拿來當試驗品嗎？怎麼可能讓對自己很重要的人變成那種狐狸的模樣啊。所以是有點討厭，或是可以毫不在乎的對象。

「但是，奶奶似乎很討厭鎮上所有人耶。」

或者是，報復。已經遭遇過什麼事情。如此思考後，深冬「啊」地輕聲一喊。

「小偷。奶奶該不會以為偷了兩百本書的小偷就是BOOKS Mystery的老闆吧？如果是古書店老闆，偷了書之後也有管道銷贓，所以才會對他妻子使壞來報復。」

深冬很有自信地用力點頭，伸手就想要碰觸石像——雖然遭竊的書不在這裡，但深冬期待著只要宣示這傢伙是小偷，大家或許就能恢復原狀。

——機會只有一次，不可以弄錯。

晝寢剛剛那句話不停在深冬耳中迴響，不，沒問題。沒問題的啦，絕對。

但是，就在她指尖快要碰到要老先生尖挺的耳朵時，感覺聽到誰的聲音，是從主殿方向傳來。

「……真白？」

在主殿前的石像，只有變身成狗的真白。深冬看看要老頭又看看真白，慢慢站直身體小聲說「不對」。

「奶奶曾經懷疑要老頭……肯定也讓警方調查過了。但他沒有被逮捕。其實他根本是清白的吧？而且說起來，如果從我們家偷書去賣，這個圈子這麼小，絕對會有人發現。書上蓋有御倉館的印章，也弄不掉。就是說啊。話說回來，從這個有名的大型圖書館偷大量的書也沒有任何好處啊。」

那麼，為什麼呢？

風再度開始吹拂，樹葉摩擦，沙沙竊竊私語著。深冬回想起父親記事本中「那東西」的存在，背脊一陣發涼。

「有誰在那邊嗎？」

深冬慎重地邁開腳步，越是小心注意別踩到狐狸石像，越沒有地方可以走，也逐漸遠離主殿。試著移開石像空出一條路，但不知為何石像變得比剛才更重，完全沒辦法搬起來。全身毛孔都噴汗了。

被阻止了——有誰正在阻撓我。

讀長神社原本只是一間非常普通的稻荷神社，自稱書籍之神是起始於嘉市和好朋友神主的突發奇想。那是沒有任何傳統的「新創」神明。

在這之前，深冬覺得只是單純把石像擺在院內而已。但如果這是那東西思考後做出的行為呢？如果是有將石像擺在院內的必要呢？主殿就在院內那頭，而現在也在妨礙深冬靠近。

深冬擦拭滴落的汗水，揚起嘴角一笑。

「我知道書藏在哪裡了。」

立刻有陣強風襲來，但已經有所預想的深冬朝地面用力一蹬，乘著風飛上天，風想要把深冬吹離神社，但她緊抓著樟樹不放。

大概是茂密的樟樹遮住深冬身影，風稍微轉弱。深冬小心不發出聲音攀爬樹枝靠近主殿，接著咬牙放開手。風慌慌張張吹起，但這次是從下往上吹，深冬的身體越過狐狸們頭上，努力伸長手腳想要多前進一公釐也好。風終於發現深冬的意圖立刻停止，但深冬已經達到她的目的，抵達主殿前了。

在香油錢箱上落地後，立刻喊著「失禮了！」跳下去，接著把整個身體交給衝勢，撞破用細繩和紙垂封印的拉門，風根本趕不及。

充滿塵埃與霉味的空氣刺激深冬鼻腔，倒在拉門上的她噴嚏連連。

「啊──真是的！也好好打掃啊！這邊可是神明所在之處吧！雖然我不知道是不是真的有神在啦！」

但深冬立刻知道沒有好好打掃的理由了，主殿內部非常陰暗，也莫名地熱，還有奇怪的氣味。很像雞蛋壞掉，在溫泉附近會聞到的……這是硫磺的臭氣。這樣根本不會有人想靠近──就算是神社裡的人。而且這邊是參拜民眾看不見的地方，更會被丟置不管。

「……這裡是怎樣，好噁心。」

深冬邊搓揉撞到的肩膀邊戰戰兢兢往裡頭前進。

主殿內部狹窄，走不到十步就碰到最裡頭的牆壁了。在這之間，硫磺的臭氣和熱氣也越來越強烈，深冬恨不得快點離開這裡，但仍然擠出勇氣尋找目標物。

「可以收納兩百本書應該有一定大小啊，但從來沒有引起任何人騷動，表示平常在不會被人看見的地方。神社裡的主殿特別是如此。」

朝陽都已經升起了，這邊還是視線不良幾乎看不見。只能靠手在牆壁上探索，跪在地板上尋找了。喉嚨因為塵埃刺痛，咳了好幾次。

「別阻撓我，真是的，全是你自己不好吧？」

深冬眼睛泛淚怒視黑暗，斥責看不見身影的那個東西。

「你差不多該死心了吧，如果覺得自己有錯，就來幫忙啦！」

此時，摸索地板的指尖碰到凹陷。有塊地板往下沉了幾公釐。深冬試著用指甲勾住地板邊緣往上拉，意外地輕而易舉就拉起來了，接著發現下方有大洞。

「啊，對了，手機。」

深冬從肩背包中拿出手機，看見電力不足的警示紅燈邊咋舌，邊把螢幕當手電筒在地板下尋找。找到一個像是籐編衣箱的大箱子，急忙把旁邊的地板也拉開，整隻手連同肩膀全伸進洞裡。好險箱子沒上鎖，只是用指尖勾起藺草編織的蓋子，一下子就打開了。

邊喘氣邊把手拔出來，拿手機一照。找到書了。箱中收藏大量一看就知道很古舊，因為濕氣和發霉而變得破破爛爛的書。

「找到了……！」

但鬆了一口氣也僅一瞬，外頭吹來強勁的風，主殿也隨之劇烈晃動。硫磺臭味讓深冬胃酸直冒，忍不住稍微吐了出來。

「是找到書了，接下來該怎麼辦？」

深冬不知道把書拿到這裡來的小偷是誰，是不停妨礙深冬的這個未知的什麼人嗎？或是父親口中的「那東西」偷了書呢？但如果是在書籍魔咒的世界中也就算了，現實世界中，書有可能飛上天突然消失嗎？

好不容易忍下往上湧的噁心感，深冬想再看仔細點，把光源朝地板下的箱子內照射。那看起來就是曾祖父嘉市會蒐集的，古舊外國推理小說或雜誌，但只有一個不同於御倉館藏書的特徵。

紅色印章。蓋上小小紅色印章的小紙片，貼在深冬可見範圍內的所有書本封面上。深冬再次把手伸進洞裡，好不容易拿出一本。靠近一看，紙片的印章上這樣寫著。

「捐贈品　御倉嘉市贈」

「什……什麼？」

深冬全身力氣都抽乾了。

她知道捐贈品也知道某某人贈的意思。學校校園內擺放的雕像背後，以及裝飾在圖書館中的畫框角落都寫著相同東西。

這些書不是遭竊，而是曾祖父寄贈的。

根據父親的記事本，書「遭竊」的那一天，似乎是曾祖父過世後第六年。六年，一個不上不下的數字。

深冬突然驚覺，再次拿出父親的記事本，快速翻動從頭看起。「生日時會出門參加水無月祭典」。

「曾祖父的生日，就是水無月祭典啊。」

曾祖父和好朋友的前任神主之間，應該曾經約定什麼事情吧。如果是這樣，死後六年這個條件裡應該有著什麼特別心思，但這已經無從考究起。只不過，生日是水無月祭典這點相當重要。

「他們約好了，要在那天的水無月祭典，曾祖父生日那天把藏書寄贈給神主。所以才會把書運出去。爸爸滿腦子都是喜歡女生的事情，就算有人來對他說了這些話，他或許也沒聽進去。他只是個十二歲的孩子，或許根本沒跟他說要搬書出去。而且神主或許覺得要和奶奶說也很麻煩，根本沒有好好說明……」

書就在沒有人掌握事情全貌的情況下被搬出去，對藏書有著極端執著的珠樹沒被告知這件事，而引發大騷動。神主看見祖母發狂的模樣，肯定想說也說不出口了。期待珠樹暴風哪時可以自然平靜下來，決定當作完全不知情。但珠樹的執念太深了。

難得的寄贈書籍就這樣被藏在外人無法進入的主殿地板下，被遺忘，變成發霉、滿是蟲蛀的破爛書籍。

「這太過分了。」

只要有誰說點什麼，只要有誰信賴誰，或許就不會發展成這種事態了。

總覺得力氣都被抽乾了。

「也就是說根本沒小偷……？但是，等一下。」

深冬直直凝視著在黑暗那頭的某個東西。

「你啊，給我奶奶書籍魔咒力量的傢伙，誘惑她下詛咒的傢伙，你老早就知道根本沒有小偷了對吧？因為你就住在這裡嘛，對吧？」

主殿突然像是感到不安一樣，開始晃動起來。

「欸，你啊，是不是利用了我奶奶啊？然後就這樣把鎮上的人全變成狐狸石像——理由是，像是要拿來當奴隸，或是要吃掉？你該不會還說你想要朋友吧？」

大概被說中心聲，在外頭呼嘯的風爭辯般晃動整個建築物。

「就算你生氣也沒有用，因為不可以這樣利用人啊。」

但面對非人的對手，到底還能做些什麼呢？

此時，深冬腦海中浮現一個點子，雖然有點丟臉，但或許有試試看的價值。

如果真的有竊取這本書的人存在——。

深冬雙手緊緊握住從箱子中拿出來的，曾祖父寄贈的書籍，祈禱般閉上雙眼。

「『竊取本書者——』」

風用著尖銳的聲音驚聲尖叫。

「『將會從讀長町消失，並讓鎮上的人恢復原狀！』」

大聲宣言的瞬間，風停止，周遭一片寂靜，硫磺的臭氣也消失了。

朝陽射入室內照亮整個房間，已經感覺不到剛才充斥房內的不祥感覺。只是個有著極普通的木製祭壇，和平的神社主殿。

深冬輕輕站起身，跨過撞倒的拉門走到外面。接著睜大眼睛——大量狐狸石像一個不留地全部消失，恢復院內原本空蕩蕩的模樣。也沒看見真白的石像。

此時，地面又一次劇烈晃動，有個半透明霧靄般的東西從山丘底部跑出來，邊膨脹邊往高空飛去。那個奇妙的霧靄看起來很像有條大尾巴和一對尖耳。

鎮上的人們，完全不記得自己曾經變成狐狸。他們穿著變成狐狸前穿的衣服，開車，繼續購物，繼續開店。實際上應該消失了整整半天的記憶，但不知為何，他們醒來時，遺落的那段時間已經被極為普通，幾乎每天都會發生在他們身上的日常小事的記憶填補。彷彿將電影底片中無法公開的部分剪下，然後換上其他影片剪輯延續下去一樣。

日常毫無停滯地繼續前進，電車在讀長站過站不停的事實消失，既沒上新聞，也沒接到抱怨電話。

而且一去若葉堂，春田彷彿忘了和深冬一起冒險過的事情，在路邊碰到螢子時，她也像不認識深冬，直接走過深冬身邊。

讀長町裡記得書籍魔咒的人，只有深冬一個人。

那天，把住在神社裡的不明之物趕走後，深冬發現應該在鳥居旁沉睡的晝寢突然消失蹤影。不管怎麼叫她，她都沒有出現。真白同樣沒有回應深冬的呼喚。

深冬抱著不安前往醫院，衝進步夢應該所在的病房裡。父親就在那裡，睜大眼睛表現出「怎麼啦」來迎接深冬。他的樣子太過普通，深冬不知道該從哪裡開始說起，便詢問：「晝寢姑姑呢？」步夢聽到後皺起粗眉，歪頭問：

「晝寢？深冬，妳在說什麼啊？想要午睡嗎？」

步夢忘記妹妹了。深冬大受打擊，好不容易蒙混過去，隨便聊了一下之後回到御倉館。

御倉館仍然寧靜，但深冬先前感覺到的壓迫感已經消失。每天一定都在館內的晝寢消失，只有時鐘發出滴答聲。只不過，塞滿垃圾桶的垃圾，和食物的殘渣還留著。深冬得知晝寢這個人曾經存在的證據沒有跟著一起消失後，稍微安心了。除了外貌和記憶以外，還留下那個人存在的痕跡。

走上二樓，打開書庫門，逐一檢視成排擺滿的書架。真白上哪去了呢？這裡沒有步夢寫的書，只擺著平常那些書籍。

深冬命令那東西離開，接著成真了。也就是說，給予御倉館書籍魔咒魔力的那東西已經消失了。

但父親的記事本仍在肩背包內，晝寢吃完東西的痕跡也還留著。

在那之後，深冬每天放學後都會到御倉館，仔細看一本本塞滿書架的書籍書背，期待著可以在哪裡找到消除胸中這份煩躁不耐感的線索。

不可思議地，深冬深信真白沒有消失，她覺得真白還在被她稱為「煉獄」的那個地方。書籍魔咒不見得完全靠魔力——不是只有那個異形，不知從何時開始住在讀長神社裡的那傢伙，會用的魔法，深冬如此深信著。

夏天過去，秋天結束，冬天來臨，春天再次降臨。步夢早就已經出院，煩惱著該拿御倉館怎麼辦。

「這樣永遠背負著奶奶的執念也不太好啊。」

步夢邊洗碗盤邊和深冬商量。

「就這樣把藏書賣掉如何呢？多少可以換點錢，稍微改建一下也能住人。妳不是想要住在大一點的家裡？」

深冬抱膝坐在椅子上，眺望著掛在拉門門框上，還沒拆下衣架的衣物，以及亂成一團的電視機前。

「……家裡太大肯定會很亂喔，不管住哪都是。」

「妳不是想要賣掉嗎？之前常常說妳要把它賣掉。」

「是這樣沒錯啦。」

深冬想起在《BLACK BOOK》世界和真白說話的事情，在寂寥的路燈下，聽她說著連朋友也說不出口的事情的真白。

「失去了就沒辦法輕易找回來。改建後就沒辦法恢復原貌。我還不太理解那個的價值，所以——」

「原來如此，沒想到會從妳口中聽到這種話，奶奶一定會很高興。」

那不是為了奶奶。深冬雖然很想這樣回，但她只是玩著自己的頭髮閉緊嘴巴。

不把御倉館賣掉，取而代之開始對外人開放。雖然只限定週末，因為由深冬負責看管櫃檯，也只能這樣。開始慢慢有人潮來訪，深冬就坐在晝寢常坐的長椅上，眺望著大家一臉驚訝地看書或是借書。

步夢偶爾會在做菜或是整理御倉館藏書時突然停下手發呆。深冬某天經過父親房間時，從稍微打開的門縫中，看見父親專注確認相本的身影。其他還有，當深冬試探性地說：「來午睡一下好了。」時，父親會嚇得眉頭抽動。

父親心中某處還記得姑姑吧，深冬自己非常想要見到真白，因為有記憶所以更顯痛苦。

開放後過了整整一年，初夏的青翠充滿這世界時，深冬又來到御倉館。她稍微長高了一點，包包裡擺著一本看到一半的書。自從御倉館開放後，別人對她說御倉家什麼的次數也變少，她也不再抗拒閱讀。感覺自己已經逃離珠樹下的御倉家的詛咒了。

而且，可以填補心胸這份莫名空虛的只有書。她很懷念那個在冒險、魔法世界中奔馳的經驗，當她發現自己打從心底期望可以再次經歷相同體驗時，感覺能夠理解父親為什麼明明心裡抗拒，還是放任書籍魔咒不處理了。

平日空無一人的御倉館日光室，深冬坐在以前晝寢很常睡覺的沙發上看書。追逐文字時打開冒險旅程，和主角攜手沉浸在作品世界中，就能夠分散這份寂寞。

因為突然開始看書，深冬的視力開始變差，但只要戴上眼鏡就好，更重要的是她不想要放下書。因為她有種莫名的預感，只要這樣從這個故事到那個故事，總有一天會再見到真白。

某天，就在深冬看完第數百本書後，走向二樓書庫要把書放回架上。從日光室的窗戶往外看，想像將來有天帶著推土機來剷平這裡會有多爽快。總有一天想這麼做，絕對想這樣做。

但在這之前，果然還是得把那兩人拉出來才行，從那個故事的世界中拉出來。

站在二樓朝外突出的走廊上，深冬看見在記事本見到的，父親背影的幻覺。接著買了筆記本和自動鉛筆，在桌上攤開。

把自動鉛筆抵在下巴，稍微思索後，慢慢動筆。

說起讀長町的御倉嘉市，他既是聞名全國的書籍蒐藏家也是評論家，從他呱呱墜地到在緣廊邊閱讀中嚥下最後一口氣為止，是位長居讀長町，小鎮上的知名人士。「有不懂的事就去問御倉先生」、「想找書去問御倉先生立刻有答案」、「有煩惱找醫生前先去問御倉先生」等等，御倉嘉市被大家當成活字典重視，而他的書庫中到底收藏了多少藏書，這任誰也不清楚。

讀長町是個圓角菱形狀的小鎮——一條大河往南、北分歧又再匯流後，就在中間圍出這個小島般與四周土地切分開來的地形。

「御倉館」就佇立於這塊菱形土地正中央，御倉館多年來重複進行樑柱與地板的整修補強工程，在嘉市過世那時，已經成為一座地下、地上各兩層樓的巨大書庫，在過去是被譽為「只要是讀長居民，從幼稚園小朋友到一百歲的老人絕對都進去過一次」的小鎮名勝。

出生於一九〇〇年的嘉市從大正時代起一點一滴蒐集起來的珍藏，在他同樣優秀的蒐藏家女兒御倉珠樹繼承後，又繼續增加。

有書的地方就會吸引蒐藏家前來，而蒐藏家中有好人也有壞人。

某天，珠樹發現御倉館珍藏的部分珍貴書籍，有大約兩百本從書架上消失了。在那前後也時常發生書本遭竊的事情，珠樹還曾經威脅與父親熟識的古書商，並闖進古書交易所，大聲斥責打算高價轉賣的竊賊並將對方扭送警局。

看見兩百本珍貴書籍一口氣全部消失的珠樹情緒激動，終於決定要關閉御倉館。附近的居民親眼目睹某大型保全公司的員工，在珠樹的監視下，花上一整天的時間在建築物的各個角落裝上警報裝置。在那之後，除了御倉一族的人之外，再也沒有人能踏入館內，也沒有人能借書。即便是父親的好朋友，或是知名學者，珠樹都堅持拒絕。

御倉館關閉了。結果，自此再也不曾聽到珠樹每次發現書籍遭竊時的驚聲尖叫。哎呀哎呀，總算能迎接和平日子，雖然不能閱讀御倉館的藏書令人遺憾，但讀長町現在已是書香小鎮，想看書也不需費吹灰之力。鎮上的人皆鬆了一口氣地如此表示。

但就在珠樹過世後，開始流傳一個令人難以置信的謠言。

謠言內容為「珠樹設置的警報系統非比尋常」，太想要保護深愛書籍的珠樹，去拜託與讀長町關係密切的狐神，替每一本書籍施加了奇妙的魔術。

這個故事，就從珠樹的小孩，現任御倉館管理人御倉步夢和晝寢兄妹倆中的步夢住院後幾天開始。

但主角不是步夢也不是晝寢，而是下一代，步夢的女兒御倉深冬。

文體就模仿剛剛才看完的那本書。比自己想像得還要更流暢地不停書寫，甚至感到有點痛快。深冬比閱讀他人所寫的故事還更加專注，不停編織從自己心中誕生的故事。主角是自己。懶散、和平常毫無不同的日常生活，父親過去的樣子，晝寢姑姑的回憶，以及發生了不可思議的事情。

發現自己摸到來路不明的東西，慌慌張張拋開符咒的瞬間，不知從何吹來的風纏繞深冬的身體。風到底是打哪來的？深冬驚訝地轉過頭，但日光室的窗戶確實緊閉。

風彷彿有自我意識般從深冬身上離開，輕輕將符咒吹上天，使其隨風旋轉，落在走廊牆壁旁的某座書架前。

那裡有雙人腳。

穿著純白運動鞋與襪子，和深冬同高中的制服，突然現身在那裡。是個長相稚氣未脫的少女。

深冬使盡全力驚聲尖叫，往後跌坐在地板上。她以為少女是鬼。因為無聲無息突然出現，而且她的及肩頭髮純白如雪。

此時，傳來書庫門打開的聲音，聽見令人懷念的聲音。

「深冬。」

抬起頭，純白頭髮上長著一對狗耳的少女就站在面前。

「我不是鬼，妳看仔細。」

她說出過去差點被巨大怪獸吃掉、回到吊車上時對深冬說的同一句話。深冬雙眼泛淚變得模糊，朝旁邊一看，老是在睡覺的小睡豬不知何時出現在那，發出細小的鼾聲還在睡。

得告訴父親才行。但比起那個，首先——。

深冬露出滿臉笑容張開雙手，緊緊擁抱朋友。好溫暖。朋友的手也環抱住她。再也不願意分離了。

國家圖書館出版品預行編目資料

竊取本書者將會… / 深綠野分著；林于楟譯. -- 初版. -- 臺北市：皇冠, 2022.1　面；公分. -- (皇冠叢書；第4999種)(大賞；133)

譯自：この本を盗む者は

ISBN 978-957-33-3835-2(平裝)

861.57　　110020105

皇冠叢書第4999種
大賞｜133

竊取本書者將會…

この本を盗む者は

作　者—深綠野分
譯　者—林于楟
發 行 人—平雲
出版發行—皇冠文化出版有限公司
台北市敦化北路120巷50號
電話◎02-27168888
郵撥帳號◎15261516號
皇冠出版社（香港）有限公司
香港銅鑼灣道180號百樂商業中心
19字樓1903室
電話◎2529-1778　傳真◎2527-0904
總 編 輯—許婷婷
責任編輯—黃雅群
美術設計—嚴昱琳
著作完成日期—2020年
初版一刷日期—2022年1月

法律顧問—王惠光律師

讀者服務傳真專線◎02-27150507
電腦編號◎506133
ISBN◎978-957-33-3835-2
Printed in Taiwan
本書定價◎新台幣380元/港幣127元